PETITS CLASSIQUES

LAROUSSE

Collection fondée par Félix Guirand, Agrégé des Lettres

Candide
ou
l'optimisme

VOLTAIRE

conte (philosophique)
ou roman

Édition présentée,
annotée et commentée
par
Michelle BÉGUIN
Agrégée de Lettres classiques
et
Jean GOLDZINK
Ancien élève de l'E.N.S. de Saint-Cloud
Agrégé de Lettres modernes

www.petitsclassiques.com

© Larousse-Bordas, Paris, 1998 - ISBN 2-03-871700-1

SOMMAIRE

Avant d'aborder le texte

Candide
VOLTAIRE

Comment lire l'œuvre

Avant d'aborder le texte

Candide

Genre : conte (philosophique) ou roman

Auteur : Voltaire (1694-1778). Mais le texte paraît sous le couvert de l'anonymat, puis du pseudonyme (en 1761).

Structure : 30 chapitres, tous précédés d'un titre. Excepté les chapitres 8, 11 et 12, où Cunégonde et la vieille racontent leurs aventures, il s'agit d'un récit pris en charge par un narrateur omniscient à la troisième personne.

Principaux personnages (par ordre alphabétique. Les chiffres renvoient aux chapitres où le personnage est censé figurer dans l'action) :

Cacambo : métis d'Amérique du Sud, dévoué serviteur de Candide (14 à 19, 26 à 30).

Candide : principal protagoniste, actif dans tous les chapitres, sauf les chapitres 8, 11 et 12, où il écoute des récits. Fils naturel d'une aristocrate allemande, il traverse professions et pays, et finit propriétaire d'un petit domaine près de Constantinople, bien décidé à cultiver son jardin en compagnie de son épouse enlaidie et de quelques amis éclopés.

Cunégonde : fille du baron de Thunder-ten-tronckh (frère de la mère de Candide). Amoureuse infidèle de Candide, qu'elle force à l'épouser à la fin du récit malgré une destinée agitée (1, 7 à 13, 29, 30).

Le fils du baron : jésuite et homosexuel, entiché des droits de la noblesse, il est expulsé du jardin de Candide, qui avait failli le tuer en Amérique du Sud (14, 15, 27 à 30).

Martin : philosophe recueilli par Candide. Sa sombre conception du mal s'oppose à celle de Pangloss (19 à 30).

Pangloss : précepteur de Candide et de Cunégonde, inébranlable défenseur de l'optimisme leibnizien en dépit de toutes ses mésaventures (1, 3 à 6, 27 à 30).

La vieille : fille d'un pape, devenue servante de Cunégonde après moult malheurs (6 à 13, 29, 30).

Sujet : le destin mouvementé de Candide et des autres personnages contredit la théorie philosophique de l'optimisme, selon laquelle tout est pour le mieux dans le meilleur des mondes possibles, mais sans la détruire tout à fait, puisque la plupart des personnages finissent par se retrouver près de Constantinople, pour cultiver sagement leur jardin en renonçant à la métaphysique.

Publication : 1759. Édition révisée en 1761.

Trente-trois croquis d'après nature de la figure de Voltaire, vieux, par Jean Hubert (1721-1786), Bibliothèque des Arts décoratifs, Paris.

VOLTAIRE
(1694-1778)

21 novembre 1694

Sous le règne de Louis XIV, naissance à Paris de François Marie Arouet, qui se prétendra à plusieurs reprises le fils non pas de François Arouet, notaire, mais de M. de Rochebrune, ancien officier et poète. Il avancera également sa date de naissance au 20 février 1694.

François Arouet achètera la charge lucrative de receveur des épices à la Chambre des comptes. Voltaire appartient à la bourgeoisie de robe, mais refusera la destinée qu'elle lui trace.

1704-1711

Brillantes études au collège jésuite Louis-le-Grand, fréquenté par la meilleure aristocratie (il se lie avec les d'Argenson, futurs ministres de Louis XV).

1710

Leibniz *(Essais de théodicée)* intervient dans le débat sur le mal, la Providence, Dieu et la liberté de l'homme, débat avivé par le *Dictionnaire historique et critique* de Bayle (1697, article « Manichéisme »).

Les jésuites publient un poème pieux du jeune Arouet.

Leibniz

1712-1715

Arouet fréquente les salons littéraires et la bonne société ;

entame des études de droit, accompagne une mission diplomatique à La Haye, mais est renvoyé à Paris pour cause d'incartade amoureuse (1713).

Son père menace de l'envoyer à Saint-Domingue (1713).

Écrit une ode (1713), puis une satire en vers (1714).

1715

La mort de Louis XIV installe le Régent au pouvoir (Philippe d'Orléans), qui s'appuie sur le parlement de Paris et la grande aristocratie, et amorce une politique « libérale ». Mais Voltaire est exilé à Sully-sur-Loire (mai-octobre 1716) pour des vers satiriques sur le Régent.

Mai 1717-avril 1718

À la Bastille pour la même raison. Grand succès de sa première tragédie (*Œdipe*, novembre 1718). Prend le surnom de VOLTAIRE.

1719-1724

Mondanités dans les châteaux de l'aristocratie. Mais il travaille d'arrache-pied pour devenir le grand poète de son temps. *La Ligue ou Henri le Grand* (1723), première version de *La Henriade* (épopée).

1725

Travaille pour la Cour. Création d'une tragédie et d'une comédie lors des fêtes du mariage royal.

1726-1728

Bastonné par les gens du chevalier de Rohan, il cherche à se battre en duel ; on l'embastille et on l'autorise à partir pour l'Angleterre (1726). Il y reste de mai 1726 à novembre 1728, y apprend l'anglais, écrit directement en anglais, édite *La Henriade* à Londres. Elle fera de Voltaire, pour près de cent ans, le plus grand poète épique français ! Il découvre Shakespeare sur scène. Retour discret en France.

1729

À partir de cette date, Voltaire s'enrichit dans des opérations financières et commerciales qui assurent son indépendance d'écrivain : il ne dépendra jamais ni des mécènes ni des éditeurs.

1730

Ode sur la mort de M^lle Lecouvreur, actrice amie dont le corps est resté sans sépulture chrétienne. Grand succès de *Brutus*, tragédie dont le sujet doit à Shakespeare.

1731

Histoire de Charles XII, un grand classique voltairien.

1732

Triomphe de *Zaïre* (tragédie), dédiée à… un marchand anglais.

1733

Début d'une liaison de 16 ans avec M^me du Châtelet : une grande aventure intellectuelle et sentimentale.

1734

Lettres philosophiques, d'abord publiées à Londres, en anglais (1733). Elles l'obligent à s'enfuir chez M^me du Châtelet, au château de Cirey (Lorraine), qui restera un refuge pour lui.

M^me du Châtelet

1736

Début de sa correspondance avec le futur roi de Prusse Frédéric II. Le poème *Le Mondain* entraîne de nouvelles menaces d'arrestation. Il fuit en Hollande.

1738-1739

Discours en vers sur l'homme. L'édition des premiers chapitres du futur *Siècle de Louis XIV* est saisie : l'Histoire est un genre explosif.

1740-1743

Rencontre Frédéric II, devenu roi de Prusse. Grand succès de *Mahomet* (tragédie) à Lille, mais les dévots interdisent la pièce à Paris (1742).

Mission diplomatique auprès de Frédéric II, dans le cadre de la guerre de la Succession d'Autriche (1740-1748).

Mort du cardinal de Fleury, Premier ministre tout-puissant de 1727 à 1743, qui n'aimait pas Voltaire. Louis XV

manifeste le désir de gouverner personnellement. Les frères d'Argenson, anciens condisciples de Voltaire, deviennent ministres (1743-1744).

Mérope, 1743 : cette tragédie fut un des grands succès de Voltaire au théâtre.

1743-1747

Voltaire a la faveur de la Cour, pour qui il écrit. Historiographe de France en 1745 ; élection à l'Académie française (1746) ; brevet de gentilhomme (1746). En 1744 ou 1745, sa jeune nièce, Mme Denis, devient sa maîtresse. Sa disgrâce à la Cour commence (1747).

Première publication d'un conte, *Memnon, histoire orientale* (1747), première version de *Zadig* (1748).

Séjours à la cour du roi Stanislas, à Lunéville.

1749

Mort de Mme du Châtelet, après un accouchement, à la suite de sa liaison avec le poète Saint-Lambert.

1750-1753

Séjour tumultueux à Berlin.

Frédéric II fait brûler un pamphlet (anonyme) de Voltaire contre Maupertuis, directeur de l'académie de Berlin, et le fait emprisonner arbitrairement à Francfort (1753). Publication du *Siècle de Louis XIV*, un de ses grands livres, puis de *Micromégas* (1752).

Frédéric II

1753-1755

Interdit de séjour à Paris, il erre en Alsace, puis s'installe en Suisse, aux Délices, avec Mme Denis (1755). Le tremblement de terre de Lisbonne (1er novembre 1755, 25 000 morts ?) provoque le *Poème sur le désastre de Lisbonne ou Examen de cet axiome : « Tout est bien »* (publié en 1756).

1756

Début de la guerre de Sept Ans (1756-1763) ; expédition espagnole au Paraguay contre les jésuites ; Voltaire ne parvient pas

à sauver l'amiral anglais Byng, exécuté en 1757. Publication de l'*Essai sur les mœurs*. Rousseau critique le *Poème sur le désastre de Lisbonne*.

1757

L'article « Genève » de l'Encyclopédie (t. VII), rédigé par d'Alembert, fait scandale à Genève. Voltaire essaie de négocier une paix séparée entre la France et la Prusse. L'attentat de Damiens contre Louis XV (janvier) sert de prétexte aux antiphilosophes.

1758

Rédaction de *Candide*. Achat de Ferney, d'où Voltaire exercera une sorte de royauté intellectuelle.

1759-1761

Énorme succès de *Candide* ; poursuites officielles à Genève et Paris. L'*Encyclopédie* interdite de publication (1759). Suite apocryphe de *Candide* (1760) ; édition augmentée de *Candide* (1761).

1762

Voltaire se lance dans la réhabilitation de Calas, protestant toulousain injustement exécuté. Expulsion des jésuites hors de France. Le slogan « Écrasez l'infâme » fait son apparition.

1763

Traité sur la tolérance (à lire !). Paix d'Aix-la-Chapelle, ou le triomphe anglo-prussien.

1764

Dictionnaire philosophique portatif : sans doute le chef-d'œuvre voltairien, avec *Candide*.

1765

Réhabilitation de Calas.

1766

Exécution du chevalier de La Barre, pour blasphème (mutilation d'un crucifix). On brûle le *Dictionnaire philosophique* sur son corps.

1767

L'Ingénu, un des meilleurs récits voltairiens.

1768

L'Homme aux quarante écus, La Princesse de Babylone (contes).

1770-1772

Questions sur l'Encyclopédie (9 vol.) : énorme compilation où Voltaire fait une dernière fois le point de ses connaissances et de ses interrogations, avant la crise de strangurie (trouble de la miction), qui diminue beaucoup sa force de travail (1773) et dont il mourra.

1774

Le Taureau blanc (conte). Mort de Louis XV.

1775

Grâce à Turgot, ministre de Louis XVI, Voltaire obtient la suppression de la gabelle en pays de Gex (Ferney).

1776

La Bible enfin expliquée. Renvoi de Turgot.

1778

Voyage triomphal à Paris (interdit depuis 1750) : c'est le premier sacre d'un écrivain. Il y meurt le 30 mai, à 84 ans. Son inhumation en terre chrétienne pose problème.

1785-1789

Grande édition des œuvres complètes (70 vol.) sous la direction de Beaumarchais, à Kehl, en Allemagne.
Le privilège officiel excluait *La Pucelle* (satire en vers de Jeanne d'Arc, l'œuvre préférée de Frédéric II), *Candide,* et la traduction du *Cantique des cantiques* : Beaumarchais passera outre.

1791

La Révolution lui offre le Panthéon, où ses cendres sont transférées.

Vie	Œuvres
21 novembre 1694 Naissance à Paris.	
1704-1711 Études chez les jésuites à Louis-le-Grand.	
1718 Prend le surnom de Voltaire.	**1718** *Œdipe* (tragédie).
	1723 Première version de *La Henriade* (épopée).
1726-1728 Séjour en Angleterre.	**1731** *Histoire de Charles XII* (récit historique).
1733-1749 Liaison avec M^{me} du Châtelet.	**1734** *Lettres philosophiques.* **1743** *Mérope* (tragédie).
	1748 *Zadig.*
1750-1753 Séjour à Berlin.	**1751** *Le Siècle de Louis XIV* (récit historique).
1755 Installation en Suisse.	

ÉVÉNEMENTS CULTURELS ET ARTISTIQUES	ÉVÉNEMENTS HISTORIQUES ET POLITIQUES
1710 Leibniz, *Essais de théodicée*.	
	1715 Mort de Louis XIV. Installation de la Régence.
1721 Montesquieu, *Lettres persanes*.	
1746 Diderot prend en charge l'*Encyclopédie*.	
1748 Montesquieu, *De l'esprit des lois*. **1749** Buffon commence la publication de l'*Histoire naturelle* (jusqu'en 1789). Naissance de Goethe (mort en 1832). **1751** Volumes I et II de l'*Encyclopédie*.	**1748** Le traité d'Aix-la-Chapelle consacre la Prusse comme grande puissance.
1755 Rousseau, *Discours sur l'origine et les fondements de l'inégalité parmi les hommes*.	**1755** Tremblement de terre de Lisbonne.

VIE	ŒUVRES
	1756 *Essai sur les mœurs* (histoire universelle depuis Charlemagne).
1760 Installation à Ferney. **1762-1765** Réhabilitation du protestant Calas.	
	1763 *Traité sur la tolérance.* **1764** *Dictionnaire philosophique portatif.* **1767** *L'Ingénu* (conte).
	1774 *Histoire de Jenni ou le Sage et l'Athée* (conte).
1778 Voyage à Paris et mort. **1791** Inhumation au Panthéon.	

ÉVÉNEMENTS CULTURELS ET ARTISTIQUES	ÉVÉNEMENTS HISTORIQUES ET POLITIQUES
	1756-1763 Guerre de Sept Ans (France-Autriche-Russie contre Prusse-Angleterre).
1756 Naissance de Mozart (mort en 1791).	**1756** Exécution de Byng, amiral anglais.
	1757 Attentat de Damiens contre Louis XV.
1758 Rousseau, *Lettre à d'Alembert sur les spectacles* (contre les philosophes).	
	1759 Expulsion des jésuites hors du Portugal (et de son empire colonial). Interdiction de continuer la publication de l'*Encyclopédie*.
	1762 Exécution du protestant Calas.
	1764 Dissolution de l'ordre des jésuites en France.
1767 D'Holbach, *Le Christianisme dévoilé* (pamphlet antichrétien).	**1767** Expulsion des jésuites d'Espagne.
1770 Naissance de Beethoven (mort en 1827).	

CONTEXTES ET
GENÈSE DE L'ŒUVRE

Mieux vaut le dire nettement : malgré l'énorme *Correspondance* de Voltaire, malgré la non moins énorme accumulation d'études critiques, on ne sait pas grand-chose sur la genèse de *Candide*, l'un des textes français les plus universellement connus. L'essentiel pourrait tenir en une phrase : *Candide* fut sans doute commencé en janvier 1758, achevé à la fin de cette même année, et diffusé dans toute l'Europe à partir de février 1759. Bien que publié sous le couvert de l'anonymat, le texte fut aussitôt attribué à son auteur, qui feignit de s'indigner qu'on pût lui imputer cette « plaisanterie », cette « coïonnerie ». Mais chacun savait depuis longtemps ce qu'il convenait de penser des démentis voltairiens. Faute de manuscrits et de témoignages fiables, tout ce qu'on peut écrire aujourd'hui à propos des sources et de la gestation de *Candide* appartient donc au domaine des hypothèses.

Il est peu vraisemblable que Voltaire ait longuement porté en lui le projet avant de le coucher sur le papier. Voltaire pense vite et écrit encore plus vite, comme en témoigne la masse prodigieuse de ses œuvres, dans tous les genres littéraires. Mais encore une fois, on ne sait à quoi rattacher l'idée initiale de son fameux récit. Car s'il n'hésite pas, dans ses lettres, à solliciter avis et critiques sur ses tragédies, on ne trouve nul témoignage explicite, dans la *Correspondance*, de la rédaction ou de la conception de *Candide*.

L'héritage littéraire : conte ou roman ?

Cette incertitude s'étend au genre même du texte. S'agit-il d'un conte, ou d'un roman ? On hésite depuis le XVIIIᵉ siècle entre trois titres pour désigner les fictions de Voltaire : *Contes en vers et en prose* ; *Contes et Romans* ; *Contes philosophiques*. Aucune de ces dénominations ne peut prétendre à un droit indiscutable et exclusif. Car nul critère ne permet de distinguer à coup sûr un court roman d'un conte long (ou d'une longue nouvelle). *Candide*, *L'Ingénu*, les *Lettres d'Amabed*, et même *Zadig* ou *La Princesse de Babylone*

peuvent parfaitement se réclamer du genre romanesque qui, comme on sait, n'obéit à aucune règle stricte, transgresse toutes les frontières et toutes les définitions. Le terme le plus neutre, à même d'apaiser d'inutiles et interminables débats, serait celui de *Récits*. Mais nul éditeur ne l'a jamais employé comme titre pour les fictions voltairiennes.

Contes philosophiques est une expression tout à fait heureuse et convient d'autant plus à Voltaire qu'elle paraît comme inventée pour lui. Mais au moment où il écrit, le conte philosophique n'existe pas en tant que genre littéraire, et rien ne garantit qu'il survive vraiment à l'auteur de *Candide*, sinon par vague analogie. Le rapprochement désigne alors l'alliance d'une narration alerte et ironique et d'un motif philosophique. Autrement dit, il n'est pas faux de désigner *Candide* comme un conte, à condition de savoir qu'on ne définit par là rien de véritablement précis. Il est par exemple possible, voire vraisemblable, que l'incipit de *Candide* (« Il y avait en Westphalie... ») soit un clin d'œil à la tradition du conte populaire. Perrault, à la fin du XVIIe siècle, lui avait donné un bel éclat littéraire, qui charme encore les Lumières. Mais le récit voltairien s'engage aussitôt dans une voie radicalement différente.

Contrairement à *Zadig*, et malgré l'installation du héros près de Constantinople pour cultiver son jardin, *Candide* ne doit rien non plus au conte oriental, très en vogue au XVIIIe siècle depuis la traduction par Galland des *Mille et Une Nuits* (1704).

En somme, rattacher *Candide* aux multiples et si diverses traditions du conte revient essentiellement à souligner la brièveté du récit (par rapport aux... romans) et sans doute aussi, toujours évoquée par la critique, la psychologie volontairement sommaire des personnages, ramenée à un ou quelques traits. Mais pourquoi tout roman serait-il nécessairement très étendu et tenu de déployer l'analyse détaillée de caractères complexes ? Personne ne nie l'appartenance au genre théâtral d'une farce en un acte, sous prétexte qu'il existe des tragédies en cinq actes. Bref, *Candide* est sans aucun doute plus court que la plupart des romans, mais plus long et plus complexe que l'immense majorité des contes !

Candide et la tradition romanesque

À y bien réfléchir, on pourrait même prétendre que ce récit doit bien plus au genre romanesque qu'aux contes, même si Voltaire affiche le plus grand mépris pour les romans, « choses indignes d'un esprit solide » (*Le Siècle de Louis XIV*, 1751). En écrivant *Candide*, Voltaire se souvient en effet manifestement du *roman picaresque* né en Espagne, illustré en France par Lesage (*Le Diable boiteux*, 1707). En témoignent les aventures de Candide, enfant naturel jeté à la rue, enrôlé dans l'armée, déserteur, embauché par un commerçant, auteur de deux assassinats, officier en Amérique, toujours en passe d'être trompé et dépouillé. En témoignent aussi les figures et mésaventures des autres personnages (la vieille, Cunégonde, Pangloss, frère Giroflée, Paquette), tout à fait typiques de la tradition picaresque, dont les héros roturiers et sans fortune, passés par tous les milieux, confrontés à toutes les misères et vilenies de l'existence, peuvent finir par se convertir à la sagesse et à l'honnêteté, voire à la religion. Ce que Voltaire ne trouve évidemment pas dans l'héritage picaresque, c'est la cinglante ironie, la constante distance du narrateur à l'égard de ses personnages, et encore moins la présence permanente d'un thème philosophique par rapport auquel les événements prennent sens.

Mais Voltaire se souvient sans doute également d'un grand roman français. *Candide* repose en effet sur une quête sentimentale (Cunégonde) et une enquête philosophique (l'optimisme) au travers d'un voyage qui court d'aventure en aventure. Or, on ne voit qu'un seul roman antérieur de valeur dont la structure présente incontestablement ces trois caractères. Il s'agit d'un immense récit de l'abbé Prévost (1697-1763), *Cleveland ou le Philosophe anglais*, dont les volumes paraissent entre 1731 et 1739. Fils naturel du dictateur anglais Cromwell (1599-1658), Cleveland fuit l'Angleterre, voyage en Amérique (il y traverse trois utopies, tel Candide en Eldorado), revient en Europe, perd et retrouve, à travers de multiples péripéties, son épouse infidèle et malheureuse, sans cesser de s'interroger douloureusement sur la Providence et la valeur des grandes options morales, philosophiques et religieuses de l'époque. Il n'est pas

déraisonnable de considérer *Candide* comme une sorte de paro-
die indirecte du *Cleveland* de l'abbé Prévost, le roman le plus
ambitieux du XVIII^e siècle avant *La Nouvelle Héloïse* de
Rousseau (1761). Ainsi, adversaire des romans mais séduit par
la fiction, Voltaire se sert de ses lectures pour se moquer du
genre romanesque, comme les romans de Scarron (*Le Roman
comique*, 1651-1657) et de Furetière (*Le Roman bourgeois*,
1666) se moquaient des interminables récits aristocratiques,
héritiers de *L'Astrée* d'Honoré d'Urfé (1607-1627).

Voltaire fait d'une pierre trois coups : il se donne le plaisir
de la fiction, de la moquerie et de la philosophie. Dans cette
perspective, *Candide* apparaît mieux nourri par l'histoire du
roman européen que par la tradition, bien plus maigre, des
contes, dont les traces sur le corps du texte semblent en défi-
nitive peu visibles.

Une question philosophique troublante : le mal

Bien visible, au contraire, la source philosophique, qui s'affiche
avec insolence dans le titre : *Candide ou l'Optimisme*. Par opti-
misme, il ne faut surtout pas entendre, contrairement au sens
actuel, une heureuse disposition du tempérament, porté spon-
tanément par sa nature à voir toujours les choses du bon côté.
Cette signification n'apparaîtra qu'après *Candide*, par exemple
dans une pièce à succès de Colin d'Harleville, *L'Optimiste*
(1788). En 1758, il s'agit d'un néologisme technique propre au
vocabulaire spécialisé de la philosophie, apparu pour la pre-
mière fois en 1737 dans les *Mémoires* de Trévoux, édités par les
jésuites. Optimisme (du latin *optimus*, le meilleur) désigne une
position strictement philosophique, une réponse métaphysique
au douloureux débat soulevé par la question du mal sur terre
(*mal physique* : catastrophes naturelles, maladies, vieillis-
sement, mort ; *mal moral* : injustices, fraudes, fanatisme, escla-
vage, tyrannie, passions dévastatrices, etc.). Comment en effet
accorder la constatation du mal et l'existence de Dieu, puisque
Dieu, dans l'Occident christianisé, est nécessairement tout-puis-
sant, omniscient, parfaitement juste et bon ? Ou Dieu n'a pas
pu empêcher le mal, ce qui contredit sa puissance, ou il n'a pas

voulu, ce qui heurte sa bonté. Le mal met donc en cause la Providence, c'est-à-dire l'intervention divine, au profit des hommes, dans la création et la marche des choses (naturelles et humaines). Le mal met aussi en péril la capacité de la raison humaine à rendre compte de l'ordre du monde.

Ces interrogations sont évidemment très anciennes, et l'humanité y a longtemps répondu par des mythes, avant que la philosophie ne tente d'y apporter des réponses rationnellement argumentées. Il revient à P. Bayle d'avoir relancé ces questions dans son *Dictionnaire historique et critique* (1697), très lu au XVIII[e] siècle, en faisant du mal un problème incontournable pour la réflexion philosophique attachée à l'idée de Dieu. Les génocides du XX[e] siècle l'ont rendu si épouvantable qu'il n'est sans doute plus possible de l'ignorer, ni d'en rire à la façon de Voltaire. Conviction ou provocation, P. Bayle va même jusqu'à présenter la solution manichéenne comme la seule raisonnable. Or elle est incompatible avec les religions issues de la Bible. Les manichéens — adeptes d'une ancienne religion perse à peu près anéantie — postulaient la coexistence éternelle et conflictuelle des deux principes du mal et du bien. Dans *Candide*, Martin, adversaire de l'optimiste Pangloss, a travaillé comme Bayle pour les éditeurs hollandais et se prétend lui aussi manichéen (chap. 20).

Leibniz au secours de Dieu

La réponse la plus célèbre et la plus profonde aux objections de Bayle à propos du mal est celle de Leibniz, grand philosophe et mathématicien allemand, parue en 1710 : *Essais de théodicée*, écrits en français. Leibniz entend démontrer qu'il est rationnellement impossible de reprocher à Dieu d'avoir fait ce qu'il a fait, de se le représenter « comme un prince absolu, usant d'un pouvoir despotique, peu propre à être aimé et peu digne d'être aimé ». Dieu n'a certes pas créé un monde parfait, car toute création est par définition imparfaite. Mais il a bel et bien, compte tenu des contraintes (des possibles), créé le meilleur des mondes possibles, car Dieu, par définition, ne peut faire autrement que viser le mieux. Mais ce mieux est à la mesure de Dieu, il englobe tout l'univers et toute la chaîne du temps (omniscient

et hors du temps, Dieu « a tout réglé par avance une fois pour toutes, ayant prévu les prières, les bonnes et les mauvaises actions, et tout le reste »). Créature imparfaite et nécessairement limitée, l'homme ramène l'univers au globe terrestre, la terre à son village et le temps à son existence passagère, transforme de petits maux en tragédie, peine à concevoir que du mal présent puisse sortir un bien plus grand. Du point de vue de Dieu, le bien l'emporte infiniment sur le mal : « Mais l'on dira que les maux sont grands et en grand nombre, en comparaison des biens : l'on se trompe. [...] Il se peut que tous les maux ne soient aussi qu'un presque néant en comparaison des biens qui sont dans l'univers ». Comme le dira à sa façon J.-J. Rousseau à Voltaire (*Lettre sur la Providence*, 1756, en réponse au *Poème sur le désastre de Lisbonne ou Examen de cet axiome : « Tout est bien »*, 1756), tout n'est pas bien, mais le Tout est bien. Si tel n'était pas le cas, dit Rousseau, il faudrait nier la Providence, c'est-à-dire l'existence de Dieu.

Quand Voltaire retrouve Pangloss

Impossible donc de nier que *Candide* se moque, en les caricaturant, de Leibniz et de ses doctes disciples allemands — mais la savante Mme du Châtelet, amie et maîtresse de Voltaire, morte en 1749, était une fervente leibnizienne, comme du reste Frédéric II, roi de Prusse et actif correspondant de Voltaire. Il importe absolument, cependant, de ne pas se méprendre sur la féroce ironie voltairienne à l'égard de l'optimisme. Elle ne signifie pas du tout que Voltaire nie l'existence de Dieu, ou la justice divine, ou sa toute-puissance. Comme la plupart des philosophes et savants de la première moitié du XVIIIe siècle, Voltaire n'est pas un athée, mais un déiste (ou théiste). Cela veut dire qu'il croit fermement qu'une intelligence divine a créé l'univers et toutes les créatures tels qu'on les voit actuellement. L'existence de lois qui régissent l'univers, et notamment les lois mathématiques de la physique découvertes par Galilée et Newton, prouve à l'évidence, selon lui, que le monde ne peut pas être le fruit du hasard ou exister de toute éternité par lui-même. Pas d'horloge sans horloger, tel est le cri du bon sens ! Ce Dieu géomètre est aussi et peut-être surtout un Dieu moral.

Peu importe qu'on prie Dieu en latin ou en chinois, à l'église ou chez soi, à genoux ou la tête couverte. Dieu se moque des rites et des dogmes inventés par les hommes (ou plutôt par les prêtres et à leur bénéfice). Seule compte pour Dieu la moralité — une et universelle — des actions.

C'est pourquoi Voltaire, lorsqu'il découvrira quelques années après *Candide* la montée inquiétante de l'athéisme parmi les philosophes parisiens (Diderot, d'Holbach, etc.), sera conduit irrésistiblement à reprendre contre eux des arguments leibniziens (panglossiens ?). Dans son dernier récit (*Histoire de Jenni ou le Sage et l'Athée*, 1774), un sage et vertueux déiste anglais opère par exemple la conversion d'un jeune athée amoral, dont le plus fort argument contre l'existence de Dieu, d'un Dieu bon, garant de la morale, est précisément la noirceur du mal sur terre. Que fait alors le déiste ? Évident porte-parole de Voltaire, il démontre au jeune libertin que le mal est beaucoup moins répandu, beaucoup moins virulent que ne le prétendent les négateurs intéressés de Dieu ! De multiples autres textes voltairiens — tout aussi explicites et convaincus — ne permettent en rien de douter de la religion de Voltaire. À condition bien entendu d'entendre par là une religion naturelle, c'est-à-dire rationnelle ; une religion indifférente aux rites et aux dogmes qui divisent les hommes, mais fermement persuadée de la nécessité d'adorer un principe divin, unique et universel, source et garant d'une morale également universelle et éternelle.

Si Voltaire, donc, a pu donner une telle virulence à la critique de l'optimisme leibnizien (qui visait à défendre Dieu et la Création contre l'argument du mal), c'est qu'en 1758, lorsqu'il écrit *Candide*, le danger de l'athéisme lui paraît tout à fait mineur. Il a en effet toujours considéré l'athéisme comme une pure absurdité, comme la preuve, chez les philosophes, d'une perte de tout bon sens, d'un étrange dérangement du cerveau ; et chez les Princes, comme la porte ouverte aux pires dérèglements. L'athée est pour lui ou bien un excentrique peu sérieux, avide d'étaler sa pseudo-audace intellectuelle, ou bien un vicieux qui entend avoir les mains libres.

Contre l'arrogance de la raison

Mais si Voltaire tourne toute sa vie autour du problème du mal ; si lui aussi veut innocenter Dieu, d'où vient la véritable rage qui soulève *Candide* contre la philosophie de Leibniz ? Rage sans laquelle le texte n'aurait pu devenir aussi célèbre, aussi inoubliable. C'est sans doute qu'à travers Pangloss-Leibniz Voltaire vise aussi une de ses cibles favorites : la prétention insupportable et bouffonne de la raison humaine à se prendre pour la raison de Dieu, en échafaudant sans cesse des systèmes métaphysiques censés tout expliquer. On touche ici, à propos de la question du mal, un point névralgique de la philosophie voltairienne et des Lumières. Contrairement en effet à ce qu'on reproche parfois de nos jours aux Lumières — dénoncées comme un hyperrationalisme responsable des perversions les plus graves du XXᵉ siècle à travers l'exaltation sans mesure de la raison, de la science, des techniques, du progrès — Voltaire et les autres philosophes du XVIIIᵉ siècle ne croient plus que la raison humaine puisse coïncider avec l'omniscience divine. La vraie sagesse, pour un philosophe, selon Voltaire, c'est de savoir qu'il ignore et ignorera toujours le fond des choses (Voltaire, *Le Philosophe ignorant*, 1766). Au regard de Dieu et de sa mystérieuse Providence, la minuscule créature humaine est comme la souris transportée dans les cales d'un bateau du sultan : elle tente de survivre sans jamais savoir le but de son voyage (*Candide*, chap. 20). La raison humaine est une raison bornée, par nature incapable de résoudre l'insondable mystère de la matière, de la vie, de la génération, de l'union de l'âme et du corps, de l'éventuelle immortalité de l'âme, des peines et des récompenses éternelles, etc. (*Dictionnaire philosophique*, article « Bornes de la raison », 1764). Voltaire ne cesse de dénoncer, avec une exaspération intacte, les théologiens qui prétendent parler au nom du seul vrai Dieu — le leur —, et les philosophes qui, depuis l'Antiquité, imaginent à qui mieux mieux le « vrai » système du monde (Platon, Aristote, saint Thomas, Descartes, Malebranche, Leibniz).

Pangloss — « Tout-langue » en grec — n'est pas seulement le porte-parole grotesque d'une certaine philosophie, d'une certaine solution au problème du mal. Il incarne l'arrogance

dogmatique et parfaitement ridicule d'une raison saisie par ce démon que les Lumières dénomment la *métaphysique*. Lui seul, d'ailleurs, continuera à discourir imperturbablement dans la petite métairie (chap. 30). Cultiver son jardin, c'est précisément renoncer enfin à l'ambition folle (proprement *métaphysique*) de combler par des mots et des formules creuses l'abîme insondable qui sépare à jamais Dieu des hommes. Rien ne serait donc plus faux que d'attribuer à Voltaire, Montesquieu, Diderot ou d'Alembert une théorie, un culte du Progrès (fatal et absolu) qui ne se constituera qu'au XIXᵉ siècle. S'il y a *des* progrès, s'il y a *des* lumières, c'est à travers le recul du fanatisme, l'amélioration des techniques et des connaissances, le perfectionnement des mœurs et du goût. Mais personne n'est plus sensible que Voltaire — *Candide* le prouve — à la fragilité de ces maigres avancées, aussi conscient du poids écrasant, dans l'Histoire, de la barbarie, de la sottise, de l'ignorance (surtout quand elle se croit savante).

Reconstituer la genèse de *Candide*, c'est donc aussi, après l'héritage littéraire et le contexte philosophique, prendre en compte l'environnement historique, dans la mesure bien entendu où il laisse des traces dans le texte du récit.

Quand l'Histoire fait mal

Qui s'interroge sur le mal est bien obligé de regarder autour de soi. Or tout ne va pas pour le mieux dans l'Europe des Lumières. Le 1ᵉʳ novembre 1755 — effrayant exemple de mal physique — le tremblement de terre de Lisbonne a fait des dizaines de milliers de victimes. Que faire de cette catastrophe dans le cadre de la Providence ? Voltaire, sous le coup de l'émotion, compose aussitôt un pathétique *Poème sur le désastre de Lisbonne ou Examen de cet axiome : « Tout est bien »*, qui déclenche un vaste débat. Philosophes et théologiens de toute l'Europe lui répondent pour voler au secours de la Nature et de Dieu, y compris Rousseau, qui estimera dans ses *Confessions* que *Candide* fut la réponse de Voltaire aux objections de sa longue *Lettre sur la Providence* (1756).

Au mal physique succède aussitôt le mal moral : de 1756 à 1763, la guerre de Sept Ans entre les grandes puissances

européennes provoque plus de ravages que la destruction de Lisbonne. Dès le chapitre 2, Candide, expulsé du paradis terrestre, rencontre la guerre. Une correspondante de Voltaire, une duchesse allemande dont les terres sont saccagées par le conflit, s'obstine à défendre les thèses leibniziennes et la bonté de la Providence. Voltaire tente de réconcilier Louis XV et le roi de Prusse Frédéric II, de sauver l'amiral anglais Byng (*Candide*, chap. 23) : vains efforts. Inhumanité des hommes, fragilité de la civilisation : *Candide* a pour contexte une crise de la vision du monde.

Crise sans doute accentuée par les attaques qui, depuis l'attentat (au canif) de Damiens contre Louis XV (1757), visaient les philosophes français : condamnation et rétractation publique d'Helvétius pour son livre *De l'esprit* (1758) — c'est un passage de ce livre qui inspire à Voltaire le célèbre épisode, rajouté sur le manuscrit, du Nègre de Surinam au chapitre 19 ; interdiction en 1759 de publier la suite de l'*Encyclopédie* et défection de d'Alembert, qui en quitte la codirection ; dissidence publique et spectaculaire de Rousseau, qui s'en prend à Diderot et au « parti » des philosophes, ses anciens amis (1758). La révision, en 1761, du chapitre 22 sur Paris, qui avait déçu les lecteurs, porte les traces, par ses coups de griffe, de ce reflux passager mais inquiétant, où une partie de l'appareil d'État de la monarchie française pactisait avec l'Église catholique et le Parlement jansénisant contre les philosophes. Or Voltaire se considérait à juste titre comme l'inspirateur le plus glorieux de ces derniers, comme leur guide et patriarche.

Au bord d'un lac clément

Bien entendu, il serait tout à fait naïf de s'imaginer que ces événements expliquent réellement *Candide*, qu'ils pourraient rendre compte de son exceptionnelle réussite artistique et philosophique. Mais ils l'accompagnent et y laissent leur marque au fil des épisodes, sans épuiser l'impressionnante accumulation des formes du mal, mobilisées pour écraser la thèse optimiste. Car Voltaire ne se contente pas de puiser ses exemples dans l'actualité ou ses souvenirs historiques. L'ennui qui ronge les compagnons de Candide au début du dernier chapitre renvoie

par exemple non pas à l'Histoire, mais au statut « éternel » de la condition humaine, en proie aux passions.

À trop souligner, sous prétexte d'« expliquer » *Candide*, des circonstances historiques sélectionnées pour les besoins de la démonstration, on risque de manquer un point non négligeable de la genèse artistique du roman. On a vu que Voltaire ne réagit pas au terrible désastre de Lisbonne par un récit philosophique, mais par un poème sans l'ombre d'un sourire. Au moment où il compose *Candide*, l'écrivain, immensément riche (tout en se prétendant pauvre comme Job !), enfin propriétaire et indépendant, est confortablement installé, depuis 1755, au bord du lac de Genève (lac Léman). Il achève *Candide* au moment où il négocie lui aussi, comme son héros, l'achat d'une « petite métairie », le château de Ferney. Il y exercera pendant vingt ans une sorte de royauté intellectuelle sans équivalent dans l'histoire antérieure de la littérature. *Candide* n'est donc pas le fruit immédiat d'une crise personnelle, mais la réaction à la fois nerveuse et distanciée d'un intellectuel concerné par la marche du monde et des idées. Peut-être est-ce précisément cette distance qui permet d'obtenir cette inimitable qualité du roman : l'alliance de la rage et de la bouffonnerie, du sérieux et du comique. Et elle aussi qui empêche de finir le périple de Candide sur un désastre.

Publication et réactions : le plaisir du masque

Le succès fut immédiat et considérable, en France et dans toute l'Europe, où les couches cultivées comprenaient généralement le français. Les tirages d'alors étant très limités (1 500 à 2 000 exemplaires au plus), les éditions (imprimées hors de France) se succédèrent rapidement. Les protestations indignées et méprisantes de Voltaire ne pouvaient tromper personne, et encore moins l'attribution fantaisiste, à partir de 1761, à un auteur allemand inconnu, le Docteur Ralph, mort prétendument à la bataille de Minden ! Voltaire a toujours été un virtuose du pseudonyme. Mais ces masques innombrables ne dissimulaient pas réellement l'auteur, aussitôt reconnu : le style vaut toutes les signatures. Il ne s'agit donc pas d'une supercherie littéraire, à la façon par exemple de Romain Gary remportant deux fois le prix

Goncourt, sous son vrai nom (*Les Racines du ciel*, 1956), puis sous le pseudonyme d'Émile Ajar (*La Vie devant soi*, 1975), mais avec alors une métamorphose complète de son style habituel ; car il est interdit de prétendre deux fois au Goncourt. Outre le plaisir de jouer à cache-cache, l'anonymat ou le pseudonyme avaient pour Voltaire l'avantage de le mettre à l'abri d'éventuelles poursuites judiciaires. J.-J. Rousseau, qui se faisait un point d'honneur d'assumer ses livres, ne sera pas contraint de quitter la France pour avoir écrit *Le Contrat social* (1762), mais parce qu'il l'avait signé. Voltaire n'eut jamais la moindre envie de courir au-devant de tels dangers, qui lui auraient semblé le comble de la sottise. Et encore moins pour un roman. En évitant de signer ses textes, il faisait aussi le jeu des autorités genevoises et françaises, qui pouvaient se donner le gant de laisser condamner *Candide* pour outrages aux bonnes mœurs et impiété, sans encourir le ridicule de poursuivre un auteur illustre, anobli, richissime, et doté de très solides appuis dans toute la haute société européenne.

Le temps n'était plus où, comme en 1726, un chevalier de Rohan pouvait le faire bastonner, et un ministre l'enfermer à la Bastille. D'ailleurs, Voltaire ne se faisait pas faute de servir au besoin les intérêts diplomatiques de la France auprès de la République de Genève, agitée périodiquement, au XVIII[e] siècle, par des troubles civils parfois très vifs. En retour, les couches dirigeantes de la République, aussi agacée fût-elle par la personnalité remuante et imprévisible de l'écrivain, avaient besoin de la France — et à l'occasion des relations de Voltaire — pour défendre, y compris par la force des baïonnettes, leurs privilèges contre les revendications populaires (soutenues par Rousseau). En somme, Voltaire n'avait nul besoin de se dissimuler au point de n'être pas reconnu : il lui suffisait, pour être tranquille, de ne pas se nommer.

Dès 1760 paraissait une suite apocryphe de *Candide*, selon une habitude devenue au XVIII[e] siècle un véritable genre littéraire : des écrivains mineurs donnaient une suite aux œuvres à succès. La comparaison entre le texte original et son pastiche n'est pas sans intérêt : elle permet de mesurer quasi expérimentalement les qualités guère imitables de l'écriture et de la pensée voltairiennes.

Buste de Voltaire par Jean-Antoine Houdon, 1776.
Musée du Louvre, Paris.

Candide
ou l'optimisme[1]

VOLTAIRE

Traduit de l'allemand
de M. le Docteur Ralph[2]

Avec les additions qu'on a trouvées
dans la poche du Docteur
lorsqu'il mourut à Minden[3]
l'An de Grâce 1759

Notes de la page précédente.

1. **Optimisme** : le mot « optimisme », devenu si banal (en partie grâce au *Candide* de Voltaire), a été employé pour la première fois en 1737, dans les *Mémoires de Trévoux*, à propos des *Essais de théodicée* (1710) du philosophe allemand Leibniz. Il entre dans le *Dictionnaire de Trévoux* en 1752, dans celui de l'Académie française en 1762. Il s'agit donc, en 1759, d'un néologisme technique, relevant du vocabulaire spécialisé de la philosophie. Équivalent possible : « Candide ou l'existentialisme », etc. « C'est le nom qu'on donne au système de ceux qui prétendent que tout est bien, que le monde est le meilleur que Dieu ait pu créer... » (*Dictionnaire de Trévoux,* édition de 1771). « Optimisme », « optimiste » ne renvoient pas au caractère, au tempérament, mais à une vision du monde, à une idéologie.
2. **Ralph** : nom plus anglais qu'allemand. Voltaire se souvient peut-être du poète anglais James Ralph, qu'il aurait pu lire lors de son séjour en Angleterre, trente ans plus tôt.
3. **Minden** : l'armée française fut battue à Minden, ville de Westphalie, le 1er août 1759. Le sous-titre a été ajouté en 1761 et souligne l'importance de la guerre de Sept Ans (1756-1763) dans la genèse de *Candide*.

CHAPITRE PREMIER

COMMENT CANDIDE FUT ÉLEVÉ
DANS UN BEAU CHÂTEAU,
ET COMMENT IL FUT CHASSÉ D'ICELUI[1].

IL Y AVAIT en Westphalie, dans le château de monsieur le baron de Thunder-ten-tronckh[2], un jeune garçon à qui la nature avait donné les mœurs les plus douces. Sa physionomie annonçait son âme. Il avait le jugement assez
5 droit, avec l'esprit le plus simple ; c'est, je crois, pour cette raison qu'on le nommait Candide. Les anciens domestiques de la maison soupçonnaient qu'il était fils de la sœur de M. le baron et d'un bon et honnête gentilhomme du voisinage, que cette demoiselle ne voulut jamais épouser parce qu'il n'avait
10 pu prouver que soixante et onze quartiers[3] et que le reste de son arbre généalogique avait été perdu par l'injure du temps.

M. le baron était un des plus puissants seigneurs de la Westphalie, car son château avait une porte et des fenêtres. Sa grande salle même était ornée d'une tapisserie. Tous les
15 chiens de ses basses-cours composaient une meute dans le besoin[4] ; ses palefreniers étaient ses piqueurs ; le vicaire du

1. **Icelui** : terme volontairement désuet (= de celui-ci).
2. **Thunder-ten-tronckh** : composition fantaisiste qui parodie sans doute la rudesse supposée de la langue allemande. Voltaire parlait fort bien l'anglais, mais ne fit jamais l'effort d'apprendre l'allemand, qui n'était pas encore une grande langue de culture.
3. **Quartiers** : un aristocrate peut se prévaloir d'autant de quartiers de noblesse qu'il a d'ascendants nobles authentifiés. L'exagération burlesque fait allusion à l'intransigeance de la noblesse germanique, beaucoup plus stricte que la noblesse française sur les mésalliances. Mais le titre de baron est devenu, pour Voltaire, « ridicule ».
4. **Dans le besoin** : en cas de besoin.

village était son grand aumônier. Ils l'appelaient tous
Monseigneur[1], et ils riaient quand il faisait des contes
20 Mᵐᵉ la baronne, qui pesait environ trois cent cinquante livres,
s'attirait par là une très grande considération, et faisait les
honneurs de la maison avec une dignité qui la rendait encore
plus respectable. Sa fille Cunégonde[2], âgée de dix-sept ans,
était haute en couleur, fraîche, grasse, appétissante. Le fils du
baron paraissait en tout digne de son père. Le précepteur
25 Pangloss[3] était l'oracle de la maison, et le petit Candide
écoutait ses leçons avec toute la bonne foi de son âge et de
son caractère.

 Pangloss enseignait la métaphysico-théologo-cosmoloni-
gologie[4]. Il prouvait admirablement qu'il n'y a point d'effet
30 sans cause, et que, dans ce meilleur des mondes possibles, le
château de monseigneur le baron était le plus beau des
châteaux et madame la meilleure des baronnes possibles.

 « Il est démontré, disait-il, que les choses ne peuvent être
autrement : car, tout étant fait pour une fin, tout est
35 nécessairement pour la meilleure fin[5]. Remarquez bien que
les nez ont été faits pour porter des lunettes, aussi avons-nous
des lunettes. Les jambes sont visiblement instituées pour être

1. **Monseigneur** : titre réservé non pas aux barons, mais aux princes, aux ducs
et pairs, aux gouverneurs de province...
2. **Faire des contes** : médire, railler.
3. **Cunégonde** : une princesse du même nom fut canonisée en l'an 1012, pour
avoir démontré sa chasteté à l'épreuve du feu ! Le nom de Cunégonde la
prédestine à un destin moins noble.
4. **Pangloss** : littéralement, en grec : « Tout-langue », sans doute sur le modèle
de Panurge (Rabelais). On pense que Voltaire relit Rabelais pendant la
rédaction de *Candide*.
5. **Métaphysico-théologo-cosmolonigologie** : le terme de cosmologie vient du
philosophe allemand Wolff (1679-1754), célèbre disciple de Leibniz. Il désigne
la science du monde en général. Mais, pour le lecteur, cette définition railleuse
se moque avant tout de la *Théodicée* (1710) de Leibniz. Voltaire renchérit sur
le père Castel qui, dans les *Mémoires de Trévoux* (organe des jésuites), avait
défini la philosophie de Leibniz comme une « doctrine physico-géométrico-
théologique ».
6. **Fin** : but.

chaussées, et nous avons des chausses[1]. Les pierres ont été
formées pour être taillées, et pour en faire des châteaux, aussi
40 monseigneur a un très beau château ; le plus grand baron de
la province doit être le mieux logé ; et, les cochons étant faits
pour être mangés, nous mangeons du porc toute l'année : par
conséquent, ceux qui ont avancé que tout est bien[2] ont dit
une sottise ; il fallait dire que tout est au mieux. »

45 Candide écoutait attentivement, et croyait innocemment ;
car il trouvait M[lle] Cunégonde extrêmement belle, quoiqu'il
ne prît jamais la hardiesse de le lui dire. Il concluait qu'après
le bonheur d'être né baron de Thunder-ten-tronckh, le second
degré de bonheur était d'être M[lle] Cunégonde ; le troisième,
50 de la voir tous les jours ; et le quatrième, d'entendre maître
Pangloss, le plus grand philosophe de la province, et par
conséquent de toute la terre.

Un jour, Cunégonde, en se promenant auprès du château,
dans le petit bois qu'on appelait *parc*, vit entre des
55 broussailles le docteur Pangloss qui donnait une leçon de
physique expérimentale[3] à la femme de chambre de sa mère,
petite brune très jolie et très docile. Comme M[lle] Cunégonde
avait beaucoup de disposition pour les sciences, elle observa,
sans souffler, les expériences réitérées dont elle fut témoin ;
60 elle vit clairement la raison suffisante[4] du docteur, les effets
et les causes, et s'en retourna tout agitée, toute pensive, toute
remplie du désir d'être savante, songeant qu'elle pourrait bien
être la raison suffisante du jeune Candide, qui pouvait aussi
être la sienne.

1. **Chausses** : culottes.
2. **Tout est bien** : allusion à la célèbre formule du poète anglais Pope (*Essai sur l'homme*, 1733) : « *Whatever is, is right.* »
3. **Physique expérimentale** : cette périphrase discrète mais précise parodie un titre célèbre au XVIII[e] siècle : *Leçons de physique expérimentale* de l'abbé Nollet. « Toute la *Théodicée* de Leibniz ne vaut pas une expérience de Nollet », s'exclame Voltaire en 1739.
4. **Raison suffisante** : principe leibnizien : « ... jamais rien n'arrive sans qu'il y ait une cause ou du moins une raison déterminante... » *(Théodicée).* La raison suffisante du docteur relève plus de la physique que de la métaphysique.

65 Elle rencontra Candide en revenant au château, et rougit ;
Candide rougit aussi ; elle lui dit bonjour d'une voix
entrecoupée, et Candide lui parla sans savoir ce qu'il disait.
Le lendemain après le dîner, comme on sortait de table,
Cunégonde et Candide se trouvèrent derrière un paravent ;
70 Cunégonde laissa tomber son mouchoir, Candide le ramassa,
elle lui prit innocemment la main, le jeune homme baisa
innocemment la main de la jeune demoiselle avec une
vivacité, une sensibilité, une grâce toute particulière ; leurs
bouches se rencontrèrent, leurs yeux s'enflammèrent, leurs
75 genoux tremblèrent, leurs mains s'égarèrent. M. le baron de
Thunder-ten-tronckh passa auprès du paravent, et, voyant
cette cause et cet effet, chassa Candide du château à grands
coups de pied dans le derrière ; Cunégonde s'évanouit ; elle
fut souffletée par M^me la baronne dès qu'elle fut revenue à
80 elle-même ; et tout fut consterné dans le plus beau et le plus
agréable des châteaux possibles.

REPÈRES

• Une œuvre littéraire commence par un nom d'auteur et un titre. Quels sont les quatre éléments qui composent la page de titre de *Candide* ?
• Quel lien existe-t-il entre l'optimisme, le docteur Ralph et Minden ?

OBSERVATION

• Quels indices textuels marquent l'ironie dans le titre du premier chapitre ?
• L'ordre de présentation des personnages répond-il à une volonté de l'auteur ? À quel(s) principe(s) cet ordre obéit-il ?
• Quelles réflexions vous suggère l'invention des noms des personnages ?
• Relevez les éléments grammaticaux, sémantiques, rhétoriques qui, dans la description du baron et le discours de Pangloss, mettent en valeur la logique de l'absurde.

INTERPRÉTATIONS

• De quoi le monde du château de Thunder-ten-tronckh est-il le symbole ?
• Quel rapport existe-t-il entre le baron et Pangloss, et donc entre l'optimisme et l'autorité ?
• Peut-on montrer que le bonheur selon Candide (§ 6) va définir les enjeux de la quête du héros et de l'enquête romanesque ?

CHAPITRE 2

CE QUE DEVINT CANDIDE
PARMI LES BULGARES.

CANDIDE, chassé du paradis terrestre, marcha longtemps sans
savoir où, pleurant, levant les yeux au ciel, les tournant
souvent vers le plus beau des châteaux, qui renfermait la plus
belle des baronnettes ; il se coucha sans souper au milieu des
5 champs entre deux sillons ; la neige tombait à gros flocons.
Candide, tout transi, se traîna le lendemain vers la ville
voisine, qui s'appelle Valdberghoff-trarbk-dikdorff[1], n'ayant
point d'argent, mourant de faim et de lassitude. Il s'arrêta
tristement à la porte d'un cabaret. Deux hommes habillés de
10 bleu[2] le remarquèrent : « Camarade, dit l'un, voilà un jeune
homme très bien fait, et qui a la taille requise. » Ils
s'avancèrent vers Candide et le prièrent à dîner très
civilement. « Messieurs, leur dit Candide avec une modestie
charmante, vous me faites beaucoup d'honneur, mais je n'ai
15 pas de quoi payer mon écot[3]. – Ah ! Monsieur, lui dit un
des bleus, les personnes de votre figure et de votre mérite ne
paient jamais rien : n'avez-vous pas cinq pieds cinq pouces[4]
de haut ? – Oui, Messieurs, c'est ma taille, dit-il en faisant la
révérence. – Ah ! Monsieur, mettez-vous à table ; non
20 seulement nous vous défraierons, mais nous ne souffrirons

1. **Valdberghoff-trarbk-dikdorff** : nom composé et surenchère de consonnes
pour parodier la langue allemande. On peut cependant reconnaître certains
éléments : *vald* (forêt), *berg* (montagne), *hoff* (cour), *dorff* (village). *Trarbk*
semble une invention de Voltaire.
2. **Bleu** : couleur de l'uniforme prussien. La Prusse manquait d'hommes pour
ses armées.
3. **Écot** : quote-part d'un convive pour un repas à frais partagés.
4. **Cinq pieds cinq pouces** : environ 1,80 m. On recherchait les soldats de
haute taille.

jamais qu'un homme comme vous manque d'argent ; les hommes ne sont faits que pour se secourir les uns les autres. – Vous avez raison, dit Candide, c'est ce que M. Pangloss m'a toujours dit, et je vois bien que tout est au mieux. » On
25 le prie d'accepter quelques écus, il les prend et veut faire son billet[1], on n'en veut point, on se met à table : « N'aimez-vous pas tendrement… ? – Oh ! oui, répondit-il, j'aime tendrement M^lle Cunégonde. – Non, dit l'un de ces messieurs, nous vous demandons si vous n'aimez pas tendrement le roi
30 des Bulgares[2]. – Point du tout, dit-il, car je ne l'ai jamais vu. – Comment ! c'est le plus charmant des rois, et il faut boire à sa santé. – Oh ! très volontiers, Messieurs » ; et il boit. « C'en est assez, lui dit-on, vous voilà l'appui, le soutien, le défenseur, le héros des Bulgares, votre fortune est faite, et
35 votre gloire est assurée. » On lui met sur-le-champ les fers aux pieds, et on le mène au régiment. On le fait tourner à droite, à gauche, hausser la baguette[3], remettre la baguette, coucher en joue, tirer, doubler le pas, et on lui donne trente coups de bâton ; le lendemain il fait l'exercice un peu moins
40 mal, et il ne reçoit que vingt coups ; le surlendemain on ne lui en donne que dix, et il est regardé par ses camarades comme un prodige.

Candide, tout stupéfait, ne démêlait pas encore trop bien comment il était un héros. Il s'avisa un beau jour de
45 printemps de s'aller promener[4], marchant tout droit devant lui, croyant que c'était un privilège de l'espèce humaine, comme de l'espèce animale, de se servir de ses jambes à son

1. **Billet** : billet de reconnaissance de dette.
2. **Bulgares** : l'État bulgare ne se constituera qu'au XIX^e siècle, en se libérant du joug turc. Mais le lecteur du XVIII^e siècle reconnaît sans difficulté le roi de Prusse Frédéric II.
3. **Baguette** : la baguette de fer servait à enfoncer la charge dans le canon du fusil. La vitesse des coups dépendait donc de la vitesse du chargement. Le fusil à culasse date du XIX^e siècle.
4. **S'aller promener** : allusion aux nombreuses désertions qui touchaient toutes les armées, et qu'on tentait d'enrayer par des sanctions très brutales.

plaisir. Il n'eut pas fait deux lieues que voilà quatre autres héros de six pieds, qui l'atteignent, qui le lient, qui le mènent
50 dans un cachot. On lui demanda juridiquement ce qu'il aimait le mieux d'être fustigé trente-six[1] fois par tout le régiment, ou de recevoir à la fois douze balles de plomb dans la cervelle. Il eut beau dire que les volontés sont libres, et qu'il ne voulait ni l'un ni l'autre, il fallut faire un choix ; il
55 se détermina, en vertu du don de Dieu qu'on nomme *liberté*, à passer trente-six fois par les baguettes ; il essuya deux promenades. Le régiment était composé de deux mille hommes ; cela lui composa quatre mille coups de baguette, qui, depuis la nuque du cou jusqu'au cul, lui découvrirent les
60 muscles et les nerfs. Comme on allait procéder à la troisième course, Candide, n'en pouvant plus, demanda en grâce qu'on voulût bien avoir la bonté de lui casser la tête ; il obtint cette faveur ; on lui bande les yeux, on le fait mettre à genoux. Le roi des Bulgares passe dans ce moment, s'informe du crime
65 du patient[2] ; et, comme ce roi avait un grand génie, il comprit, par tout ce qu'il apprit de Candide, que c'était un jeune métaphysicien, fort ignorant des choses de ce monde, et il lui accorda sa grâce avec une clémence qui sera louée dans tous les journaux et dans tous les siècles. Un brave
70 chirurgien guérit Candide en trois semaines avec les émollients enseignés par Dioscoride[3]. Il avait déjà un peu de peau, et pouvait marcher, quand le roi des Bulgares livra bataille au roi des Abares[4].

1. **Trente-six** : il s'agirait, selon Voltaire, qui le cite plusieurs fois dans ses œuvres, d'un chiffre réglementaire.
2. **Patient :** le patient est ici le condamné à mort qu'on va exécuter.
3. **Dioscoride :** médecin grec du Iᵉʳ siècle apr. J.-C., cité par Rabelais.
4. **Abares** : les Abares sont, selon Voltaire, une nation de Scythes (comme les Bulgares), qui envahirent l'Europe orientale du VIᵉ au IXᵉ siècle. Les Français (Abares) et les Prussiens (Bulgares) ravagent l'Europe comme au temps de la barbarie médiévale. Mais si l'on se souvient que « bougre », dérivé de « bulgare », désignait originellement un hérétique, un sodomite, on aperçoit une allusion perfide à l'homosexualité de Frédéric II.

Candide s'enfuit au plus vite dans un autre village.

Illustration de Moreau le Jeune (1741-1814)
pour Candide (chap. 3), gravée par Coiny. B.N., Paris.

CHAPITRE 3

COMMENT CANDIDE SE SAUVA D'ENTRE LES BULGARES, ET CE QU'IL DEVINT.

RIEN n'était si beau, si leste[1], si brillant, si bien ordonné que les deux armées. Les trompettes, les fifres, les hautbois, les tambours, les canons formaient une harmonie telle qu'il n'y en eut jamais en enfer. Les canons renversèrent d'abord à peu
5 près six mille hommes de chaque côté ; ensuite la mousqueterie ôta du meilleur des mondes environ neuf à dix mille coquins qui en infectaient la surface. La baïonnette fut aussi la raison suffisante de la mort de quelques milliers d'hommes. Le tout pouvait bien se monter à une trentaine
10 de mille âmes. Candide, qui tremblait comme un philosophe, se cacha du mieux qu'il put pendant cette boucherie héroïque.

Enfin, tandis que les deux rois faisaient chanter des *Te Deum* chacun dans son camp[2], il prit le parti d'aller raisonner ailleurs des effets et des causes. Il passa par-dessus
15 des tas de morts et de mourants, et gagna d'abord un village voisin ; il était en cendres : c'était un village abare que les Bulgares avaient brûlé, selon les lois du droit public[3]. Ici des vieillards criblés de coups regardaient mourir leurs femmes égorgées, qui tenaient leurs enfants à leurs mamelles
20 sanglantes ; là des filles éventrées après avoir assouvi les besoins naturels de quelques héros rendaient les derniers soupirs ; d'autres, à demi brûlées, criaient qu'on achevât de leur donner la mort. Des cervelles étaient répandues sur la terre à côté de bras et de jambes coupés.

1. **Leste** : élégant (sens premier).
2. **Te Deum** : action de grâces. Chaque camp s'attribue la victoire, comme les Prussiens et les Autrichiens à la bataille de Zorndorf, en août 1758.
3. **Droit public** : droit international ; on disait aussi : « droit des gens ».

25 Candide s'enfuit au plus vite dans un autre village : il appartenait à des Bulgares, et les héros abares l'avaient traité de même. Candide, toujours marchant sur des membres palpitants ou à travers des ruines, arriva enfin hors du théâtre de la guerre, portant quelques petites provisions dans son
30 bissac, et n'oubliant jamais M^{lle} Cunégonde. Ses provisions lui manquèrent quand il fut en Hollande ; mais, ayant entendu dire que tout le monde était riche dans ce pays-là, et qu'on y était chrétien, il ne douta pas qu'on ne le traitât aussi bien[1] qu'il l'avait été dans le château de monsieur le
35 baron avant qu'il en eût été chassé pour les beaux yeux de M^{lle} Cunégonde.

 Il demanda l'aumône à plusieurs graves personnages, qui lui répondirent tous que, s'il continuait à faire ce métier, on l'enfermerait dans une maison de correction pour lui
40 apprendre à vivre[2].

 Il s'adressa ensuite à un homme qui venait de parler tout seul une heure de suite sur la charité dans une grande assemblée. Cet orateur, le regardant de travers, lui dit : « Que venez-vous faire ici ? Y êtes-vous pour la bonne cause ? – Il
45 n'y a point d'effet sans cause, répondit modestement Candide, tout est enchaîné nécessairement et arrangé pour le mieux. Il a fallu que je fusse chassé d'auprès M^{lle} Cunégonde, que j'aie passé par les baguettes, et il faut que je demande mon pain jusqu'à ce que je puisse en gagner ;
50 tout cela ne pouvait être autrement. – Mon ami, lui dit l'orateur, croyez-vous que le pape soit l'Antéchrist[3] ? – Je ne

1. **Traiter aussi bien** : l'illusion de Candide s'explique par l'extraordinaire prospérité de la Hollande au XVII^e siècle, qui irrita Louis XIV. Voltaire y fit plusieurs voyages. La Hollande servit aussi de refuge aux protestants français et aux libres penseurs.
2. **Apprendre à vivre** : depuis le XVII^e siècle, certains pays européens, dont la France, s'efforcent d'enfermer mendiants et vagabonds.
3. **Antéchrist** : *anti* : contre, et *Christus*. Ennemi du Christ et faux prophète qui, venant avant la fin des temps, tentera d'établir une religion opposée à celle de Jésus-Christ.

l'avais pas encore entendu dire, répondit Candide, mais, qu'il
le soit ou qu'il ne le soit pas, je manque de pain. – Tu ne
mérites pas d'en manger, dit l'autre ; va, coquin, va,
55 misérable, ne m'approche de ta vie. » La femme de l'orateur,
ayant mis la tête à la fenêtre et avisant un homme qui doutait
que le pape fût antéchrist, lui répandit sur le chef un plein...
ô Ciel ! à quel excès se porte le zèle de la religion chez les
dames !
60 Un homme qui n'avait point été baptisé, un bon
anabaptiste[1], nommé Jacques, vit la manière cruelle et
ignominieuse dont on traitait ainsi un de ses frères, un être à
deux pieds, sans plumes, qui avait une âme[2] ; il l'amena chez
lui, le nettoya, lui donna du pain et de la bière, lui fit présent
65 de deux florins, et voulut même lui apprendre à travailler
dans ses manufactures aux étoffes de Perse qu'on fabrique en
Hollande[3]. Candide, se prosternant presque devant lui,
s'écriait : « Maître Pangloss me l'avait bien dit que tout est
au mieux dans ce monde, car je suis infiniment plus touché
70 de votre extrême générosité que de la dureté de ce monsieur
à manteau noir[4] et de madame son épouse. »
 Le lendemain, en se promenant, il rencontra un gueux tout
couvert de pustules, les yeux morts, le bout du nez rongé, la
bouche de travers, les dents noires, et parlant de la gorge,
75 tourmenté d'une toux violente et crachant une dent à chaque
effort.

1. **Anabaptiste** : membre d'une secte protestante surtout répandue en
Westphalie et aux Pays-Bas.
2. **Âme** : allusion à cette anecdote sur Diogène rapportée par Diogène Laërce :
« Platon ayant défini l'homme un animal à deux pieds sans plumes, et
l'auditoire l'ayant approuvé, Diogène apporta dans son école un coq plumé, et
dit : "Voilà l'homme selon Platon". Aussi Platon ajouta-t-il à sa définition : "et
qui a des ongles plats et larges". »
3. **Hollande** : comme d'autres pays, la Hollande fabrique des étoffes
longtemps importées d'Orient.
4. **Monsieur à manteau noir** : le prédicateur protestant.

REPÈRES

• Comment Voltaire opère-t-il la division de sa séquence sur l'armée en deux chapitres ? Comment se fait la liaison entre les deux ?

OBSERVATION

• La vitesse du récit correspond-elle à la durée relative des événements racontés dans les deux chapitres ?
• Quels sont les procédés de l'ironie dans le premier paragraphe ?
• Comment comprenez-vous l'expression : « Candide, qui tremblait comme un philosophe » ?
• « Boucherie héroïque » : comment nomme-t-on cette figure de style ?
• Quelles articulations logiques structurent le deuxième paragraphe ? Quel effet produisent-elles ?
• Relevez les termes qui appartiennent au vocabulaire philosophique. En quoi leur emploi est-il ici parodique ?

INTERPRÉTATIONS

• Dans le deuxième paragraphe, peut-on relever un champ lexical de l'émotion ? Qu'en concluez-vous ?
• Comment se fait l'articulation entre la guerre et la philosophie ?
• Montrez comment la description de la guerre entremêle la focalisation zéro et la focalisation interne.
• En quoi la guerre est-elle à la fois horrible et absurde ? Justifiez votre point de vue.

Voltaire peut passer pour l'un des plus féroces adversaires du christianisme, et plus généralement du cléricalisme. Que trouve-t-on à cet égard dans *Candide* ?

La religion telle qu'elle est

Voltaire se livre dans *Candide* à une critique virulente des gens d'Église et, à travers eux, des religions. L'implacable grand inquisiteur qui brûle juifs et hérétiques, mais qui entretient Cunégonde et la partage avec un juif, pèche doublement : par fanatisme et par hypocrisie. Le représentant de Dieu sur terre, le pape Urbain X, est le père de la vieille (chap. 11) ! Si l'anabaptiste Jacques, membre d'une petite secte, pratique la véritable charité, il n'en va pas de même des protestants hollandais. Au fanatisme catholique répond le fanatisme des réformés : « Mon ami, lui dit l'orateur, croyez-vous que le pape soit l'Antéchrist ? » (chap. 3). En refusant de répondre, Candide se fait chasser et injurier. Le chapitre 13 dessine la silhouette d'un moine cordelier voleur, tandis qu'un autre moine, frère Giroflée, en prend à son aise avec le serment de chasteté. Quant au fils du baron, c'est chez les jésuites qu'il est initié à l'homosexualité.

Le voyage en Amérique du Sud donne l'occasion d'une satire plus incisive de la Compagnie de Jésus. Elle pratique en effet le machiavélisme politique en n'obéissant qu'à son intérêt, confondu avec celui de Dieu : à Madrid, les jésuites « envoient au ciel » les Espagnols et confessent le roi ; au Paraguay, qu'ils dirigent, ils « font la guerre » aux rois d'Espagne et du Portugal. Leur vœu de pauvreté, d'humilité, de charité ne les empêche ni de vivre dans le luxe et l'orgueil, ni de tuer (chap. 14 et 15). C'est une des idées favorites de Voltaire, qu'il faut absolument empêcher les Églises de se mêler de politique. Il est d'ailleurs tout à fait symbolique qu'après avoir tué un inquisiteur et un juif, Candide passe son épée à travers le corps d'un colonel jésuite (chap. 15). Impartial dans la distribution des coups, Voltaire en a autant pour les pasteurs hollandais : ils prêchent l'égalité de tous les hommes au malheureux esclave noir à qui l'on a coupé la jambe gauche et la main droite (chap. 19).

La religion telle qu'elle devrait être

Comment interpréter ces traits satiriques ? Ils peuvent être le fait aussi bien d'un athée que d'un déiste. On sait que Voltaire, nullement athée, n'a jamais nié l'existence de Dieu. Son Dieu, principe abstrait et intelligent, garantit l'ordre du monde et de la morale. Il n'exige ni dogmes, ni rites, ne répond à aucune prière, n'intervient par aucun miracle ni révélation dans l'histoire humaine. Aucune religion ne peut donc parler en son nom et se prétendre dépositaire d'une vérité révélée. Dans l'ordre politique, l'État doit avoir le pas sur la religion. Trouve-t-on trace, dans *Candide*, de ces idées constamment réaffirmées ?

Il faut se tourner vers la cité utopique, l'Eldorado. L'exposé du vieillard au chapitre 18 définit clairement un idéal déiste : aucune prière, mais adoration d'un seul Dieu et actions de grâce ; absence de tout clergé séculier et, à plus forte raison, régulier : chacun est prêtre ; absence de tout corps de dogmes et donc de toute dispute théologique. Ainsi conçue, la religion unit au lieu de dresser hommes et peuples les uns contre les autres. Aux yeux de Voltaire, l'épuration déiste de la religion par la suppression du clergé et des dogmes éliminerait une des causes essentielles du mal dans l'Histoire. Dans le domaine religieux, le refus de la métaphysique qui s'exprime dans *Candide* signifie aussi le refus de la théologie. La théologie fait, aux yeux de Voltaire, la grande différence entre les religions antiques, qui n'en avaient aucune et se toléraient parfaitement entre elles, et la religion chrétienne, qui entend éliminer toutes les autres, y compris par la force des armes.

Le jardin final fait-il une place à la religion ? Apparemment pas, sinon par la parodie de la Bible et par le refus de grandes questions qui sont autant théologiques que métaphysiques : « — Je me flattais, dit Pangloss, de raisonner un peu avec vous des effets et des causes, du meilleur des mondes possibles, de l'origine du mal, de la nature de l'âme et de l'harmonie préétablie. Le derviche, à ces mots, leur ferma la porte au nez. » (chap. 30). Mais il serait déraisonnable de conclure que l'exclusion de la théologie signifie l'expulsion de Dieu, car la leçon de l'Eldorado demeure. Le jardin de la Conclusion ne peut pas la contredire.

La Conclusion suggère l'idée force de Voltaire : l'exigence de tolérance, entre religions et entre peuples. La petite communauté rassemble des nationalités et des religions différentes, s'installe chez les musulmans, alors plus tolérants, semble-t-il, que les chrétiens.

CHAPITRE 4

COMMENT CANDIDE RENCONTRA
SON ANCIEN MAÎTRE DE PHILOSOPHIE,
LE DOCTEUR PANGLOSS, ET CE QUI EN ADVINT.

CANDIDE, plus ému encore de compassion que d'horreur, donna à cet épouvantable gueux les deux florins qu'il avait reçus de son honnête anabaptiste Jacques. Le fantôme le regarda fixement, versa des larmes, et sauta à son cou.
5 Candide, effrayé, recule. « Hélas ! dit le misérable à l'autre misérable, ne reconnaissez-vous plus votre cher Pangloss ? – Qu'entends-je ? Vous, mon cher maître, vous, dans cet état horrible ! Quel malheur vous est-il donc arrivé ? Pourquoi n'êtes-vous plus dans le plus beau des châteaux ? Qu'est
10 devenue Mlle Cunégonde, la perle des filles, le chef-d'œuvre de la nature ? – Je n'en peux plus », dit Pangloss. Aussitôt Candide le mena dans l'étable[1] de l'anabaptiste, où il lui fit manger un peu de pain ; et quand Pangloss fut refait : « Eh bien, lui dit-il, Cunégonde ? – Elle est morte », reprit l'autre.
15 Candide s'évanouit à ce mot ; son ami rappela ses sens avec un peu de mauvais vinaigre qui se trouva par hasard dans l'étable. Candide rouvre les yeux. « Cunégonde est morte ! Ah ! meilleur des mondes, où êtes-vous ? Mais de quelle maladie est-elle morte ? ne serait-ce point de m'avoir vu
20 chasser du beau château de monsieur son père à grands coups de pied ? – Non, dit Pangloss, elle a été éventrée par des soldats bulgares, après avoir été violée autant qu'on peut l'être ; ils ont cassé la tête à M. le baron, qui voulait la

1. **Étable** : au XVIe siècle encore, « étable » pouvait désigner l'écurie. Mais Voltaire joue aussi sur le sens courant, puisque, dans une première rédaction, Pangloss ranime Candide avec « un gobelet d'urine de vache ».

défendre ; M^me la baronne a été coupée en morceaux ; mon
25 pauvre pupille, traité précisément comme sa sœur ; et quant
au château, il n'est pas resté pierre sur pierre, pas une grange,
pas un mouton, pas un canard, pas un arbre ; mais nous
avons été bien vengés, car les Abares en ont fait autant dans
une baronnie voisine qui appartenait à un seigneur bulgare. »
30 À ce discours, Candide s'évanouit encore ; mais, revenu à
soi, et ayant dit tout ce qu'il devait dire, il s'enquit de la cause
et de l'effet, et de la raison suffisante qui avait mis Pangloss
dans un si piteux état. « Hélas ! dit l'autre, c'est l'amour ;
l'amour, le consolateur du genre humain, le conservateur de
35 l'univers, l'âme de tous les êtres sensibles, le tendre amour. –
Hélas ! dit Candide, je l'ai connu, cet amour, ce souverain
des cœurs, cette âme de notre âme ; il ne m'a jamais valu
qu'un baiser et vingt coups de pied au cul. Comment cette
belle cause a-t-elle pu produire en vous un effet si
40 abominable ? » Pangloss répondit en ces termes : « Ô mon
cher Candide ! vous avez connu Paquette, cette jolie suivante
de notre auguste baronne ; j'ai goûté dans ses bras les délices
du paradis, qui ont produit ces tourments d'enfer dont vous
me voyez dévoré ; elle en était infectée, elle en est peut-être
45 morte. Paquette tenait ce présent d'un cordelier[1] très savant
qui avait remonté à la source ; car il l'avait eue d'une vieille
comtesse, qui l'avait reçue d'un capitaine de cavalerie, qui la
devait à une marquise, qui la tenait d'un page, qui l'avait
reçue d'un jésuite, qui, étant novice[2], l'avait eue en droite
50 ligne d'un des compagnons de Christophe Colomb. Pour
moi, je ne la[3] donnerai à personne, car je me meurs.

 – Ô Pangloss ! s'écria Candide, voilà une étrange

1. **Cordelier** : la paillardise et l'ignorance des cordeliers (ou franciscains) étant
proverbiales, « très savant » est évidemment une antiphrase. Voltaire, par
impartialité, rappelle aussitôt l'homosexualité des jésuites !
2. **Novice** : celui ou celle qui, désirant entrer dans les ordres, n'a pas encore
prononcé les vœux définitifs.
3. La maladie vénérienne (syphilis).

généalogie ! n'est-ce pas le diable qui en fut la souche[1] ? –
Point du tout, répliqua ce grand homme ; c'était une chose
55 indispensable dans le meilleur des mondes, un ingrédient
nécessaire ; car, si Colomb n'avait pas attrapé dans une île
de l'Amérique cette maladie qui empoisonne la source de la
génération, qui souvent même empêche la génération[2] et qui
est évidemment l'opposé du grand but de la nature, nous
60 n'aurions ni le chocolat ni la cochenille[3] ; il faut encore
observer que jusqu'aujourd'hui, dans notre continent, cette
maladie nous est particulière, comme la controverse[4]. Les
Turcs, les Indiens, les Persans, les Chinois, les Siamois, les
Japonais ne la connaissent pas encore ; mais il y a une raison
65 suffisante pour qu'ils la connaissent à leur tour dans quelques
siècles. En attendant, elle a fait un merveilleux progrès parmi
nous, et surtout dans ces grandes armées composées
d'honnêtes stipendiaires[5], bien élevés, qui décident du destin
des États ; on peut assurer que, quand trente mille hommes
70 combattent en bataille rangée contre des troupes égales en
nombre, il y a environ vingt mille vérolés de chaque côté.
 – Voilà qui est admirable, dit Candide, mais il faut vous
faire guérir. – Et comment le puis-je ? dit Pangloss ; je n'ai
pas le sou, mon ami ; et, dans toute l'étendue de ce globe,
75 on ne peut ni se faire saigner ni prendre un lavement[6], sans
payer, ou sans qu'il y ait quelqu'un qui paie pour nous. »
 Ce dernier discours détermina[7] Candide ; il alla se jeter
aux pieds de son charitable anabaptiste Jacques, et lui fit une

1. **Généalogie** : suite d'ancêtres qui établit une filiation. **Souche** : au figuré,
personne qui est à l'origine d'une famille, d'une suite de descendants.
2. **Génération** : action d'engendrer.
3. **Chocolat** : les Espagnols importaient le cacao d'Amérique du Sud depuis le
XVIᵉ siècle. **Cochenille** : c'est au Mexique que les Européens apprirent à
fabriquer du carmin (teinture écarlate) à partir de la cochenille, insecte qui fut
ensuite introduit en Europe.
4. **Controverse** : dispute théologique.
5. **Stipendiaires** : soldats mercenaires, payés.
6. **Saignées et lavements** : traitements classiques de l'ancienne médecine.
7. **Détermina** : décida Candide à agir.

peinture si touchante de l'état où son ami était réduit que le
80 bonhomme[1] n'hésita pas à recueillir le docteur Pangloss ; il
le fit guérir à ses dépens. Pangloss, dans la cure, ne perdit
qu'un œil et une oreille. Il écrivait bien et savait parfaitement
l'arithmétique. L'anabaptiste Jacques en fit son teneur de
livres[2]. Au bout de deux mois, étant obligé d'aller à Lisbonne
85 pour les affaires de son commerce, il mena dans son vaisseau
ses deux philosophes. Pangloss lui expliqua comment tout
était on ne peut mieux. Jacques n'était pas de cet avis. « Il
faut bien, disait-il, que les hommes aient un peu corrompu
la nature, car ils ne sont point nés loups, et ils sont devenus
90 loups. Dieu ne leur a donné ni canons de vingt-quatre ni
baïonnettes[3], et ils se sont fait des baïonnettes et des canons
pour se détruire. Je pourrais mettre en ligne de compte les
banqueroutes, et la justice qui s'empare des biens des
banqueroutiers pour en frustrer les créanciers. – Tout cela
95 était indispensable, répliquait le docteur borgne, et les
malheurs particuliers font le bien général, de sorte que plus
il y a de malheurs particuliers, et plus tout est bien. » Tandis
qu'il raisonnait, l'air s'obscurcit, les vents soufflèrent des
quatre coins du monde, et le vaisseau fut assailli de la plus
100 horrible tempête à la vue du port de Lisbonne.

1. **Bonhomme** : homme plein de bonté.
2. **Livres** : les livres de comptes.
3. **Baïonnette** : le plus gros canon français tirait des boulets de 24 livres. La
baïonnette, inventée en 1670, se répandit surtout au XVIII[e] siècle.

*La cathédrale de Lisbonne après le tremblement de terre de 1755
(gravure de Philippe Le Bas, détail). B.N., Paris.*

CHAPITRE 5

TEMPÊTE, NAUFRAGE, TREMBLEMENT DE TERRE,
ET CE QUI ADVINT DU DOCTEUR PANGLOSS,
DE CANDIDE ET DE L'ANABAPTISTE JACQUES.

LA MOITIÉ des passagers, affaiblis, expirants de ces angoisses inconcevables que le roulis d'un vaisseau porte dans les nerfs et dans toutes les humeurs[1] du corps agitées en sens contraires, n'avait pas même la force de s'inquiéter du
5 danger. L'autre moitié jetait des cris et faisait des prières ; les voiles étaient déchirées, les mâts brisés, le vaisseau entrouvert. Travaillait qui pouvait, personne ne s'entendait, personne ne commandait. L'anabaptiste aidait un peu à la manœuvre ; il était sur le tillac[2] ; un matelot furieux le frappe rudement et
10 l'étend sur les planches ; mais du coup qu'il lui donna il eut lui-même une si violente secousse qu'il tomba hors du vaisseau la tête la première. Il restait suspendu et accroché à une partie du mât rompue. Le bon Jacques court à son secours, l'aide à remonter, et de l'effort qu'il fit il est précipité
15 dans la mer à la vue du matelot, qui le laissa périr sans daigner seulement le regarder. Candide approche, voit son bienfaiteur qui reparaît un moment et qui est englouti pour jamais. Il veut se jeter après lui dans la mer ; le philosophe Pangloss l'en empêche, en lui prouvant que la rade de
20 Lisbonne avait été formée exprès pour que cet anabaptiste s'y noyât. Tandis qu'il le prouvait *a priori*[3], le vaisseau

1. **Humeur :** tout liquide présent dans un corps organisé. La santé dépendait de l'équilibre des quatre humeurs fondamentales (médecine antique).
2. **Tillac :** le pont du navire.
3. **A priori :** un raisonnement est dit *a priori* quand il se fonde non sur des faits, mais sur des arguments d'ordre logique.

s'entrouvre, tout périt à la réserve de Pangloss, de Candide, et de ce brutal[1] de matelot qui avait noyé le vertueux anabaptiste ; le coquin nagea heureusement[2] jusqu'au rivage,
25 où Pangloss et Candide furent portés sur une planche.

Quand ils furent revenus un peu à eux, ils marchèrent vers Lisbonne ; il leur restait quelque argent, avec lequel ils espéraient se sauver de la faim après avoir échappé à la tempête.

30 À peine ont-ils mis le pied dans la ville en pleurant la mort de leur bienfaiteur, qu'ils sentent la terre trembler sous leurs pas ; la mer s'élève en bouillonnant dans le port, et brise les vaisseaux qui sont à l'ancre. Des tourbillons de flammes et de cendres couvrent les rues et les places publiques ; les
35 maisons s'écroulent, les toits sont renversés sur les fondements, et les fondements se dispersent ; trente mille habitants de tout âge et de tout sexe sont écrasés sous des ruines[3]. Le matelot disait en sifflant et en jurant : « Il y aura quelque chose à gagner ici. – Quelle peut être la raison
40 suffisante de ce phénomène ? disait Pangloss. – Voici le dernier jour du monde ! » s'écriait Candide. Le matelot court incontinent[4] au milieu des débris, affronte la mort pour trouver de l'argent, en trouve, s'en empare, s'enivre, et, ayant cuvé son vin, achète les faveurs de la première fille de bonne
45 volonté qu'il rencontre sur les ruines des maisons détruites et au milieu des mourants et des morts. Pangloss le tirait cependant par la manche. « Mon ami, lui disait-il, cela n'est pas bien, vous manquez à[5] la raison universelle, vous prenez mal votre temps. – Tête et sang[6] ! répondit l'autre, je suis

1. **Brutal :** cette brute de matelot.
2. **Heureusement :** avec succès.
3. **Ruines :** le tremblement de terre de Lisbonne eut lieu le 1er novembre 1755 et déclencha un énorme incendie. (Selon les témoins, 25 000 à 30 000 morts.)
4. **Incontinent** (adv.) : aussitôt. Mais Voltaire joue peut-être sur l'autre sens du mot (adj. : débauché).
5. **Manquez à :** vous ne vous conformez pas à...
6. **Tête et sang :** jurons abrégés : par la tête (de Dieu), par le sang (de Dieu).

50 matelot et né à Batavia[1] ; j'ai marché quatre fois sur le
crucifix dans quatre voyages au Japon[2] ; tu as bien trouvé
ton homme avec ta raison universelle ! »

Quelques éclats de pierre avaient blessé Candide ; il était
étendu dans la rue et couvert de débris. Il disait à Pangloss :
55 « Hélas ! procure-moi un peu de vin et d'huile[3] ; je me
meurs. – Ce tremblement de terre n'est pas une chose
nouvelle, répondit Pangloss ; la ville de Lima éprouva les
mêmes secousses en Amérique l'année passée ; mêmes causes,
mêmes effets : il y a certainement une traînée de soufre sous
60 terre depuis Lima jusqu'à Lisbonne. – Rien n'est plus
probable, dit Candide ; mais, pour Dieu, un peu d'huile et
de vin. – Comment, probable ? répliqua le philosophe ; je
soutiens que la chose est démontrée. » Candide perdit
connaissance, et Pangloss lui apporta un peu d'eau d'une
65 fontaine voisine.

Le lendemain, ayant trouvé quelques provisions de bouche
en se glissant à travers des décombres, ils réparèrent un peu
leurs forces. Ensuite ils travaillèrent comme les autres à
soulager les habitants échappés à la mort. Quelques citoyens
70 secourus par eux leur donnèrent un aussi bon dîner qu'on le
pouvait dans un tel désastre. Il est vrai que le repas était
triste ; les convives arrosaient leur pain de leurs larmes ; mais
Pangloss les consola en les assurant que les choses ne
pouvaient être autrement : « Car, dit-il, tout ceci est ce qu'il
75 y a de mieux. Car, s'il y a un volcan[4] à Lisbonne, il ne
pouvait être ailleurs. Car il est impossible que les choses ne
soient pas où elles sont. Car tout est bien. »

1. **Batavia** : capitale de Java, colonie hollandaise fondée en 1619
(aujourd'hui : Jakarta).
2. **Japon** : depuis le XVIIe siècle, les étrangers étaient interdits au Japon. Seuls
les Hollandais avaient obtenu le droit de commercer à Nagasaki. À condition,
prétendent les récits de voyages utilisés par Voltaire, de renoncer aux marques
du christianisme, et notamment en marchant sur un crucifix.
3. **Vin et huile** : allusion aux mystères chrétiens.
4. **Volcan** : allusion à une théorie contemporaine sur l'origine des séismes.

Un petit homme noir, familier[1] de l'Inquisition, lequel était à côté de lui, prit poliment la parole et dit : « Apparemment
80 que monsieur ne croit pas au péché originel[2] ; car, si tout est au mieux, il n'y a donc eu ni chute ni punition.

– Je demande très humblement pardon à Votre Excellence, répondit Pangloss encore plus poliment, car la chute de l'homme et la malédiction entraient nécessairement dans le
85 meilleur des mondes possibles. – Monsieur ne croit donc pas à la liberté ? dit le familier. – Votre Excellence m'excusera, dit Pangloss ; la liberté peut subsister avec la nécessité absolue ; car il était nécessaire que nous fussions libres ; car enfin la volonté déterminée... » Pangloss était au milieu de sa
90 phrase, quand le familier fit un signe de tête à son estafier[3] qui lui servait à boire du vin de Porto ou d'Oporto[4].

1. **Familier** : officier subalterne de l'Inquisition.
2. **Péché originel** : dogme central du christianisme, qui heurte profondément la philosophie des Lumières.
3. **Estafier** : domestique armé. Ce n'est pas un titre officiel de l'Inquisition.
4. **Porto** ou **Oporto** : ville du Portugal.

REPÈRES

• Quel est le sujet des deux séquences qui précèdent ce passage ?
• Décrivez l'attitude de Pangloss et Candide dans ces deux séquences.

OBSERVATION

• Quelles sont les trois modalités narratives de ce passage ?
• Quelle est la plus importante et pourquoi ?
• Sur quelle figure de style repose le discours consolant de Pangloss ? Quel effet produit-elle ?
• Relevez les éléments comiques du texte.

INTERPRÉTATIONS

• « Ensuite ils travaillèrent comme les autres à soulager les habitants échappés à la mort. » : quelle leçon philosophique se dégage de l'attitude des survivants ? En quoi peut-elle préfigurer la conclusion du conte ?
• Sur quoi porte le différend philosophico-théologique entre Pangloss et l'agent de l'Inquisition ?

*Homme condamné au feu mais qui l'a évité par sa confession.
Détail d'une gravure de C. Vermeulin (1709). B.N., Paris.*

CHAPITRE 6

COMMENT ON FIT UN BEL AUTO-DA-FÉ
POUR EMPÊCHER LES TREMBLEMENTS DE TERRE,
ET COMMENT CANDIDE FUT FESSÉ.

APRÈS le tremblement de terre qui avait détruit les trois quarts
de Lisbonne, les sages du pays n'avaient pas trouvé un moyen
plus efficace pour prévenir une ruine totale que de donner au
peuple un bel auto-da-fé ; il était décidé par l'université de
5 Coïmbre² que le spectacle de quelques personnes brûlées à
petit feu, en grande cérémonie, est un secret infaillible pour
empêcher la terre de trembler.

On avait en conséquence saisi un Biscayen convaincu
d'avoir épousé sa commère³, et deux Portugais qui en
10 mangeant un poulet en avaient arraché le lard⁴ : on vint lier
après le dîner le docteur Pangloss et son disciple Candide,
l'un pour avoir parlé, et l'autre pour avoir écouté avec un air
d'approbation : tous deux furent menés séparément dans des
appartements d'une extrême fraîcheur, dans lesquels on
15 n'était jamais incommodé du soleil ; huit jours après, ils

1. **Auto-da-fé** (orthographe du XVIIIᵉ siècle) : cérémonie au cours de laquelle
les hérétiques condamnés par l'Inquisition étaient invités à faire acte de foi
(auto-da-fé). Voltaire prétend, dans le *Précis du siècle de Louis XV*, que cet
autodafé eut lieu le 20 juin 1756. Il semble, d'après les historiens, que les trois
autodafés des 8 octobre 1756, 28 septembre 1757 et 27 août 1758 furent sans
rapport avec le tremblement de terre et que les accusés n'y subirent pas la peine
capitale.
2. **Coïmbre** : il y avait quatre inquisitions : celles de Lisbonne, Coïmbra,
Devora, Goa.
3. **Commère** : contrairement à une opinion assez répandue, le droit canon
catholique ne condamne pas les mariages entre parrains et marraines, mais entre
filleul(e)s et parrains et marraines.
4. **Lard** : la religion juive interdit de manger du porc.

furent tous deux revêtus d'un *san-benito*[1] , et on orna leurs têtes de mitres de papier : la mitre et le san-benito de Candide étaient peints de flammes renversées et de diables qui n'avaient ni queues ni griffes ; mais les diables de Pangloss
20 portaient griffes et queues, et les flammes étaient droites[2]. Ils marchèrent en procession ainsi vêtus, et entendirent un sermon très pathétique, suivi d'une belle musique en fauxbourdon[3]. Candide fut fessé en cadence, pendant qu'on chantait ; le Biscayen et les deux hommes qui n'avaient point
25 voulu manger de lard furent brûlés, et Pangloss fut pendu, quoique ce ne soit pas la coutume. Le même jour la terre trembla de nouveau avec un fracas épouvantable.

Candide, épouvanté, interdit[4], éperdu, tout sanglant, tout palpitant, se disait à lui-même : « Si c'est ici le meilleur des
30 mondes possibles, que sont donc les autres ? Passe encore si je n'étais que fessé, je l'ai été chez les Bulgares. Mais, ô mon cher Pangloss ! le plus grand des philosophes, faut-il vous avoir vu pendre sans que je sache pourquoi ! Ô mon cher anabaptiste ! le meilleur des hommes, faut-il que vous ayez
35 été noyé dans le port ! Ô Mlle Cunégonde ! la perle des filles, faut-il qu'on vous ait fendu le ventre ! »

Il s'en retournait se soutenant à peine, prêché, fessé, absous et béni, lorsqu'une vieille l'aborda et lui dit : « Mon fils, prenez courage, suivez-moi. »

1. **San-benito** : casaque jaune, dont les inquisiteurs revêtaient les hérétiques ou les juifs qu'on allait brûler.
2. La flamme droite annonçait la peine de mort.
3. **Faux-bourdon** : plain-chant où la basse, transportée à la portée supérieure, forme le chant principal. Il s'agit ici du *Miserere* (voir chapitre 8).
4. **Interdit** : stupéfait ; qui ne sait ce qu'il dit, ce qu'il fait.

REPÈRES

• Comment le narrateur établit-il un lien entre les chapitres 5 et 6 ?
• Dégagez la composition du passage.

OBSERVATION

• Relevez les termes et les expressions appartenant au champ lexical du « spectacle ».
• Quels sont les figures de style et les procédés constitutifs de l'ironie dans le texte ? Quel effet produit-elle ?
• Le monologue de Candide mélange pathétique et comique. Relevez les éléments constitutifs de ces deux tons.
• Pourquoi le dernier paragraphe relance-t-il l'action ?

INTERPRÉTATIONS

• En quoi cet épisode marque-t-il une évolution de Candide ?
• Sur quoi porte ici la critique philosophique de la religion ?

Candide est évidemment un modèle classique d'écriture ironique. Mais qu'est-ce que l'ironie ? On la définit traditionnellement, depuis l'Antiquité, comme l'art de se moquer de quelqu'un ou de quelque chose en disant le contraire de ce qu'on veut faire entendre. La figure centrale de l'ironie serait donc l'antiphrase. Ironiser, ce serait premièrement se moquer, deuxièmement user de l'antiphrase. Il est assez vrai que l'ironie consiste souvent à décrire en termes apparemment valorisants une réalité qu'il s'agit en fait de dévaloriser. On dira par exemple, ironiquement : « C'est malin ! », « Quel beau temps ! ». Il n'y aura pas d'ironie si l'on exprime son mépris à visage découvert : « C'est idiot ! », « Quel temps pourri ! ». Le propre de l'ironie est bien de dire le contraire de ce qu'on pense, mais sans tomber dans le mensonge, puisqu'il s'agit non pas de tromper, mais de faire partager l'ironie à tout ou partie de l'auditoire. L'ironie, à la différence du mensonge, est faite pour être perçue, mais elle est par nature ambiguë, sujette à interprétation et mauvaise réception, selon qu'on prend ou non ce qui est dit au pied de la lettre, au premier degré. Le récepteur ne sait pas toujours à coup sûr s'il décode correctement le message, puisque ce message est masqué.

Mais cette définition ne peut prétendre rendre compte d'expressions telles que, par exemple : l'ironie de l'histoire, de l'actualité, du destin, d'une situation, etc. On désigne alors une réalité qui n'est plus d'ordre linguistique (l'antiphrase, le fait de dire le contraire de ce qu'on pense et de ce qu'on veut faire comprendre) ; on veut, par de telles expressions, souligner un contraste, une contradiction amusante ou grinçante entre des faits qu'on entend rapprocher. On écrira par exemple : « La grève de la faim, quelle ironie dans un monde croulant sous la boustifaille » (Cavanna, *Charlie-Hebdo*, 14 juin 1974, cité d'après *L'Ironie*, Presses Universitaires de Lyon, 1978).

Il y aurait donc une différence entre, premièrement, **l'ironie verbale** qui, établissant une différence entre deux niveaux sémantiques, dit une chose pour en faire entendre une autre. C'est l'ironie au sens strict et classique. Deuxièmement, **l'ironie non verbale**, qui établit une contradiction entre deux réalités rapprochées. On pourra alors parler de l'ironie de telle situation dans *Candide* (par exemple, au chapitre 9, la rencontre chez Cunégonde de ses trois amants ; ou le fait qu'un inquisiteur et un juif se la partagent à tour de rôle,

comme chrétiens et juifs (et musulmans) se partagent l'Ancien Testament). On pourra déclarer ironique tel ou tel rapport établi par le lecteur entre des chapitres, entre l'optimisme de Pangloss et les événements, entre l'expulsion triviale de Candide hors du château de Thunder-ten-tronckh et le mythe biblique du paradis terrestre, etc.

Il y a des **indices** de l'ironie, qui éveillent le soupçon du lecteur ou de l'auditeur : l'intonation ; les guillemets ou l'italique ; les points d'exclamation (certains ont réclamé un point d'ironie, qui serait comme un clin d'œil) ; les points de suspension ; le contexte linguistique (on sait rapidement, dans *Candide*, que Voltaire se moque de ses personnages et tire sur tout ce qui bouge) ; le contexte extra-linguistique : ce que le lecteur sait de la réalité dont parle le texte ; ce qu'il sait de l'auteur (est-il par exemple vraisemblable que Montesquieu défende sérieusement l'esclavage avec les arguments qu'il emploie dans sa célèbre pseudo-apologie de l'esclavage ? Mais on notera que certains défenseurs de l'esclavage, au XVIII[e] siècle, ont pris ce texte au pied de la lettre, ou ont fait semblant !). On trouve souvent dans les textes ironiques des **modalisateurs intensifs** qui peuvent servir d'indices : bien sûr, évidemment, en effet, certes, bien entendu… L'hyperbole est également une figure de rhétorique fréquente dans l'ironie. Il y en a d'autres, qui s'ajoutent à l'antiphrase : la litote, le pastiche, la parodie, le calembour, la fausse naïveté, le faux sérieux, l'enchaînement absurde (R. Devos, P. Dac), etc. Mais tous les spécialistes ne sont pas d'accord pour les inclure dans l'ironie. En fait, l'essentiel est de savoir si l'on donne de l'ironie une définition étroite qui, depuis l'Antiquité, la ramène essentiellement à l'antiphrase, ou une définition large (la moquerie), qui inclut alors une gamme très large de procédés complexes. L'étude d'un texte ironique ne permet guère de s'en tenir à la définition par la seule antiphrase.

Donnons quelques exemples de figures ironiques.

L'**antiphrase**, qui veut faire comprendre un autre sens que le sens littéral, apparent (« Ne vous gênez pas ! ») : « Ensuite la mousqueterie ôta du meilleur des mondes neuf à dix mille coquins qui en infectaient la surface » (chap. 3). La phrase semble approuver le massacre et aller dans le sens de l'optimisme.

L'**hyperbole**, figure de style qui consiste à forcer les termes, à employer des mots exprimant plus que la pensée, pour produire une

forte impression (on dira, pour un homme de grande, de petite taille, qu'il est un géant, un pygmée, etc.) : « Rien n'était si beau, si leste, si brillant, si bien ordonné que les deux armées » (chap. 3). Voltaire joint ici l'antiphrase, l'hyperbole et l'accumulation.

La **litote**, au contraire, consiste à dire moins pour faire entendre plus (« Je ne te hais point » signifie : « Je t'aime »). Pour désigner la prison, Voltaire dira : « des appartements d'une extrême fraîcheur, dans lesquels on n'est jamais incommodé du soleil » (chap. 6). La formule combine donc la litote, l'hyperbole et la périphrase. On appelle **pastiche** l'imitation d'un peintre, d'un écrivain, d'un musicien, d'un chanteur, du style d'une époque, d'un pays, d'une profession (Pascal et Voltaire aiment à pasticher le style des jésuites). Relèveraient du pastiche, dans *Candide*, la formule leibnizienne du *meilleur des mondes possibles*, ou l'utopie de l'Eldorado, écrite sur le modèle des utopies (chap. 17-18). La suite de *Candide* parue en 1760 est un pastiche sans intention ironique.

La **parodie** est l'imitation satirique d'une œuvre le plus souvent sérieuse. Le public du XVIIIᵉ siècle raffolait des parodies de tragédies (dont celles de Voltaire, qui s'en indignait). On peut avancer que Voltaire parodie la Bible à la fin du chapitre 1 de *Candide*, ou les énumérations bibliques dans le dernier discours de Pangloss (chap. 30), ou la méthode de raisonnement leibnizienne.

CHAPITRE 7

COMMENT UNE VIEILLE PRIT SOIN DE CANDIDE ET COMMENT IL RETROUVA CE QU'IL AIMAIT.

CANDIDE ne prit point courage, mais il suivit la vieille dans une masure : elle lui donna un pot de pommade pour se frotter, lui laissa à manger et à boire ; elle lui montra un petit lit assez propre ; il y avait auprès du lit un habit complet.
5 « Mangez, buvez, dormez, lui dit-elle, et que Notre-Dame d'Atocha, monseigneur saint Antoine de Padoue[1] et monseigneur saint Jacques de Compostelle prennent soin de vous : je reviendrai demain. » Candide, toujours étonné[2] de tout ce qu'il avait vu, de tout ce qu'il avait souffert, et encore
10 plus de la charité de la vieille, voulut lui baiser la main. « Ce n'est pas ma main qu'il faut baiser, dit la vieille ; je reviendrai demain. Frottez-vous de pommade, mangez et dormez. »

Candide, malgré tant de malheurs, mangea et dormit. Le lendemain la vieille lui apporte à déjeuner, visite son dos, le
15 frotte elle-même d'une autre pommade ; elle lui apporte ensuite à dîner ; elle revient sur le soir, et apporte à souper. Le surlendemain elle fit encore les mêmes cérémonies. « Qui êtes-vous ? lui disait toujours Candide ; qui vous a inspiré tant de bonté ? Quelles grâces puis-je vous rendre ? » La
20 bonne femme ne répondait jamais rien ; elle revint sur le soir et n'apporta point à souper. « Venez avec moi, dit-elle, et ne dites mot. » Elle le prend sous le bras, et marche avec lui dans la campagne environ un quart de mille : ils arrivent à

1. **Notre-Dame d'Atocha :** Atocha n'est pas une ville, mais la Vierge enceinte. Padoue est une ville d'Italie du Nord, mais le saint qu'on invoque pour retrouver (voir le titre du chapitre) ce qu'on a perdu était né à Lisbonne.
2. **Étonné :** (sens fort) abasourdi, violemment troublé.

Otez ce voile, dit la vieille à Candide

Ch.VII

Illustration de Moreau le Jeune pour Candide *(chap. 7). B.N., Paris.*

une maison isolée, entourée de jardins et de canaux[1]. La
25 vieille frappe à une porte. On ouvre ; elle mène Candide, par
un escalier dérobé, dans un cabinet doré, le laisse sur un
canapé de brocart[2], referme la porte, et s'en va. Candide
croyait rêver, et regardait toute sa vie comme un songe
funeste, et le moment présent comme un songe agréable.

30 La vieille reparut bientôt ; elle soutenait avec peine une
femme tremblante, d'une taille majestueuse, brillante de
pierreries et couverte d'un voile. « Ôtez ce voile », dit la
vieille à Candide. Le jeune homme approche ; il lève le voile
d'une main timide. Quel moment ! quelle surprise ! il croit
35 voir M^{lle} Cunégonde ; il la voyait en effet, c'était elle-même.
La force lui manque, il ne peut proférer une parole, il tombe
à ses pieds. Cunégonde tombe sur le canapé. La vieille les
accable d'eaux spiritueuses[3] ; ils reprennent leurs sens, ils se
parlent : ce sont d'abord des mots entrecoupés, des demandes
40 et des réponses qui se croisent, des soupirs, des larmes, des
cris. La vieille leur recommande de faire moins de bruit, et
les laisse en liberté. « Quoi ! c'est vous, lui dit Candide, vous
vivez ! Je vous retrouve en Portugal ! On ne vous a donc pas
violée ? On ne vous a point fendu le ventre, comme le
45 philosophe Pangloss me l'avait assuré ? – Si fait, dit la belle
Cunégonde ; mais on ne meurt pas toujours de ces deux
accidents. – Mais votre père et votre mère ont-ils été tués ? –
Il n'est que trop vrai, dit Cunégonde en pleurant. – Et votre
frère ? – Mon frère a été tué aussi. – Et pourquoi êtes-vous
50 en Portugal ? et comment avez-vous su que j'y étais ? et par
quelle étrange aventure[4] m'avez-vous fait conduire dans cette
maison ? – Je vous dirai tout cela, répliqua la dame ; mais il
faut auparavant que vous m'appreniez tout ce qui vous est

1. **Canaux** : désigne ici des pièces d'eau étroites et longues pour l'ornement
des jardins et des parcs.
2. **Brocart** : riche tissu de soie rehaussé de dessins brochés en fils d'or et
d'argent.
3. **Eaux spiritueuses** : riches en alcool.
4. **Aventure** : hasard, événement inopiné.

arrivé depuis le baiser innocent que vous me donnâtes et les
55 coups de pied que vous reçûtes. »

Candide lui obéit avec un profond respect, et quoiqu'il fût
interdit, quoique sa voix fût faible et tremblante, quoique
l'échine lui fît encore un peu mal, il lui raconta de la manière
la plus naïve tout ce qu'il avait éprouvé depuis le moment de
60 leur séparation. Cunégonde levait les yeux au ciel ; elle donna
des larmes à la mort du bon anabaptiste et de Pangloss ;
après quoi elle parla en ces termes à Candide, qui ne perdait
pas une parole, et qui la dévorait des yeux.

CHAPITRE 8

HISTOIRE DE CUNÉGONDE.

« J'ÉTAIS dans mon lit et je dormais profondément, quand il plut au Ciel d'envoyer les Bulgares dans notre beau château de Thunder-ten-tronckh ; ils égorgèrent mon père et mon frère, et coupèrent ma mère par morceaux. Un grand Bulgare, haut de six pieds, voyant qu'à ce spectacle j'avais perdu connaissance, se mit à me violer ; cela me fit revenir, je repris mes sens, je criai, je me débattis, je mordis, j'égratignai, je voulais arracher les yeux à ce grand Bulgare, ne sachant pas que tout ce qui arrivait dans le château de mon père était une chose d'usage : le brutal[1] me donna un coup de couteau dans le flanc gauche dont je porte encore la marque. – Hélas ! j'espère bien la voir, dit le naïf Candide. – Vous la verrez, dit Cunégonde ; mais continuons. – Continuez », dit Candide.

Elle reprit ainsi le fil de son histoire : « Un capitaine bulgare entra, il me vit toute sanglante, et le soldat ne se dérangeait pas. Le capitaine se mit en colère du peu de respect que lui témoignait ce brutal, et le tua sur mon corps. Ensuite il me fit panser, et m'emmena prisonnière de guerre dans son quartier[2]. Je blanchissais le peu de chemises qu'il avait, je faisais sa cuisine ; il me trouvait fort jolie, il faut l'avouer ; et je ne nierai pas qu'il ne fût très bien fait, et qu'il n'eût la peau blanche et douce ; d'ailleurs peu d'esprit, peu de philosophie, on voyait bien qu'il n'avait pas été élevé par le docteur Pangloss. Au bout de trois mois, ayant perdu tout son argent et s'étant dégoûté de moi, il me vendit à un Juif

1. **Brutal** : qui tient de la brute.
2. **Quartier** : cantonnement.

nommé don Issacar[1], qui trafiquait en Hollande et en Portugal, et qui aimait passionnément les femmes. Ce Juif s'attacha beaucoup à ma personne, mais il ne pouvait en triompher, je lui ai mieux résisté qu'au soldat bulgare. Une
30 personne d'honneur peut être violée une fois, mais sa vertu s'en affermit.

« Le Juif, pour m'apprivoiser, me mena dans cette maison de campagne que vous voyez. J'avais cru jusque-là qu'il n'y avait rien sur la terre de si beau que le château de Thunder-
35 ten-tronckh ; j'ai été détrompée.

« Le grand inquisiteur[2] m'aperçut un jour à la messe ; il me lorgna beaucoup, et me fit dire qu'il avait à me parler pour des affaires secrètes. Je fus conduite à son palais ; je lui appris ma naissance ; il me représenta combien il était au-
40 dessous de mon rang d'appartenir à un Israélite. On proposa de sa part à don Issacar de me céder à Monseigneur. Don Issacar, qui est le banquier de la cour et homme de crédit, n'en voulut rien faire. L'inquisiteur le menaça d'un auto-da-fé. Enfin mon Juif, intimidé, conclut un marché, par lequel
45 la maison et moi leur appartiendraient à tous deux en commun ; que le Juif aurait pour lui les lundis, mercredis et le jour du sabbat[3], et que l'inquisiteur aurait les autres jours de la semaine. Il y a six mois que cette convention subsiste. Ce n'a pas été sans querelles ; car souvent il a été indécis si
50 la nuit du samedi au dimanche appartenait à l'ancienne loi ou à la nouvelle[4]. Pour moi, j'ai résisté jusqu'à présent à toutes les deux, et je crois que c'est pour cette raison que j'ai toujours été aimée.

1. **Nom biblique.** « Don » indique l'anoblissement de ce juif, banquier de la cour du Portugal.
2. **Inquisiteur :** il s'agit d'un prêtre séculier.
3. **Sabbat :** samedi, jour de repos consacré au culte divin dans la religion juive.
4. **Loi :** celle de l'Ancien Testament. La loi nouvelle : celle du Nouveau Testament. Il s'agit de savoir si la nuit litigieuse appartient au samedi (juif) ou au dimanche (chrétien) !

« Enfin, pour détourner le fléau des tremblements de terre,
55 et pour intimider don Issacar, il plut à monseigneur
l'inquisiteur de célébrer un auto-da-fé. Il me fit l'honneur de
m'y inviter. Je fus très bien placée ; on servit aux dames des
rafraîchissements entre la messe et l'exécution. Je fus, à la
vérité, saisie d'horreur en voyant brûler ces deux Juifs et cet
60 honnête Biscayen qui avait épousé sa commère ; mais quelle
fut ma surprise, mon effroi, mon trouble, quand je vis, dans
un san-benito et sous une mitre, une figure qui ressemblait à
celle de Pangloss ! Je me frottai les yeux, je regardai
attentivement, je le vis pendre ; je tombai en faiblesse. À peine
65 reprenais-je mes sens que je vous vis dépouillé tout nu : ce
fut là le comble de l'horreur, de la consternation, de la
douleur, du désespoir. Je vous dirai, avec vérité, que votre
peau est encore plus blanche et d'un incarnat plus parfait que
celle de mon capitaine des Bulgares. Cette vue redoubla tous
70 les sentiments qui m'accablaient, qui me dévoraient. Je
m'écriai, je voulus dire : « Arrêtez, barbares ! » mais la voix
me manqua, et mes cris auraient été inutiles. Quand vous
eûtes été bien fessé : « Comment se peut-il faire, disais-je, que
l'aimable[1] Candide et le sage Pangloss se trouvent à
75 Lisbonne, l'un pour recevoir cent coups de fouet, et l'autre
pour être pendu par l'ordre de monseigneur l'inquisiteur dont
je suis la bien-aimée ? Pangloss m'a donc bien cruellement
trompée quand il me disait que tout va le mieux du monde.

« Agitée, éperdue, tantôt hors de moi-même, et tantôt
80 prête[2] de mourir de faiblesse, j'avais la tête remplie du
massacre de mon père, de ma mère, de mon frère, de
l'insolence de mon vilain soldat bulgare, du coup de couteau
qu'il me donna, de ma servitude, de mon métier de cuisinière,
de mon capitaine bulgare, de mon vilain don Issacar, de mon
85 abominable inquisiteur, de la pendaison du docteur Pangloss,
de ce grand *miserere* en faux-bourdon pendant lequel on

1. **Aimable :** digne d'être aimé.
2. **Prête de :** près de...

vous fessait, et surtout du baiser que je vous ai donné derrière un paravent, le jour que je vous avais vu pour la dernière fois. Je louai Dieu qui vous ramenait à moi par tant

90 d'épreuves. Je recommandai à ma vieille d'avoir soin de vous, et de vous amener ici dès qu'elle le pourrait. Elle a très bien exécuté ma commission ; j'ai goûté le plaisir inexprimable de vous revoir, de vous entendre, de vous parler. Vous devez avoir une faim dévorante ; j'ai grand appétit ; commençons

95 par souper. »

Les voilà qui se mettent tous deux à table ; et, après le souper, ils se replacent sur ce beau canapé dont on a déjà parlé ; ils y étaient quand le signor don Issacar, l'un des maîtres de la maison, arriva. C'était le jour du sabbat. Il

100 venait jouir de ses droits, et expliquer son tendre amour.

Chapitre 9

Ce qui advint de Cunégonde, de Candide, du grand inquisiteur et d'un Juif.

Cet Issacar était le plus colérique Hébreu qu'on eût vu dans Israël depuis la captivité en Babylone[1]. « Quoi ! dit-il, chienne de Galiléenne[2], ce n'est pas assez de M. l'inquisiteur ? Il faut que ce coquin partage aussi avec moi ? » En disant cela, il
5 tira un long poignard dont il était toujours pourvu, et, ne croyant pas que son adverse partie eût des armes, il se jette sur Candide ; mais notre bon Westphalien avait reçu une belle épée de la vieille avec l'habit complet. Il tire son épée, quoiqu'il eût les mœurs fort douces, et vous étend l'Israélite
10 roide mort sur le carreau, aux pieds de la belle Cunégonde.

« Sainte Vierge ! s'écria-t-elle, qu'allons-nous devenir ? Un homme tué chez moi ! si la justice vient, nous sommes perdus. – Si Pangloss n'avait pas été pendu, dit Candide, il nous donnerait un bon conseil dans cette extrémité, car c'était
15 un grand philosophe. À son défaut consultons la vieille. » Elle était fort prudente, et commençait à dire son avis, quand une autre petite porte s'ouvrit. Il était une heure après minuit, c'était le commencement du dimanche. Ce jour appartenait à monsieur l'inquisiteur. Il entre et voit le fessé Candide l'épée
20 à la main, un mort étendu par terre, Cunégonde effarée, et la vieille donnant des conseils.

Voici dans ce moment ce qui se passa dans l'âme de Candide, et comment il raisonna : « Si ce saint homme appelle du secours, il me fera infailliblement brûler ; il pourra

1. **Babylone :** la déportation des juifs à Babylone sur l'ordre de Nabuchodonosor eut lieu en 587 avant J.-C.
2. **Chienne de Galiléenne :** Jésus, au retour d'Égypte, avait résidé à Nazareth, en Galilée.

25 en faire autant de Cunégonde ; il m'a fait fouetter impitoyablement ; il est mon rival ; je suis en train de tuer, il n'y a pas à balancer. » Ce raisonnement fut net et rapide ; et, sans donner le temps à l'inquisiteur de revenir de sa surprise, il le perce d'outre en outre, et le jette à côté du Juif.

30 « En voici bien d'une autre[1], dit Cunégonde ; il n'y a plus de rémission[2] ; nous sommes excommuniés, notre dernière heure est venue. Comment avez-vous fait, vous qui êtes né si doux, pour tuer en deux minutes un Juif et un prélat ? – Ma belle demoiselle, répondit Candide, quand on est amoureux,

35 jaloux et fouetté par l'Inquisition, on ne se connaît plus. »

La vieille prit alors la parole et dit : « Il y a trois chevaux andalous dans l'écurie, avec leurs selles et leurs brides : que le brave Candide les prépare ; madame a des moyadors[3] et des diamants : montons vite à cheval, quoique je ne puisse

40 me tenir que sur une fesse, et allons à Cadix[4] ; il fait le plus beau temps du monde, et c'est un grand plaisir de voyager pendant la fraîcheur de la nuit. »

Aussitôt Candide selle les trois chevaux. Cunégonde, la vieille et lui font trente milles d'une traite. Pendant qu'ils

45 s'éloignaient, la Sainte-Hermandad[5] arrive dans la maison ; on enterre monseigneur dans une belle église, et on jette Issacar à la voirie[6].

Candide, Cunégonde et la vieille étaient déjà dans la petite ville d'Avacéna, au milieu des montagnes de la Sierra

50 Morena[7] ; et ils parlaient ainsi dans un cabaret.

1. **En voici bien d'une autre :** voilà du nouveau.
2. **Rémission :** action de remettre, de pardonner.
3. **Moyadors :** ancienne monnaie d'or du Portugal.
4. **Cadix :** port espagnol sur l'Atlantique.
5. **Sainte-Hermandad :** confrérie chargée de l'ordre public.
6. **Voirie :** lieu où sont déposés ordures et immondices. Le juif Issacar ne peut être enterré dans un cimetière.
7. **Avacéna :** ville non identifiée. La sierra Morena est un massif montagneux, au sud de l'Espagne.

Sainte Vierge, s'écria-t-elle...
*Détail de l'illustration de Moreau le Jeune
pour* Candide *(chap. 9). B.N., Paris.*

CHAPITRE 10

DANS QUELLE DÉTRESSE CANDIDE, CUNÉGONDE ET LA VIEILLE ARRIVENT À CADIX, ET DE LEUR EMBARQUEMENT.

« QUI a donc pu me voler mes pistoles¹ et mes diamants ? disait en pleurant Cunégonde ; de quoi vivrons-nous ? comment ferons-nous ? Où trouver des inquisiteurs et des Juifs qui m'en donnent d'autres ? – Hélas ! dit la vieille, je soupçonne fort un révérend père cordelier qui coucha hier dans la même auberge que nous à Badajoz² ; Dieu me garde de faire un jugement téméraire ! mais il entra deux fois dans notre chambre, et il partit longtemps avant nous. – Hélas ! dit Candide, le bon Pangloss m'avait souvent prouvé que les biens de la terre sont communs à tous les hommes, que chacun y a un droit égal. Ce cordelier devait bien, suivant ces principes, nous laisser de quoi achever notre voyage. Il ne vous reste donc rien du tout, ma belle Cunégonde ? – Pas un maravédis³, dit-elle. – Quel parti prendre ? dit Candide. – Vendons un des chevaux, dit la vieille ; je monterai en croupe derrière mademoiselle, quoique je ne puisse me tenir que sur une fesse, et nous arriverons à Cadix. »

Il y avait dans la même hôtellerie un prieur de bénédictins ; il acheta le cheval bon marché. Candide, Cunégonde et la vieille passèrent par Lucena, par Chillas, par Lebrixa⁴, et arrivèrent enfin à Cadix. On y équipait une flotte, et on y assemblait des troupes pour mettre à la raison les révérends

1. **Pistole** : nom de l'écu espagnol.
2. **Badajoz** : ville espagnole à la frontière du Portugal.
3. **Maravédis** : monnaie de cuivre espagnole, de peu de valeur.
4. **Lucena...** : noms réels, mais qui ne tracent pas un itinéraire vraisemblable.

pères jésuites du Paraguay, qu'on accusait d'avoir fait
révolter une de leurs hordes contre les rois d'Espagne et de
25 Portugal, auprès de la ville du Saint-Sacrement[1]. Candide,
ayant servi chez les Bulgares, fit l'exercice bulgarien devant
le général de la petite armée avec tant de grâce, de célérité,
d'adresse, de fierté, d'agilité, qu'on lui donna une compagnie
d'infanterie à commander. Le voilà capitaine[2] ; il s'embarque
30 avec M[lle] Cunégonde, la vieille, deux valets, et les deux
chevaux andalous qui avaient appartenu à M. le grand
inquisiteur de Portugal.

Pendant toute la traversée ils raisonnèrent beaucoup sur la
philosophie du pauvre Pangloss. « Nous allons dans un autre
35 univers, disait Candide ; c'est dans celui-là sans doute que
tout est bien. Car il faut avouer qu'on pourrait gémir un peu
de ce qui se passe dans le nôtre en physique et en morale. –
Je vous aime de tout mon cœur, disait Cunégonde ; mais j'ai
encore l'âme tout effarouchée de ce que j'ai vu, de ce que j'ai
40 éprouvé. – Tout ira bien, répliquait Candide ; la mer de ce
nouveau monde vaut déjà mieux que les mers de notre
Europe ; elle est plus calme, les vents plus constants[3]. C'est
certainement le nouveau monde qui est le meilleur des univers
possibles. – Dieu le veuille ! disait Cunégonde ; mais j'ai été
45 si horriblement malheureuse dans le mien que mon cœur est
presque fermé à l'espérance. – Vous vous plaignez, leur dit
la vieille ; hélas ! vous n'avez pas éprouvé des infortunes telles
que les miennes. » Cunégonde se mit presque à rire, et trouva
cette bonne femme fort plaisante de prétendre être plus
50 malheureuse qu'elle. « Hélas ! lui dit-elle, ma bonne, à moins
que vous n'ayez été violée par deux Bulgares, que vous n'ayez
reçu deux coups de couteau dans le ventre, qu'on n'ait démoli

1. Le roi d'Espagne avait promis par traité de céder aux Portugais cette ville,
située dans les missions jésuites du Paraguay. On soupçonna les jésuites d'avoir
poussé les Indiens à se révolter. Une expédition (1755-1756) partit de Cadix.
2. **Capitaine** : un capitaine commandait environ 100 hommes.
3. **Vents constants** : les vents alizés, qui soufflent toute l'année avec régularité
d'est en ouest, entre les tropiques.

deux de vos châteaux, qu'on n'ait égorgé à vos yeux deux
mères et deux pères, et que vous n'ayez vu deux de vos
55 amants fouettés dans un auto-da-fé, je ne vois pas que vous
puissiez l'emporter sur moi ; ajoutez que je suis née baronne
avec soixante et douze quartiers, et que j'ai été cuisinière. –
Mademoiselle, répondit la vieille, vous ne savez pas quelle est
ma naissance ; et, si je vous montrais mon derrière, vous ne
60 parleriez pas comme vous faites, et vous suspendriez votre
jugement. » Ce discours fit naître une extrême curiosité dans
l'esprit de Cunégonde et de Candide. La vieille leur parla en
ces termes.

CHAPITRE 11

HISTOIRE DE LA VIEILLE.

« JE N'AI PAS EU toujours les yeux éraillés[1] et bordés d'écarlate ; mon nez n'a pas toujours touché à mon menton et je n'ai pas toujours été servante. Je suis la fille du pape Urbain X et de la princesse de Palestrine[2]. On m'éleva
5 jusqu'à quatorze ans dans un palais auquel tous les châteaux de vos barons allemands n'auraient pas servi d'écurie ; et une de mes robes valait mieux que toutes les magnificences de la Westphalie. Je croissais en beauté, en grâces, en talents, au milieu des plaisirs, des respects et des espérances. J'inspirai
10 déjà de l'amour, ma gorge[3] se formait ; et quelle gorge ! blanche, ferme, taillée comme celle de la Vénus de Médicis[4] ; et quels yeux ! quelles paupières ! quels sourcils noirs ! quelles flammes brûlaient dans mes deux prunelles, et effaçaient la scintillation des étoiles, comme me disaient les
15 poètes du quartier. Les femmes qui m'habillaient et qui me déshabillaient tombaient en extase en me regardant par-devant et par-derrière, et tous les hommes auraient voulu être à leur place.

« Je fus fiancée à un prince souverain de Massa-Carrara[5].
20 Quel prince ! aussi beau que moi, pétri de douceur et d'agréments, brillant d'esprit et brûlant d'amour. Je l'aimais comme on aime pour la première fois, avec idolâtrie, avec

1. **Yeux éraillés** (expression vieillie) : striés de filets rouges ou dont la paupière inférieure est retournée.
2. **Palestrine :** le pape Urbain X n'existe pas. Palestrina, ville proche de Rome, appartenait à la famille Barberini, qui donna un pape nommé... Urbain VIII (1623-1644).
3. **Gorge :** la poitrine, les seins.
4. **Vénus de Médicis :** célèbre statue grecque, achetée par les Médicis, qui régnèrent sur Florence.
5. **Massa-Carrara :** petit duché italien, en Toscane.

emportement. Les noces furent préparées. C'était une pompe, une magnificence inouïe ; c'étaient des fêtes, des carrousels, des opera-buffa[1] continuels et toute l'Italie fit pour moi des sonnets dont il n'y eut pas un seul de passable. Je touchais au moment de mon bonheur, quand une vieille marquise qui avait été maîtresse de mon prince l'invita à prendre du chocolat chez elle. Il mourut en moins de deux heures avec des convulsions épouvantables. Mais ce n'est qu'une bagatelle. Ma mère, au désespoir, et bien moins affligée que moi, voulut s'arracher pour quelque temps à un séjour si funeste. Elle avait une très belle terre auprès de Gaète[2]. Nous nous embarquâmes sur une galère du pays, dorée comme l'autel de Saint-Pierre de Rome. Voilà qu'un corsaire de Salé[3] fond sur nous et nous aborde. Nos soldats se défendirent comme des soldats du pape : ils se mirent tous à genoux en jetant leurs armes, et en demandant au corsaire une absolution *in articulo mortis*[4].

« Aussitôt on les dépouilla nus comme des singes, et ma mère aussi, nos filles d'honneur aussi, et moi aussi. C'est une chose admirable que la diligence avec laquelle ces messieurs déshabillent le monde. Mais ce qui me surprit davantage, c'est qu'ils nous mirent à tous le doigt dans un endroit où nous autres femmes nous ne nous laissons mettre d'ordinaire que des canules[5]. Cette cérémonie me paraissait bien étrange : voilà comme on juge de tout quand on n'est pas sorti de son pays. J'appris bientôt que c'était pour voir si nous n'avions pas caché là quelques diamants : c'est un usage

1. **Carrousels :** mot d'origine italienne ; parades à cheval, où des cavaliers divisés en quadrilles se livrent à des jeux, à des évolutions. **Opera-buffa :** forme d'opéra-comique italien, dont les représentations en France, à partir de 1752, suscitèrent une querelle musicale fameuse.
2. **Gaète :** port situé au sud de Rome.
3. **Salé :** port marocain, repaire de pirates.
4. **In articulo mortis :** « à l'article de la mort » ; ils demandent (à un corsaire musulman !) l'absolution aux mourants.
5. **Canule :** petit tuyau que l'on adapte au bout d'une poire à lavement.

50 établi de temps immémorial parmi les nations policées qui
courent sur mer[1]. J'ai su que messieurs les religieux
chevaliers de Malte[2] n'y manquent jamais quand ils prennent
des Turcs et des Turques ; c'est une loi du droit des gens à
laquelle on n'a jamais dérogé.

55 « Je ne vous dirai point combien il est dur pour une jeune
princesse d'être menée esclave à Maroc[3] avec sa mère. Vous
concevez assez tout ce que nous eûmes à souffrir dans le
vaisseau corsaire. Ma mère était encore très belle ; nos filles
d'honneur, nos simples femmes de chambre avaient plus de
60 charmes qu'on n'en peut trouver dans toute l'Afrique. Pour
moi, j'étais ravissante, j'étais la beauté, la grâce même et
j'étais pucelle ; je ne le fus pas longtemps : cette fleur qui avait
été réservée pour le beau prince de Massa-Carrara me fut
ravie par le capitaine corsaire ; c'était un nègre abominable,
65 qui croyait encore me faire beaucoup d'honneur. Certes il
fallait que Madame la princesse de Palestrine et moi fussions bien
fortes pour résister à tout ce que nous éprouvâmes jusqu'à
notre arrivée à Maroc. Mais passons ! ce sont des choses si
communes qu'elles ne valent pas la peine qu'on en parle.

70 « Maroc nageait dans le sang quand nous arrivâmes.
Cinquante fils de l'empereur Muley-Ismaël[4] avaient chacun
leur parti : ce qui produisait en effet cinquante guerres civiles,
de noirs contre noirs, de noirs contre basanés, de basanés
contre basanés, de mulâtres contre mulâtres. C'était un
75 carnage continuel dans toute l'étendue de l'empire.

« À peine fûmes-nous débarqués que des noirs d'une
faction ennemie de celle de mon corsaire se présentèrent pour

1. **Nations policées** : si les nations étaient policées (civilisées), elles ne se
livreraient pas à la course sur mer, c'est-à-dire à la piraterie.
2. **Chevaliers de Malte** : ordre religieux et militaire, établi à Malte de 1530 à
1798. Composé de nobles de bonne souche, il luttait contre les musulmans.
3. **Menée esclave à Maroc** : forme normale, au XVIII[e] siècle, pour « au
Maroc ».
4. **Muley-Ismaël** : il régna de 1672 à 1727. Le chiffre de cinquante fils relève
de la fantaisie de Voltaire. Mais il n'invente pas les guerres civiles.

lui enlever son butin. Nous étions, après les diamants et l'or, ce qu'il avait de plus précieux. Je fus témoin d'un combat tel
80 que vous n'en voyez jamais dans vos climats d'Europe. Les peuples septentrionaux n'ont pas le sang assez ardent. Ils n'ont pas la rage des femmes[1] au point où elle est commune en Afrique. Il semble que vos Européens aient du lait dans les veines ; c'est du vitriol, c'est du feu qui coule dans celles
85 des habitants du mont Atlas[2] et des pays voisins. On combattit avec la fureur des lions, des tigres et des serpents de la contrée, pour savoir à qui nous aurait. Un Maure saisit ma mère par le bras droit, le lieutenant de mon capitaine la retint par le bras gauche ; un soldat maure la prit par une
90 jambe, un de nos pirates la tenait par l'autre. Nos filles se trouvèrent presque toutes en ce moment tirées ainsi à quatre soldats. Mon capitaine me tenait cachée derrière lui. Il avait le cimeterre au poing, et tuait tout ce qui s'opposait à sa rage. Enfin, je vis toutes nos Italiennes et ma mère déchirées,
95 coupées, massacrées par les monstres qui se les disputaient. Les captifs mes compagnons, ceux qui les avaient pris, soldats, matelots, noirs, basanés, blancs, mulâtres, et enfin mon capitaine, tout fut tué, et je demeurai mourante sur un tas de morts. Des scènes pareilles se passaient comme on sait,
100 dans l'étendue de plus de trois cents lieues, sans qu'on manquât aux cinq prières par jour ordonnées par Mahomet.

« Je me débarrassai avec beaucoup de peine de la foule de tant de cadavres sanglants entassés, et je me traînai sous un grand oranger au bord d'un ruisseau voisin ; j'y tombai
105 d'effroi, de lassitude, d'horreur, de désespoir et de faim. Bientôt après, mes sens accablés se livrèrent à un sommeil qui tenait plus de l'évanouissement que du repos. J'étais dans cet état de faiblesse et d'insensibilité, entre la mort et la vie, quand je me sentis pressée de quelque chose qui s'agitait sur

1. **Rage des femmes** : allusion à la théorie des climats : les climats chauds excitent la sensualité (voir Montesquieu, *De l'esprit des lois*, 1748).
2. **Atlas** : chaînes montagneuses à cheval sur le Maroc et l'Algérie.

110 mon corps. J'ouvris les yeux, je vis un homme blanc et de bonne mine qui soupirait, et qui disait entre ses dents :
 O che sciagura d'essere senza c...[1] !

Détail d'une illustration de Moreau le Jeune
(gravée par Lefèvre) pour Candide, *chapitre 11.*

1. **Coglioni :** Voltaire n'avait pas coupé le mot dans les premières éditions : *senza coglioni !* (« Oh ! quel malheur d'être sans c... ! »).

Chapitre 12

Suite des malheurs de la vieille.

« Étonnée et ravie d'entendre la langue de ma patrie, et non moins surprise des paroles que proférait cet homme, je lui répondis qu'il y avait de plus grands malheurs que celui dont il se plaignait. Je l'instruisis en peu de mots des horreurs que j'avais essuyées, et je retombai en faiblesse. Il m'emporta dans une maison voisine, me fit mettre au lit, me fit donner à manger, me servit, me consola, me flatta, me dit qu'il n'avait rien vu de si beau que moi, et que jamais il n'avait tant regretté ce que personne ne pouvait lui rendre. – Je suis né à Naples, me dit-il ; on y chaponne¹ deux ou trois mille enfants tous les ans ; les uns en meurent, les autres acquièrent une voix plus belle que celle des femmes, les autres vont gouverner des États. On me fit cette opération avec un très grand succès, et j'ai été musicien² de la chapelle de Madame la princesse de Palestrine. – De ma mère ! m'écriai-je. – De votre mère ! s'écria-t-il en pleurant. Quoi ! vous seriez cette jeune princesse que j'ai élevée jusqu'à l'âge de six ans, et qui promettait déjà d'être aussi belle que vous êtes ? – C'est moi-même ; ma mère est à quatre cents pas d'ici, coupée en quartiers sous un tas de morts...

« Je lui contai tout ce qui m'était arrivé ; il me conta aussi ses aventures, et m'apprit comment il avait été envoyé chez le roi de Maroc par une puissance chrétienne, pour conclure avec ce monarque un traité, par lequel on lui fournirait de la

1. **Chaponner** : châtrer un jeune coq pour en faire un chapon. Les castrats (chanteurs qu'on châtrait encore enfants pour les empêcher de muer et ainsi leur conserver une voix de soprano) étaient recherchés dans toute l'Europe. Le chiffre cité est évidemment exagéré.
2. **Musicien** : chanteur.

25 poudre, des canons et des vaisseaux, pour l'aider à
exterminer le commerce des autres chrétiens. – Ma mission
est faite, dit cet honnête eunuque ; je vais m'embarquer à
Ceuta[1], et je vous ramènerai en Italie. *Ma che sciagura
d'essere senza c... !*

30 « Je le remerciai avec des larmes d'attendrissement ; et, au
lieu de me mener en Italie, il me conduisit à Alger et me
vendit au dey de cette province[2]. À peine fus-je vendue que
cette peste qui a fait le tour de l'Afrique, de l'Asie et de
l'Europe, se déclara dans Alger avec fureur. Vous avez vu des
35 tremblements de terre ; mais, Mademoiselle, avez-vous jamais
eu la peste ? – Jamais, répondit la baronne.

– Si vous l'aviez eue, reprit la vieille, vous avoueriez qu'elle
est bien au-dessus d'un tremblement de terre. Elle est fort
commune en Afrique ; j'en fus attaquée. Figurez-vous quelle
40 situation pour la fille d'un pape, âgée de quinze ans, qui en
trois mois de temps avait éprouvé la pauvreté, l'esclavage,
avait été violée presque tous les jours, avait vu couper sa mère
en quatre, avait essuyé la faim et la guerre, et mourait
pestiférée dans Alger. Je n'en mourus pourtant pas. Mais
45 mon eunuque et le dey, et presque tout le sérail d'Alger,
périrent.

« Quand les premiers ravages de cette épouvantable peste
furent passés, on vendit les esclaves du dey. Un marchand
m'acheta et me mena à Tunis ; il me vendit à un autre
50 marchand, qui me revendit à Tripoli ; de Tripoli je fus
revendue à Alexandrie, d'Alexandrie revendue à Smyrne, de
Smyrne à Constantinople. J'appartins enfin à un aga[3] des

1. **Ceuta** : port espagnol, en face de Gibraltar.
2. **Cette province** : le dey d'Alger dépendait en principe du sultan de
Constantinople.
3. **Aga** : général des janissaires, corps d'élite de l'armée turque, recruté à
l'origine parmi les prisonniers chrétiens.

janissaires, qui fut bientôt commandé pour aller défendre Azof[1] contre les Russes qui l'assiégeaient.

55 « L'aga, qui était un très galant homme, mena avec lui tout son sérail, et nous logea dans un petit fort sur les Palus-Méotides[2], gardé par deux eunuques noirs et vingt soldats. On tua prodigieusement de Russes, mais ils nous le rendirent bien. Azof fut mis à feu et à sang, et on ne pardonna ni au
60 sexe ni à l'âge ; il ne resta que notre petit fort ; les ennemis voulurent nous prendre par famine. Les vingt janissaires avaient juré de ne se jamais rendre. Les extrémités de la faim où ils furent réduits les contraignirent à manger nos deux eunuques, de peur de violer leur serment. Au bout de
65 quelques jours, ils résolurent de manger les femmes.

« Nous avions un iman[3] très pieux et très compatissant, qui leur fit un beau sermon par lequel il leur persuada de ne pas nous tuer tout à fait. – Coupez, dit-il, seulement une fesse à chacune de ces dames, vous ferez très bonne chère ; s'il faut
70 y revenir, vous en aurez encore autant dans quelques jours ; le Ciel vous saura gré d'une action si charitable, et vous serez secourus.

« Il avait beaucoup d'éloquence ; il les persuada. On nous fit cette horrible opération. L'iman nous appliqua le même
75 baume qu'on met aux enfants qu'on vient de circoncire. Nous étions toutes à la mort.

« À peine les janissaires eurent-ils fait le repas que nous leur avions fourni que les Russes arrivent sur des bateaux plats ; il ne réchappa pas un janissaire. Les Russes ne firent
80 aucune attention à l'état où nous étions. Il y a partout des chirurgiens français : un d'eux, qui était fort adroit, prit soin de nous ; il nous guérit, et je me souviendrai toute ma vie

1. **Azof** : port de la mer Noire, conquis sur les Turcs, en 1695-1696, par Pierre le Grand.
2. **Sur les Palus-Méotides** : sur les bords de la mer d'Azov, qui porte encore, au XVIIIe siècle, son nom antique.
3. **Iman** : ministre du culte musulman.

que, quand mes plaies furent bien fermées, il me fit des
propositions. Au reste, il nous dit à toutes de nous consoler ;
85 il nous assura que dans plusieurs sièges pareille chose était
arrivée, et que c'était la loi de la guerre[1] .

« Dès que mes compagnes purent marcher, on les fit aller
à Moscou. J'échus en partage à un boyard qui me fit sa
jardinière, et qui me donnait vingt coups de fouet par jour.
90 Mais ce seigneur ayant été roué au bout de deux ans avec
une trentaine de boyards pour quelque tracasserie de cour[2] ,
je profitai de cette aventure ; je m'enfuis ; je traversai toute
la Russie ; je fus longtemps servante de cabaret à Riga, puis
à Rostock, à Vismar, à Leipsick, à Cassel, à Utrecht, à Leyde,
95 à La Haye, à Rotterdam[3] : j'ai vieilli dans la misère et dans
l'opprobre, n'ayant que la moitié d'un derrière, me souvenant
toujours que j'étais fille d'un pape ; je voulus cent fois me
tuer, mais j'aimais encore la vie. Cette faiblesse ridicule est
peut-être un de nos penchants les plus funestes : car y a-t-il
100 rien de plus sot que de vouloir porter continuellement un
fardeau qu'on peut toujours jeter par terre ? d'avoir son être
en horreur, et de tenir à son être ? enfin de caresser le serpent
qui nous dévore, jusqu'à ce qu'il nous ait mangé le cœur ?

« J'ai vu dans les pays que le sort m'a fait parcourir, et
105 dans les cabarets où j'ai servi, un nombre prodigieux de
personnes qui avaient leur existence en exécration ; mais je
n'en ai vu que douze qui aient mis volontairement fin à leur
misère : trois nègres, quatre Anglais, quatre Genevois et un

1. **Loi de la guerre** : Voltaire n'invente pas ce détail d'anthropophagie fessière ;
il est emprunté à... saint Jérôme !
2. **Cour** : une révolte de boyards (seigneurs de la vieille noblesse russe décimée
par Ivan le Terrible et Pierre le Grand) éclata effectivement deux ans après la
prise d'Azov, et certains chefs subirent le supplice de la roue (1698). Voltaire
s'occupe d'histoire russe en 1757-1758.
3. Au cours de son voyage, la vieille traverse la Russie de Moscou à Riga (sur
la Baltique), atteint les ports allemands de Rostock et Wismar, descend sur
Leipzig (Saxe), oblique à l'ouest vers Cassel (Hesse) et remonte vers la Hollande
(Utrecht, Leyde, La Haye, Rotterdam). Voir carte, p. 232.

professeur allemand nommé Robeck[1]. J'ai fini par être
110 servante chez le Juif don Issacar ; il me mit auprès de vous,
ma belle demoiselle ; je me suis attachée à votre destinée, et
j'ai été plus occupée de vos aventures que des miennes. Je ne
vous aurais même jamais parlé de mes malheurs, si vous ne
m'aviez pas un peu piquée[2], et s'il n'était d'usage dans un
115 vaisseau de conter des histoires pour se désennuyer. Enfin,
Mademoiselle, j'ai de l'expérience, je connais le monde ;
donnez-vous un plaisir, engagez chaque passager à vous
conter son histoire ; et s'il s'en trouve un seul qui n'ait
souvent maudit sa vie, qui ne se soit souvent dit à lui-même
120 qu'il était le plus malheureux des hommes, jetez-moi dans la
mer la tête la première. »

1. **Trois nègres :** à cause de la traite des Noirs. **Quatre Anglais :** à cause du
« spleen » anglais. Il y avait aussi beaucoup de suicides à Genève, et Rousseau
venait de publier dans *La Nouvelle Héloïse* deux lettres sur le suicide (lettres
21-22), Voltaire rajoute les Genevois en 1761. Le professeur Robeck, né en
1672, se noya volontairement en 1739 après avoir théorisé sur le suicide.
2. **Piquée :** en colère, vexée.

REPÈRES

• Qu'est-ce qui, dans les chapitres antérieurs, a préfiguré les récits de la vieille ?
• Pourquoi Voltaire place-t-il l'histoire de la vieille à ce moment du récit ?
• Comment Voltaire « meuble »-t-il la traversée du retour en Europe, aux chapitres 20 et 21 ? Qu'en concluez-vous sur l'art du conteur ?

OBSERVATION

• Est-ce la première fois qu'un personnage du conte n'a pas de nom propre ? Pourquoi le narrateur n'appelle-t-il l'héroïne que « la vieille » ?
• Sur quel procédé narratif principal le récit de la vieille est-il fondé ?
• Quels sont les désirs communs aux divers personnages masculins qu'elle rencontre ?
• Relevez les procédés comiques de ces deux chapitres.

INTERPRÉTATIONS

• Comment peut-on justifier la longueur, unique dans le conte, de cette histoire emboîtée ?
• Le point de vue de la narratrice change-t-il selon la nature de ses aventures ? Analysez ce point de vue et ses effets.
• À quel type de sagesse, tirée de l'expérience de sa vie, la vieille aboutit-elle ? Analysez dans cette perspective l'importante question du suicide.

CHAPITRE 13

COMMENT CANDIDE FUT OBLIGÉ DE SE SÉPARER DE LA BELLE CUNÉGONDE ET DE LA VIEILLE.

LA BELLE Cunégonde, ayant entendu l'histoire de la vieille, lui fit toutes les politesses qu'on devait à une personne de son rang et de son mérite. Elle accepta la proposition ; elle engagea tous les passagers l'un après l'autre à lui conter leurs
5 aventures. Candide et elle avouèrent que la vieille avait raison. « C'est bien dommage, disait Candide, que le sage Pangloss ait été pendu contre la coutume dans un auto-da-fé ; il nous dirait des choses admirables sur le mal physique et sur le mal moral qui couvrent la terre et la mer, et je me
10 sentirais assez de force pour oser lui faire respectueusement quelques objections. »
À mesure que chacun racontait son histoire, le vaisseau avançait. On aborda dans Buenos Aires[1]. Cunégonde, le capitaine Candide et la vieille allèrent chez le gouverneur
15 Don Fernando d'Ibaraa, y Figueora, y Mascarenes, y Lampourdos, y Souza[2]. Ce seigneur avait une fierté convenable à un homme qui portait tant de noms. Il parlait aux hommes avec le dédain le plus noble, portant le nez si haut, élevant si impitoyablement la voix, prenant un ton si
20 imposant, affectant une démarche si altière, que tous ceux qui le saluaient étaient tentés de le battre. Il aimait les femmes à la fureur. Cunégonde lui parut ce qu'il avait jamais vu de plus beau. La première chose qu'il fit fut de demander si elle n'était point la femme du capitaine. L'air dont il fit cette

1. **Buenos Aires :** capitale du gouvernement de Río de la Plata, colonie espagnole.
2. Nom inventé pour parodier l'orgueil espagnol, lieu commun satirique.

25 question alarma Candide : il n'osa pas dire qu'elle était sa
femme, parce qu'en effet elle ne l'était point ; il n'osait pas
dire que c'était sa sœur, parce qu'elle ne l'était pas non plus ;
et quoique ce mensonge officieux eût été autrefois très à la
mode chez les anciens¹, et qu'il pût être utile aux modernes,
30 son âme était trop pure pour trahir la vérité.
« Mˡˡᵉ Cunégonde, dit-il, doit me faire l'honneur de
m'épouser, et nous supplions Votre Excellence de daigner
faire notre noce. »

Don Fernando d'Ibaraa, y Figueora, y Mascarenes, y
35 Lampourdos, y Souza, relevant sa moustache, sourit
amèrement, et ordonna au capitaine Candide d'aller faire la
revue de sa compagnie. Candide obéit ; le gouverneur
demeura avec Mˡˡᵉ Cunégonde. Il lui déclara sa passion, lui
proposa que le lendemain il l'épouserait à la face de l'Église,
40 ou autrement, ainsi qu'il plairait à ses charmes. Cunégonde
demanda un quart d'heure pour se recueillir, pour consulter
la vieille et pour se déterminer.

La vieille dit à Cunégonde : « Mademoiselle, vous avez
soixante et douze quartiers, et pas une obole ; il ne tient qu'à
45 vous d'être la femme du plus grand seigneur de l'Amérique
méridionale, qui a une très belle moustache ; est-ce à vous de
vous piquer d'une fidélité à toute épreuve ? Vous avez été
violée par les Bulgares ; un Juif et un inquisiteur ont eu vos
bonnes grâces : les malheurs donnent des droits. J'avoue que,
50 si j'étais à votre place, je ne ferais aucun scrupule d'épouser
M. le gouverneur et de faire la fortune de M. le capitaine
Candide. » Tandis que la vieille parlait avec toute la prudence
que l'âge et l'expérience donnent, on vit entrer dans le port

1. Dans la Bible, Abraham fit passer sa femme pour sa sœur, elle devint
concubine du pharaon, puis du roi Abimelech. Son fils Isaac fit de même avec
Rébecca. Candide est donc plus scrupuleux qu'eux, et que Des Grieux dans
Manon Lescaut.

un petit vaisseau ; il portait un alcade et des alguazils[1], et
55 voici ce qui était arrivé.

La vieille avait très bien deviné que ce fut un cordelier à
la grande manche[2] qui vola l'argent et les bijoux de
Cunégonde dans la ville de Badajoz, lorsqu'elle fuyait en hâte
avec Candide. Ce moine voulut vendre quelques-unes des
60 pierreries à un joaillier. Le marchand les reconnut pour celles
du grand inquisiteur. Le cordelier, avant d'être pendu, avoua
qu'il les avait volées ; il indiqua les personnes et la route
qu'elles prenaient. La fuite de Cunégonde et de Candide était
déjà connue. On les suivit à Cadix ; on envoya sans perdre
65 de temps un vaisseau à leur poursuite. Le vaisseau était déjà
dans le port de Buenos Aires. Le bruit se répandit qu'un
alcade allait débarquer, et qu'on poursuivait les meurtriers de
monseigneur le grand inquisiteur. La prudente vieille vit dans
l'instant tout ce qui était à faire. « Vous ne pouvez fuir, dit-
70 elle à Cunégonde, et vous n'avez rien à craindre ; ce n'est pas
vous qui avez tué monseigneur ; et d'ailleurs le gouverneur,
qui vous aime, ne souffrira pas qu'on vous maltraite ;
demeurez. » Elle court sur-le-champ à Candide : « Fuyez, dit-
elle, ou dans une heure vous allez être brûlé[3]. » Il n'y a pas
75 un moment à perdre ; mais comment se séparer de
Cunégonde, et où se réfugier ?

1. **Alguazils** : policiers chargés d'exécuter les ordres d'un magistrat. L'**alcade**
est un magistrat municipal ou judiciaire.
2. **À la grande manche** : manche de l'habit franciscain. Mais on mettait
autrefois l'argent dans les manches, comme dans une poche.
3. Brûlé pour crime contre l'Inquisition.

*Manière de brûler ceux qui ont été condamnés par l'Inquisition
(détail d'une gravure anonyme), B.N., Paris.*

CHAPITRE 14

COMMENT CANDIDE ET CACAMBO FURENT REÇUS CHEZ LES JÉSUITES DU PARAGUAY.

CANDIDE avait amené de Cadix un valet tel qu'on en trouve beaucoup sur les côtes d'Espagne et dans les colonies. C'était un quart d'Espagnol[1] né d'un métis dans le Tucuman[2] ; il avait été enfant de chœur, sacristain, matelot, moine,
5 facteur[3], soldat, laquais. Il s'appelait Cacambo, et aimait fort son maître, parce que son maître était un fort bon homme. Il sella au plus vite les deux chevaux andalous. « Allons, mon maître, suivons le conseil de la vieille ; partons, et courons sans regarder derrière nous. » Candide versa des larmes : « Ô
10 ma chère Cunégonde ! faut-il vous abandonner dans le temps que M. le gouverneur va faire vos noces ! Cunégonde amenée de si loin, que deviendrez-vous ? – Elle deviendra ce qu'elle pourra, dit Cacambo ; les femmes ne sont jamais embarrassées d'elles ; Dieu y pourvoit ; courons. – Où me
15 mènes-tu ? Où allons-nous ? Que ferons-nous sans Cunégonde ? disait Candide. – Par saint Jacques de Compostelle, dit Cacambo, vous alliez faire la guerre aux jésuites ; allons la faire pour eux : je sais assez les chemins, je vous mènerai dans leur royaume[4], ils seront charmés
20 d'avoir un capitaine qui fasse l'exercice à la bulgare ; vous ferez une fortune prodigieuse ; quand on n'a pas son compte dans un monde, on le trouve dans un autre. C'est un très grand plaisir de voir et de faire des choses nouvelles.

1. **Un quart d'Espagnol** (ou quarteron) : l'enfant d'un Blanc et d'une mulâtresse, ou d'un mulâtre et d'une Blanche.
2. **Tucuman** est actuellement une ville ; au XVIII[e] siècle, c'était une province.
3. **Facteur** : personne qui faisait du commerce pour le compte d'une autre.
4. **Royaume des jésuites** : on crut en 1755-1756 qu'un jésuite s'était fait élire roi du Paraguay.

– Tu as donc été déjà dans le Paraguay ? dit Candide.

25 – Eh vraiment, oui ! dit Cacambo ; j'ai été cuistre[1] dans le collège de l'Assomption[2], et je connais le gouvernement de Los Padres[3] comme je connais les rues de Cadix. C'est une chose admirable que ce gouvernement. Le royaume a déjà plus de trois cents lieues de diamètre ; il est divisé en

30 trente provinces. Los Padres y ont tout, et les peuples rien. C'est le chef-d'œuvre de la raison et de la justice. Pour moi, je ne vois rien de si divin que Los Padres, qui font ici la guerre au roi d'Espagne et au roi du Portugal, et qui en Europe confessent ces rois ; qui tuent ici des Espagnols, et qui à

35 Madrid les envoient au ciel : cela me ravit ; avançons ; vous allez être le plus heureux de tous les hommes. Quel plaisir auront Los Padres quand ils sauront qu'il leur vient un capitaine qui sait l'exercice bulgare[4] ! »

Dès qu'ils furent arrivés à la première barrière, Cacambo

40 dit à la garde avancée[5] qu'un capitaine demandait à parler à monseigneur le commandant. On alla avertir la grande garde. Un officier paraguain courut aux pieds du commandant lui donner part de la nouvelle. Candide et Cacambo furent d'abord désarmés ; on se saisit de leurs deux

45 chevaux andalous. Les deux étrangers sont introduits au milieu de deux files de soldats ; le commandant était au bout, le bonnet à trois cornes[6] en tête, la robe retroussée, l'épée au côté, l'esponton à la main. Il fit un signe ; aussitôt vingt-quatre soldats entourent les deux nouveaux venus. Un

50 sergent leur dit qu'il faut attendre, que le commandant ne peut leur parler, que le révérend père provincial[7] ne permet

1. **Cuistre** : valet.
2. **Assomption** : Asunción, capitale de l'État jésuite du Paraguay.
3. **Le gouvernement de Los Padres** : l'État gouverné par les pères jésuites.
4. L'exercice à la prussienne était réputé.
5. **La garde avancée** : les avant-postes. **La grande garde** : le corps de garde principal.
6. **Bonnet à trois cornes** : coiffure des jésuites. **L'esponton** est une demi-pique.
7. **Père provincial** : le père supérieur de chacune des trente provinces dont parlait Cacambo.

pas qu'aucun Espagnol ouvre la bouche qu'en sa présence, et
demeure plus de trois heures dans le pays[1]. « Et où est le
révérend père provincial ? dit Cacambo. – Il est à la parade
55 après avoir dit sa messe, répondit le sergent ; et vous ne
pourrez baiser ses éperons que dans trois heures. – Mais, dit
Cacambo, M. le capitaine, qui meurt de faim comme moi,
n'est point Espagnol, il est Allemand ; ne pourrions-nous
point déjeuner en attendant Sa Révérence ? »

60 Le sergent alla sur-le-champ rendre compte de ce discours
au commandant. « Dieu soit béni ! dit ce seigneur ; puisqu'il
est Allemand, je peux lui parler ; qu'on le mène dans ma
feuillée[2]. » Aussitôt on conduit Candide dans un cabinet de
verdure[3] orné d'une très jolie colonnade de marbre vert et
65 or, et de treillages qui renfermaient des perroquets, des
colibris, des oiseaux-mouches, des pintades, et tous les
oiseaux les plus rares. Un excellent déjeuner était préparé
dans des vases[4] d'or ; et tandis que les Paraguains mangèrent
du maïs dans des écuelles de bois, en plein champ, à l'ardeur
70 du soleil, le révérend père commandant entra dans la feuillée.

C'était un très beau jeune homme, le visage plein, assez
blanc, haut en couleur, le sourcil relevé, l'œil vif, l'oreille
rouge, les lèvres vermeilles, l'air fier, mais d'une fierté qui
n'était ni celle d'un Espagnol, ni celle d'un jésuite. On rendit
75 à Candide et à Cacambo leurs armes, qu'on leur avait saisies,
ainsi que les deux chevaux andalous ; Cacambo leur fit
manger de l'avoine auprès de la feuillée, ayant toujours l'œil
sur eux, crainte de surprise[5].

Candide baisa d'abord le bas de la robe du commandant,
80 ensuite ils se mirent à table. « Vous êtes donc Allemand ? lui

1. Exagération (il était interdit par les jésuites de séjourner plus de trois jours,
semble-t-il).
2. **Feuillée :** abri fait de feuillages.
3. **Cabinet de verdure :** petit pavillon aménagé dans un jardin ou un parc.
4. **Vase :** tout récipient, quel qu'en soit l'usage.
5. **Crainte de surprise :** par crainte d'une attaque soudaine.

dit le jésuite en cette langue. – Oui, mon révérend père », dit
Candide. L'un et l'autre, en prononçant ces paroles, se
regardaient avec une extrême surprise et une émotion dont
ils n'étaient pas les maîtres. « Et de quel pays d'Allemagne
85 êtes-vous ? dit le jésuite. – De la sale province de Westphalie,
dit Candide : je suis né dans le château de Thunder-ten-
tronckh. – Ô Ciel ! est-il possible ? s'écria le commandant. –
Quel miracle ! s'écria Candide. – Serait-ce vous ? dit le
commandant. – Cela n'est pas possible », dit Candide. Ils se
90 laissent tomber tous deux à la renverse, ils s'embrassent, ils
versent des ruisseaux de larmes. « Quoi ! serait-ce vous, mon
révérend père ? vous, le frère de la belle Cunégonde ! vous,
qui fûtes tué par les Bulgares ! vous, le fils de M. le baron !
vous, jésuite au Paraguay ! Il faut avouer que ce monde est
95 une étrange chose. Ô Pangloss ! Pangloss ! que vous seriez
aise si vous n'aviez pas été pendu ! »

Le commandant fit retirer les esclaves[1] nègres et les
Paraguains qui servaient à boire dans des gobelets de cristal
de roche. Il remercia Dieu et saint Ignace[2] mille fois ; il
100 serrait Candide entre ses bras ; leurs visages étaient baignés
de pleurs. « Vous seriez bien plus étonné, plus attendri, plus
hors de vous-même, dit Candide, si je vous disais que
M^lle Cunégonde, votre sœur, que vous avez crue éventrée, est
pleine de santé. – Où ? – Dans votre voisinage, chez M. le
105 gouverneur de Buenos Aires ; et je venais pour vous faire la
guerre. » Chaque mot qu'ils prononcèrent dans cette longue
conversation accumulait prodige sur prodige. Leur âme tout
entière volait sur leur langue, était attentive dans leurs oreilles
et étincelante dans leurs yeux. Comme ils étaient Allemands,
110 ils tinrent table longtemps, en attendant le révérend père
provincial ; et le commandant parla ainsi à son cher Candide.

1. **Esclaves nègres** : en Amérique du Sud, les religieux avaient le droit de
posséder des esclaves.
2. **Saint Ignace** : saint Ignace de Loyola (1491-1556), fondateur de l'ordre des
jésuites en 1534.

Mes mains ont un poignard avec un chapelet.
 L'un est pour tromper le vulgaire,
L'autre, pour le plonger dans le cœur téméraire
 De tout tyran qui nous déplaît.

Gravure anonyme, B.N., Paris.
Remontrance au parlement contre les jésuites du Paraguay.

CHAPITRE 15

COMMENT CANDIDE TUA LE FRÈRE
DE SA CHÈRE CUNÉGONDE.

« J'AURAI toute ma vie présent à la mémoire le jour horrible
où je vis tuer mon père et ma mère, et violer ma sœur. Quand
les Bulgares furent retirés, on ne trouva point cette sœur
adorable, et on mit dans une charrette ma mère, mon père et
5 moi, deux servantes et trois petits garçons égorgés, pour nous
aller enterrer dans une chapelle de jésuites, à deux lieues du
château de mes pères. Un jésuite nous jeta de l'eau bénite.
Elle était horriblement salée ; il en entra quelques gouttes
dans mes yeux ; le père s'aperçut que ma paupière faisait un
10 petit mouvement : il mit la main sur mon cœur et le sentit
palpiter ; je fus secouru, et, au bout de trois semaines, il n'y
paraissait pas. Vous savez, mon cher Candide, que j'étais fort
joli, je le devins encore davantage ; aussi le révérend père
Croust[1], supérieur de la maison, prit pour moi la plus tendre
15 amitié[2] ; il me donna l'habit de novice ; quelque temps après
je fus envoyé à Rome. Le père général[3] avait besoin d'une
recrue[4] de jeunes jésuites allemands. Les souverains du
Paraguay reçoivent le moins qu'ils peuvent de jésuites
espagnols ; ils aiment mieux les étrangers, dont ils se croient
20 plus maîtres. Je fus jugé propre par le révérend père général
pour aller travailler dans cette vigne[5]. Nous partîmes, un
Polonais, un Tyrolien et moi. Je fus honoré, en arrivant, du

1. Le père Croust n'apparaît dans le texte qu'en 1761. Voltaire l'avait
rencontré à Colmar en 1754 et lui gardait rancune d'avoir cherché à lui nuire.
2. **Tendre amitié** : allusion claire à l'homosexualité.
3. **Père général** : le général des jésuites.
4. **Recrue** (terme militaire) : recrutement.
5. **Vigne** : métaphore biblique.

sous-diaconat[1] et d'une lieutenance ; je suis aujourd'hui colonel et prêtre. Nous recevons vigoureusement les troupes
25 du roi d'Espagne ; je vous réponds qu'elles seront excommuniées et battues. La Providence vous envoie ici pour nous seconder. Mais est-il bien vrai que ma chère sœur Cunégonde soit dans le voisinage, chez le gouverneur de Buenos Aires ? » Candide l'assura par serment que rien
30 n'était plus vrai. Leurs larmes recommencèrent à couler.

Le baron ne pouvait se lasser d'embrasser Candide ; il l'appelait son frère, son sauveur. « Ah ! peut-être, lui dit-il, nous pourrons ensemble, mon cher Candide, entrer en vainqueurs dans la ville, et reprendre ma sœur Cunégonde.
35 – C'est ce que je souhaite, dit Candide ; car je comptais l'épouser, et je l'espère encore. – Vous, insolent ! répondit le baron, vous auriez l'impudence d'épouser ma sœur qui a soixante et douze quartiers ! Je vous trouve bien effronté d'oser me parler d'un dessein si téméraire ! » Candide,
40 pétrifié d'un tel discours, lui répondit : « Mon révérend père, tous les quartiers du monde n'y font rien ; j'ai tiré votre sœur des bras d'un Juif et d'un inquisiteur ; elle m'a assez d'obligations, elle veut m'épouser. Maître Pangloss m'a toujours dit que les hommes sont égaux, et assurément je
45 l'épouserai. – C'est ce que nous verrons, coquin ! » dit le jésuite baron de Thunder-ten-tronckh, et en même temps il lui donna un grand coup du plat de son épée sur le visage. Candide dans l'instant tire la sienne et l'enfonce jusqu'à la garde dans le ventre du baron jésuite ; mais, en la retirant
50 toute fumante, il se mit à pleurer : « Hélas ! mon Dieu, dit-il, j'ai tué mon ancien maître, mon ami, mon beau-frère ; je suis le meilleur homme du monde, et voilà déjà trois hommes que je tue ; et dans ces trois il y a deux prêtres. »

Cacambo, qui faisait sentinelle à la porte de la feuillée,
55 accourut. « Il ne nous reste qu'à vendre cher notre vie, lui dit

1. **Sous-diaconat** : ordre inférieur à la prêtrise (aujourd'hui supprimé).

son maître : on va sans doute entrer dans la feuillée, il faut mourir les armes à la main. » Cacambo, qui en avait vu bien d'autres, ne perdit point la tête ; il prit la robe de jésuite que portait le baron, la mit sur le corps de Candide, lui donna le
60 bonnet carré du mort, et le fit monter à cheval. Tout cela se fit en un clin d'œil. « Galopons, mon maître ; tout le monde vous prendra pour un jésuite qui va donner des ordres ; et nous aurons passé les frontières avant qu'on puisse courir après nous. » Il volait déjà en prononçant ces paroles, et en
65 criant en espagnol : « Place, place pour le révérend père colonel. »

CHAPITRE 16

CE QUI ADVINT AUX DEUX VOYAGEURS
AVEC DEUX FILLES, DEUX SINGES
ET LES SAUVAGES NOMMÉS OREILLONS.

CANDIDE et son valet furent au-delà des barrières, et personne ne savait encore dans le camp la mort du jésuite allemand. Le vigilant Cacambo avait eu soin de remplir sa valise[1] de pain, de chocolat, de jambon, de fruits, et de quelques
5 mesures de vin. Ils s'enfoncèrent avec leurs chevaux andalous dans un pays inconnu, où ils ne découvrirent aucune route. Enfin une belle prairie entrecoupée de ruisseaux se présenta devant eux. Nos deux voyageurs font repaître leurs montures. Cacambo propose à son maître de manger, et lui
10 en donne l'exemple. « Comment veux-tu, disait Candide, que je mange du jambon, quand j'ai tué le fils de M. le baron, et que je me vois condamné à ne revoir la belle Cunégonde de ma vie ? À quoi me servira de prolonger mes misérables jours, puisque je dois les traîner loin d'elle, dans les remords
15 et dans le désespoir ? et que dira le journal de Trévoux[2] ? »

En parlant ainsi, il ne laissa pas de manger[3]. Le soleil se couchait. Les deux égarés entendirent quelques petits cris qui paraissaient poussés par des femmes. Ils ne savaient si ces cris étaient de douleur ou de joie ; mais ils se levèrent
20 précipitamment avec cette inquiétude et cette alarme que tout inspire dans un pays inconnu. Ces clameurs partaient de deux filles toutes nues qui couraient légèrement au bord de la prairie, tandis que deux singes les suivaient en leur mordant

1. **Valise :** sac de cuir que le cavalier installe derrière sa selle.
2. **Journal de Trévoux :** journal des jésuites, fondé en 1701 à Trévoux (aujourd'hui dans l'Ain) et qui menait campagne contre les philosophes.
3. **Il ne laissa pas de manger :** il n'en mangea pas moins.

Illustration de Moreau le Jeune pour Candide *(chap. 16). B.N., Paris.*

les fesses. Candide fut touché de pitié ; il avait appris à tirer
25 chez les Bulgares, et il aurait abattu une noisette dans un
buisson sans toucher aux feuilles. Il prend son fusil espagnol
à deux coups, tire, et tue les deux singes. « Dieu soit loué,
mon cher Cacambo ! j'ai délivré d'un grand péril ces deux
pauvres créatures ; si j'ai commis un péché en tuant un
30 inquisiteur et un jésuite, je l'ai bien réparé en sauvant la vie
à deux filles. Ce sont peut-être deux demoiselles de
condition[1], et cette aventure peut nous procurer de très
grands avantages dans le pays. »

Il allait continuer, mais sa langue devint percluse quand il
35 vit ces deux filles embrasser tendrement les deux singes,
fondre en larmes sur leurs corps et remplir l'air des cris les
plus douloureux. « Je ne m'attendais pas à tant de bonté
d'âme », dit-il enfin à Cacambo ; lequel lui répliqua : « Vous
avez fait là un beau chef-d'œuvre, mon maître ; vous avez tué
40 les deux amants de ces demoiselles. – Leurs amants ! serait-
il possible ? vous vous moquez de moi, Cacambo ; le moyen
de vous croire ? – Mon cher maître, reprit Cacambo, vous
êtes toujours étonné de tout ; pourquoi trouvez-vous si
étrange que dans quelques pays il y ait des singes qui
45 obtiennent les bonnes grâces des dames ? Ils sont des quarts
d'hommes, comme je suis un quart d'Espagnol. – Hélas !
reprit Candide, je me souviens d'avoir entendu dire à maître
Pangloss qu'autrefois pareils accidents étaient arrivés, et que
ces mélanges avaient produit des égipans, des faunes, des
50 satyres[2] ; que plusieurs grands personnages de l'Antiquité en
avaient vu ; mais je prenais cela pour des fables. – Vous devez
être convaincu à présent, dit Cacambo, que c'est une vérité,
et vous voyez comment en usent les personnes qui n'ont pas
reçu une certaine éducation ; tout ce que je crains, c'est que
55 ces dames ne nous fassent quelque méchante affaire. »

1. **De condition** : de naissance noble.
2. **Égipans, faunes et satyres** : figures mythologiques, mi-humaines, mi-
animales. Voltaire n'est pas loin de croire, comme certains, que les faunes et
autres monstres provenaient de l'accouplement de femmes et de singes. Le
XVIIIᵉ siècle se passionne pour le problème des monstres.

Ces réflexions solides engagèrent Candide à quitter la prairie et à s'enfoncer dans un bois. Il y soupa avec Cacambo ; et tous deux, après avoir maudit l'inquisiteur de Portugal, le gouverneur de Buenos Aires et le baron, s'endormirent sur
60 de la mousse. À leur réveil, ils sentirent qu'ils ne pouvaient remuer ; la raison en était que pendant la nuit les Oreillons, habitants du pays, à qui les deux dames les avaient dénoncés, les avaient garrottés avec des cordes d'écorce d'arbre. Ils étaient entourés d'une cinquantaine d'Oreillons tout nus,
65 armés de flèches, de massues et de haches de caillou : les uns faisaient bouillir une grande chaudière ; les autres préparaient des broches, et tous criaient : « C'est un jésuite, c'est un jésuite ! nous serons vengés, et nous ferons bonne chère ; mangeons du jésuite, mangeons du jésuite ! »
70 « Je vous l'avais bien dit, mon cher maître, s'écria tristement Cacambo, que ces deux filles nous joueraient un mauvais tour. » Candide, apercevant la chaudière et les broches, s'écria : « Nous allons certainement être rôtis ou bouillis. Ah ! que dirait maître Pangloss, s'il voyait comme la
75 pure nature est faite ? Tout est bien ; soit, mais j'avoue qu'il est bien cruel d'avoir perdu Mlle Cunégonde et d'être mis à la broche par des Oreillons. » Cacambo ne perdait jamais la tête. « Ne désespérez de rien, dit-il au désolé Candide ; j'entends un peu le jargon de ces peuples, je vais leur parler.
80 – Ne manquez pas, dit Candide, de leur représenter quelle est l'inhumanité affreuse de faire cuire des hommes, et combien cela est peu chrétien. »

« Messieurs, dit Cacambo, vous comptez donc manger aujourd'hui un jésuite : c'est très bien fait ; rien n'est plus
85 juste que de traiter ainsi ses ennemis. En effet le droit naturel[1] nous enseigne à tuer notre prochain, et c'est ainsi qu'on en agit dans toute la terre. Si nous n'usons pas du droit de le manger, c'est que nous avons d'ailleurs de quoi faire bonne chère ; mais vous n'avez pas les mêmes ressources que

1. **Le droit naturel** : il définit le droit qui découle de la nature humaine, avant qu'il y ait des sociétés, des gouvernements et des lois écrites.

90 nous ; certainement il vaut mieux manger ses ennemis que
d'abandonner aux corbeaux et aux corneilles le fruit de sa
victoire. Mais, Messieurs, vous ne voudriez pas manger vos
amis. Vous croyez aller mettre un jésuite en broche, et c'est
votre défenseur, c'est l'ennemi de vos ennemis que vous allez
95 rôtir. Pour moi, je suis né dans votre pays ; monsieur que
vous voyez est mon maître, et, bien loin d'être jésuite, il vient
de tuer un jésuite, il en porte les dépouilles : voilà le sujet de
votre méprise. Pour vérifier ce que je vous dis, prenez sa robe,
portez-la à la première barrière du royaume de Los Padres ;
100 informez-vous si mon maître n'a pas tué un officier jésuite.
Il vous faudra peu de temps ; vous pourrez toujours nous
manger si vous trouvez que je vous ai menti. Mais, si je vous
ai dit la vérité, vous connaissez trop les principes du droit
public, les mœurs et les lois, pour ne nous pas faire grâce. »
105 Les Oreillons trouvèrent ce discours très raisonnable ; ils
députèrent deux notables pour aller en diligence s'informer
de la vérité ; les deux députés s'acquittèrent de leur
commission en gens d'esprit, et revinrent bientôt apporter de
bonnes nouvelles. Les Oreillons délièrent leurs deux
110 prisonniers, leur firent toutes sortes de civilités, leur offrirent
des filles, leur donnèrent des rafraîchissements, et les
reconduisirent jusqu'aux confins de leurs États, en criant avec
allégresse : « Il n'est point jésuite, il n'est point jésuite ! »
 Candide ne se lassait point d'admirer le sujet de sa
115 délivrance. « Quel peuple ! disait-il, quels hommes ! quelles
mœurs ! Si je n'avais pas eu le bonheur de donner un grand
coup d'épée au travers du corps du frère de M[lle] Cunégonde,
j'étais mangé sans rémission. Mais, après tout, la pure
nature[1] est bonne, puisque ces gens-ci, au lieu de me manger,
120 m'ont fait mille honnêtetés dès qu'ils ont su que je n'étais pas
jésuite. »

———————

1. **La pure nature :** l'état de nature (sans lois écrites et sans gouvernement) où
sont supposés vivre les Oreillons.

CHAPITRE 17

ARRIVÉE DE CANDIDE ET DE SON VALET
AU PAYS D'ELDORADO[1], ET CE QU'ILS Y VIRENT.

QUAND ils furent aux frontières des Oreillons : « Vous voyez, dit Cacambo à Candide, que cet hémisphère-ci ne vaut pas mieux que l'autre : croyez-moi, retournons en Europe par le plus court. – Comment y retourner ? dit Candide, et où
5 aller ? Si je vais dans mon pays, les Bulgares et les Abares y égorgent tout ; si je retourne en Portugal, j'y suis brûlé ; si nous restons dans ce pays-ci, nous risquons à tout moment d'être mis en broche. Mais comment se résoudre à quitter la partie du monde que M^{lle} Cunégonde habite ?
10 – Tournons vers la Cayenne[2], dit Cacambo : nous y trouverons des Français, qui vont par tout le monde ; ils pourront nous aider. Dieu aura peut-être pitié de nous. »

Il n'était pas facile d'aller à la Cayenne : ils savaient bien à peu près de quel côté il fallait marcher ; mais des montagnes,
15 des fleuves, des précipices, des brigands, des sauvages étaient partout de terribles obstacles. Leurs chevaux moururent de fatigue ; leurs provisions furent consumées ; ils se nourrirent un mois entier de fruits sauvages, et se trouvèrent enfin auprès d'une petite rivière bordée de cocotiers, qui soutinrent
20 leur vie et leurs espérances.

Cacambo, qui donnait toujours d'aussi bons conseils que la vieille, dit à Candide : « Nous n'en pouvons plus, nous avons assez marché ; j'aperçois un canot vide sur le rivage ; emplissons-le de cocos, jetons-nous dans cette petite barque,

1. **Eldorado** : « le pays d'or », pays utopique que les conquistadores et les aventuriers cherchèrent en Amérique du Sud après la conquête espagnole.
2. **La Cayenne** : colonie française très éloignée du Paraguay.

25 laissons-nous aller au courant ; une rivière mène toujours à
quelque endroit habité. Si nous ne trouvons pas des choses
agréables, nous trouverons du moins des choses nouvelles. –
Allons, dit Candide, recommandons-nous à la Providence. »

Ils voguèrent quelques lieues entre des bords tantôt fleuris,
30 tantôt arides, tantôt unis, tantôt escarpés. La rivière
s'élargissait toujours ; enfin elle se perdait sous une voûte de
rochers épouvantables qui s'élevaient jusqu'au ciel. Les deux
voyageurs eurent la hardiesse de s'abandonner aux flots sous
cette voûte. Le fleuve, resserré en cet endroit, les porta avec
35 une rapidité et un bruit horrible. Au bout de vingt-quatre
heures ils revirent le jour ; mais leur canot se fracassa contre
les écueils ; il fallut se traîner de rocher en rocher pendant
une lieue entière ; enfin ils découvrirent un horizon immense,
bordé de montagnes inaccessibles. Le pays était cultivé pour
40 le plaisir comme pour le besoin ; partout l'utile était agréable.
Les chemins étaient couverts ou plutôt ornés de voitures
d'une forme et d'une matière brillante, portant des hommes
et des femmes d'une beauté singulière, traînés rapidement par
de gros moutons rouges qui surpassaient en vitesse les plus
45 beaux chevaux d'Andalousie, de Tétuan et de Méquinez[1].

« Voilà pourtant, dit Candide, un pays qui vaut mieux que la
Westphalie. » Il mit pied à terre avec Cacambo auprès du premier
village qu'il rencontra. Quelques enfants du village, couverts de
brocarts d'or tout déchirés, jouaient au palet[2] à l'entrée du bourg ;
50 nos deux hommes de l'autre monde s'amusèrent à les regarder :
leurs palets étaient d'assez larges pièces rondes, jaunes, rouges,
vertes, qui jetaient un éclat singulier. Il prit envie aux voyageurs
d'en ramasser quelques-uns ; c'était de l'or, c'étaient des émeraudes,
des rubis, dont le moindre aurait été le plus grand ornement du

1. **Les gros moutons rouges** : lamas. **Tétouan et Meknès** : villes du Maroc,
réputées pour leurs chevaux.
2. **Palet** : pierre plate, ou plaque de métal, de bois, avec laquelle on vise un
objectif.

55 trône du Mogol[1]. « Sans doute[2], dit Cacambo, ces enfants sont les fils du roi du pays qui jouent au petit palet. » Le magister[3] du village parut dans ce moment pour les faire rentrer à l'école. « Voilà, dit Candide, le précepteur de la famille royale. »

Les petits gueux quittèrent aussitôt le jeu, en laissant à terre
60 leurs palets et tout ce qui avait servi à leurs divertissements. Candide les ramasse, court au précepteur, et les lui présente humblement, lui faisant entendre par signes que Leurs Altesses royales avaient oublié leur or et leurs pierreries. Le magister du village, en souriant, les jeta par terre, regarda un
65 moment la figure de Candide avec beaucoup de surprise, et continua son chemin.

Les voyageurs ne manquèrent pas de ramasser l'or, les rubis et les émeraudes. « Où sommes-nous ? s'écria Candide ; il faut que les enfants des rois de ce pays soient bien élevés, puisqu'on leur
70 apprend à mépriser l'or et les pierreries. » Cacambo était aussi surpris que Candide. Ils s'approchèrent enfin de la première maison du village ; elle était bâtie comme un palais d'Europe. Une foule de monde s'empressait à la porte, et encore plus dans le logis. Une musique très agréable se faisait entendre, et une odeur délicieuse de
75 cuisine se faisait sentir. Cacambo s'approcha de la porte, et entendit qu'on parlait péruvien ; c'était sa langue maternelle : car tout le monde sait que Cacambo était né au Tucuman, dans un village où l'on ne connaissait que cette langue. « Je vous servirai d'interprète, dit-il à Candide ; entrons, c'est ici un cabaret. »
80 Aussitôt deux garçons et deux filles de l'hôtellerie, vêtus de drap d'or, et les cheveux noués avec des rubans, les invitent à se mettre à la table de l'hôte[4]. On servit quatre potages garnis chacun de deux perroquets, un contour[5] bouilli qui pesait deux cents livres, deux singes rôtis d'un goût excellent, trois cents colibris dans un

1. **Le Mogol** : l'empereur des Indes.
2. **Sans doute** : sans aucun doute.
3. **Magister** : le maître d'école.
4. **Table de l'hôte** : table où plusieurs personnes réunies mangent à prix fixe.
5. **Contour** : nom indigène du condor. Voltaire a rencontré ce plat dans ses lectures.

85 plat, et six cents oiseaux-mouches dans un autre ; des ragoûts
exquis, des pâtisseries délicieuses ; le tout dans des plats d'une
espèce de cristal de roche. Les garçons et les filles de l'hôtellerie
versaient plusieurs liqueurs faites de canne de sucre.

Les convives étaient pour la plupart des marchands et des
90 voituriers, tous d'une politesse extrême, qui firent quelques
questions à Cacambo avec la discrétion la plus circonspecte,
et qui répondirent aux siennes d'une manière à le satisfaire.

Quand le repas fut fini, Cacambo crut, ainsi que Candide,
bien payer son écot en jetant sur la table de l'hôte deux de
95 ces larges pièces d'or qu'il avait ramassées ; l'hôte et l'hôtesse
éclatèrent de rire, et se tinrent longtemps les côtés. Enfin ils
se remirent : « Messieurs, dit l'hôte, nous voyons bien que
vous êtes des étrangers ; nous ne sommes pas accoutumés à
en voir. Pardonnez-nous si nous nous sommes mis à rire
100 quand vous nous avez offert en paiement les cailloux de nos
grands chemins. Vous n'avez pas sans doute de la monnaie
du pays, mais il n'est pas nécessaire d'en avoir pour dîner ici.
Toutes les hôtelleries établies pour la commodité du
commerce sont payées par le gouvernement[1]. Vous avez fait
105 mauvaise chère ici, parce que c'est un pauvre village ; mais
partout ailleurs vous serez reçus comme vous méritez de
l'être. » Cacambo expliquait à Candide tous les discours de
l'hôte, et Candide les écoutait avec la même admiration et le
même égarement que son ami Cacambo les rendait. « Quel
110 est donc ce pays, disaient-ils l'un et l'autre, inconnu à tout le
reste de la terre, et où toute la nature est d'une espèce si
différente de la nôtre ? C'est probablement le pays où tout
va bien ; car il faut absolument qu'il y en ait de cette espèce.
Et quoi qu'en dît maître Pangloss, je me suis souvent aperçu
115 que tout allait mal en Westphalie. »

1. **Gouvernement** : allusion à l'empire des Incas. Ceux-ci avaient installé des
relais où l'on trouvait gratuitement des lamas et des provisions.

Phalanstère composé d'après les théories de Charles Fourier (1772-1837), détail d'une lithographie d'après un dessin de Charles Daibigny (1847), B.N., Paris.

CHAPITRE 18

CE QU'ILS VIRENT DANS LE PAYS D'ELDORADO.

CACAMBO témoigna à son hôte toute sa curiosité ; l'hôte lui dit : « Je suis fort ignorant, et je m'en trouve bien ; mais nous avons ici un vieillard retiré de la cour, qui est le plus savant homme du royaume, et le plus communicatif. » Aussitôt il
5 mène Cacambo chez le vieillard. Candide ne jouait plus que le second personnage, et accompagnait son valet. Ils entrèrent dans une maison fort simple, car la porte n'était que d'argent, et les lambris[1] des appartements n'étaient que d'or, mais travaillés avec tant de goût que les plus riches lambris ne
10 l'effaçaient pas. L'antichambre n'était à la vérité incrustée que de rubis et d'émeraudes ; mais l'ordre dans lequel tout était arrangé réparait bien cette extrême simplicité.

Le vieillard reçut les deux étrangers sur un sofa matelassé de plumes de colibri, et leur fit présenter des liqueurs dans
15 des vases de diamants ; après quoi il satisfit à leur curiosité en ces termes :

« Je suis âgé de soixante et douze ans, et j'ai appris de feu mon père, écuyer du roi, les étonnantes révolutions[2] du Pérou dont il avait été témoin. Le royaume où nous sommes
20 est l'ancienne patrie des Incas, qui en sortirent très imprudemment pour aller subjuguer une partie du monde, et qui furent enfin détruits par les Espagnols.

« Les princes de leur famille qui restèrent dans leur pays natal furent plus sages ; ils ordonnèrent, du consentement de

1. **Lambris** : revêtement de bois, marbre ou stuc posé sur les murs d'un appartement.
2. **Révolution** : n'a pas ici son sens moderne, mais désigne tout changement politique important.

25 la nation[1], qu'aucun habitant ne sortirait jamais de notre petit royaume ; et c'est ce qui nous a conservé notre innocence et notre félicité. Les Espagnols ont une connaissance confuse de ce pays, ils l'ont appelé El Dorado, et un Anglais, nommé le chevalier Raleigh[2], en a même
30 approché il y a environ cent années ; mais, comme nous sommes entourés de rochers inabordables et de précipices, nous avons toujours été jusqu'à présent à l'abri de la rapacité des nations de l'Europe, qui ont une fureur inconcevable pour les cailloux et pour la fange de notre terre, et qui, pour en
35 avoir, nous tueraient tous jusqu'au dernier. »

La conversation fut longue ; elle roula sur la forme du gouvernement, sur les mœurs, sur les femmes, sur les spectacles publics, sur les arts. Enfin, Candide, qui avait toujours du goût pour la métaphysique, fit demander par
40 Cacambo si dans le pays il y avait une religion.

Le vieillard rougit un peu. « Comment donc, dit-il, en pouvez-vous douter ? Est-ce que vous nous prenez pour des ingrats ? » Cacambo demanda humblement quelle était la religion d'Eldorado. Le vieillard rougit encore. « Est-ce qu'il
45 peut y avoir deux religions ? dit-il ; nous avons, je crois, la religion de tout le monde : nous adorons Dieu du soir jusqu'au matin[3]. – N'adorez-vous qu'un seul Dieu ? dit Cacambo, qui servait toujours d'interprète aux doutes de Candide. – Apparemment, dit le vieillard, qu'il n'y en a ni
50 deux, ni trois, ni quatre. Je vous avoue que les gens de votre monde font des questions bien singulières. » Candide ne se lassait pas de faire interroger ce bon vieillard ; il voulut savoir comment on priait Dieu dans l'Eldorado. « Nous ne le prions point, dit le bon et respectable sage ; nous n'avons rien à lui

1. **Du consentement de la nation** : après consultation du peuple.
2. **Sir Walter Raleigh** : ce navigateur anglais explora l'Amazonie en 1595, à la demande d'Élisabeth Iʳᵉ, pour trouver l'Eldorado. Voltaire a lu son récit de voyage.
3. **Du soir jusqu'au matin** : expression toute faite ou sous-entendu malicieux ?

55 demander ; il nous a donné tout ce qu'il nous faut[1] ; nous
le remercions sans cesse. » Candide eut la curiosité de voir
des prêtres ; il fit demander où ils étaient. Le bon vieillard
sourit. « Mes amis, dit-il, nous sommes tous prêtres ; le roi
et tous les chefs de famille chantent des cantiques d'actions
60 de grâces solennellement tous les matins ; et cinq ou six mille
musiciens les accompagnent. – Quoi ! vous n'avez point de
moines qui enseignent, qui disputent, qui gouvernent, qui
cabalent[2], et qui font brûler les gens qui ne sont point de
leur avis ? – Il faudrait que nous fussions fous, dit le
65 vieillard ; nous sommes tous ici du même avis, et nous
n'entendons pas ce que vous voulez dire avec vos moines. »
Candide à tous ces discours demeurait en extase, et disait en
lui-même : « Ceci est bien différent de la Westphalie et du
château de monsieur le baron : si notre ami Pangloss avait
70 vu Eldorado, il n'aurait plus dit que le château de Thunder-
ten-tronckh était ce qu'il y avait de mieux sur la terre ; il est
certain qu'il faut voyager. »

Après cette longue conversation, le bon vieillard fit atteler
un carrosse à six moutons, et donna douze de ses
75 domestiques aux deux voyageurs pour les conduire à la cour :
« Excusez-moi, leur dit-il, si mon âge me prive de l'honneur
de vous accompagner. Le roi vous recevra d'une manière
dont vous ne serez pas mécontents, et vous pardonnerez sans
doute aux usages du pays s'il y en a quelques-uns qui vous
80 déplaisent. »

Candide et Cacambo montent en carrosse ; les six moutons
volaient, et en moins de quatre heures on arriva au palais du
roi, situé à un bout de la capitale. Le portail était de deux
cent vingt pieds de haut et de cent de large[3] ; il est impossible
85 d'exprimer quelle en était la matière. On voit assez quelle

1. C'est donc un Dieu-Providence.
2. **Cabaler** : intriguer, comploter, former une cabale.
3. **Deux cent vingt pieds de haut et cent de large** : 66 mètres de haut sur
30 mètres de large environ.

supériorité prodigieuse elle devait avoir sur ces cailloux et sur ce sable que nous nommons *or* et *pierreries*.

Vingt belles filles de la garde reçurent Candide et Cacambo à la descente du carrosse, les conduisirent aux bains, les
90 vêtirent de robes d'un tissu de duvet de colibri ; après quoi les grands officiers et les grandes officières de la couronne les menèrent à l'appartement de Sa Majesté, au milieu de deux files chacune de mille musiciens, selon l'usage ordinaire. Quand ils approchèrent de la salle du trône, Cacambo
95 demanda à un grand officier comment il fallait s'y prendre pour saluer Sa Majesté ; si on se jetait à genoux ou ventre à terre ; si on mettait les mains sur la tête ou sur le derrière ; si on léchait la poussière de la salle ; en un mot, quelle était la cérémonie. « L'usage, dit le grand officier, est d'embrasser
100 le roi et de le baiser des deux côtés. » Candide et Cacambo sautèrent au cou de Sa Majesté, qui les reçut avec toute la grâce imaginable, et qui les pria poliment à souper[1].

En attendant, on leur fit voir la ville, les édifices publics élevés jusqu'aux nues, les marchés ornés de mille colonnes,
105 les fontaines d'eau pure, les fontaines d'eau rose, celles de liqueurs de canne de sucre, qui coulaient continuellement dans de grandes places, pavées d'une espèce de pierreries qui répandaient une odeur semblable à celle du girofle et de la cannelle. Candide demanda à voir la cour de justice, le
110 parlement[2] ; on lui dit qu'il n'y en avait point, et qu'on ne plaidait jamais. Il s'informa s'il y avait des prisons, et on lui dit que non. Ce qui le surprit davantage, et qui lui fit le plus de plaisir, ce fut le palais des sciences, dans lequel il vit une galerie de deux mille pas[3], toute pleine d'instruments de
115 mathématique et de physique.

1. **Souper :** ces mœurs débonnaires n'ont évidemment rien à voir avec le rigoureux rituel inca.
2. **Parlement :** ce n'est pas une assemblée de députés élus (comme en Angleterre), mais une cour chargée de rendre la justice, comme en France.
3. **Deux mille pas :** environ 1 500 mètres.

Après avoir parcouru, toute l'après-dînée, à peu près la millième partie de la ville[1], on les ramena chez le roi. Candide se mit à table entre Sa Majesté, son valet Cacambo et plusieurs dames. Jamais on ne fit meilleure chère, et jamais
120 on n'eut plus d'esprit à souper qu'en eut Sa Majesté. Cacambo expliquait les bons mots du roi à Candide, et, quoique traduits, ils paraissaient toujours des bons mots. De tout ce qui étonnait Candide, ce n'était pas ce qui l'étonna le moins.

125 Ils passèrent un mois dans cet hospice[2]. Candide ne cessait de dire à Cacambo : « Il est vrai, mon ami, encore une fois, que le château où je suis né ne vaut pas le pays où nous sommes ; mais enfin Mlle Cunégonde n'y est pas, et vous avez sans doute quelque maîtresse en Europe. Si nous restons ici,
130 nous n'y serons que comme les autres ; au lieu que si nous retournons dans notre monde seulement avec douze moutons chargés de cailloux d'Eldorado, nous serons plus riches que tous les rois ensemble, nous n'aurons plus d'inquisiteurs à craindre, et nous pourrons aisément reprendre
135 Mlle Cunégonde. »

Ce discours plut à Cacambo : on aime tant à courir, à se faire valoir chez les siens, à faire parade de ce qu'on a vu dans ses voyages, que les deux heureux résolurent de ne plus l'être et de demander leur congé à Sa Majesté.

140 « Vous faites une sottise, leur dit le roi ; je sais bien que mon pays est peu de chose ; mais, quand on est passablement quelque part, il faut y rester ; je n'ai pas assurément le droit de retenir des étrangers ; c'est une tyrannie qui n'est ni dans nos mœurs, ni dans nos lois : tous les hommes sont libres ;
145 partez quand vous voudrez, mais la sortie est bien difficile. Il est impossible de remonter la rivière rapide sur laquelle vous êtes arrivés par miracle, et qui court sous des voûtes de

1. **Ville** : allusion probable à la ville de Mexico, dont l'étendue et la splendeur stupéfièrent les Espagnols.
2. **Hospice** : ici, lieu où l'on donne l'hospitalité.

rochers. Les montagnes qui entourent tout mon royaume ont dix mille pieds de hauteur, et sont droites comme des
150 murailles ; elles occupent chacune en largeur un espace de plus de dix lieues[1] ; on ne peut en descendre que par des précipices. Cependant, puisque vous voulez absolument partir, je vais donner ordre aux intendants des machines d'en faire une qui puisse vous transporter commodément. Quand
155 on vous aura conduits au revers des montagnes, personne ne pourra vous accompagner ; car mes sujets ont fait vœu de ne jamais sortir de leur enceinte, et ils sont trop sages pour rompre leur vœu. Demandez-moi d'ailleurs[2] tout ce qu'il vous plaira. – Nous ne demandons à Votre Majesté, dit
160 Cacambo, que quelques moutons chargés de vivres, de cailloux et de la boue du pays. » Le roi rit. « Je ne conçois pas, dit-il, quel goût vos gens d'Europe ont pour notre boue jaune ; mais emportez-en tant que vous voudrez, et grand bien vous fasse. »
165 Il donna l'ordre sur-le-champ à ses ingénieurs de faire une machine pour guinder[3] ces deux hommes extraordinaires hors du royaume. Trois mille bons physiciens y travaillèrent ; elle fut prête au bout de quinze jours, et ne coûta pas plus de vingt millions de livres sterling, monnaie du pays. On mit
170 sur la machine Candide et Cacambo ; il y avait deux grands moutons rouges sellés et bridés pour leur servir de monture quand ils auraient franchi les montagnes, vingt moutons de bât chargés de vivres, trente qui portaient des présents de ce que le pays a de plus curieux, et cinquante chargés d'or, de
175 pierreries et de diamants. Le roi embrassa tendrement les deux vagabonds.

Ce fut un beau spectacle que leur départ, et la manière ingénieuse dont ils furent hissés, eux et leurs moutons, au

1. **Dix mille pieds... lieues** : plus de 3 000 mètres de haut sur 40 kilomètres de large environ.
2. **D'ailleurs :** par ailleurs.
3. **Guinder** : hisser.

haut des montagnes. Les physiciens prirent congé d'eux après
180 les avoir mis en sûreté, et Candide n'eut plus d'autre désir et
d'autre objet que d'aller présenter ses moutons à
M^{lle} Cunégonde. « Nous avons, dit-il, de quoi payer le
gouverneur de Buenos Aires, si M^{lle} Cunégonde peut être mise
à prix. Marchons vers la Cayenne, embarquons-nous, et nous
185 verrons ensuite quel royaume nous pourrons acheter. »

Illustration de Moreau le Jeune pour Candide *(chap. 19). B.N., Paris.*

REPÈRES

• À quel endroit du récit Voltaire a-t-il tenu à placer l'épisode de l'Eldorado ?

• L'utopie comporte des moments classiques : voyages, découverte d'une société isolée et parfaite, sortie et retour dans le monde réel : les retrouve-t-on dans l'épisode de l'Eldorado ?

OBSERVATION

• Quels sont les différents aspects (politiques, religieux, etc.) de la société imaginaire ? Dans quel ordre sont-ils présentés ?

• L'épisode de l'Eldorado est constitué de deux chapitres. Quel titre donneriez-vous à chacun d'eux ?

• Quelle est la fonction du vieillard dans la découverte de l'Eldorado ?

• Relevez les termes appartenant au champ lexical de l'admiration et de la surprise.

INTERPRÉTATIONS

• S'agit-il d'une satire de l'utopie, ou de l'incarnation des rêves voltairiens ? Justifiez votre réponse. Peut-on définir le point de vue du narrateur dans les deux chapitres ?

• Trouve-t-on autant de péripéties dans cet épisode que dans les chapitres précédents ? Qu'en résulte-t-il pour le rythme du récit ?

• Quel est le rôle de Candide dans la description de la cité idéale ?

• L'Eldorado est-il une parenthèse dans le récit, ou a-t-il des conséquences sur l'action ? Si oui, lesquelles ?

L'Eldorado appartient au genre utopique. Qu'on la fasse remonter ou pas à l'Antiquité (mythe de l'âge d'or, etc.), l'utopie moderne a une date de naissance et un père connu : Thomas More, le créateur du mot *(le pays de nulle part)* et du genre (*L'Utopie*, 1516). De quoi s'agit-il sous l'Ancien Régime ? De la description d'une cité idéale, d'un État parfait, où une organisation rationnelle résout les plus graves difficultés des sociétés réelles (pauvreté, oppression, inégalités, conflits religieux, guerres, etc.). L'utopie oppose donc, au monde tel qu'il est, une construction imaginaire de la raison, cadre commode pour les idées peu orthodoxes. Dans le dernier chapitre des *Caractères* (« Des esprits forts », c'est-à-dire les libertins, les athées), La Bruyère, à la fin du XVII^e siècle, dénonce récits de voyage et utopies comme autant de mises en cause de la Providence divine, responsable de l'ordre immuable des choses.

Du XVI^e au XVIII^e siècle, en effet, on assiste en France à une croissance spectaculaire de la production d'utopies : aucune au XVI^e, huit titres au XVII^e, soixante-dix au XVIII^e, trente-six au XIX^e. On trouve des utopies chez Fénelon (*Les Aventures de Télémaque*, 1699), Montesquieu (*Lettres persanes*, 1721), Prévost (*Cleveland*, 1731-1739), Sade (*Aline et Valcour*, 1795). En 1771, L.S. Mercier propose non plus l'utopie d'un pays inconnu, situé ailleurs, mais l'utopie du futur, projetée dans l'avenir (l'uchronie) : dans *L'An 2440*, le narrateur visite un Paris remodelé par la raison des philosophes.

L'utopie peut prendre différentes formes, se mouler dans différents genres : récits de voyage, roman, théâtre, texte théorique sans fiction romanesque. On peut distinguer deux modes principaux de la narration utopique : le récit autonome (Thomas More, *L'Utopie*) et le récit inséré dans une fiction qui le déborde : c'est le cas pour l'énorme roman de Prévost, *Cleveland*, où, au milieu de mille aventures, on traverse trois épisodes utopiques, et c'est le cas pour *Candide*.

L'utopie d'Ancien Régime est toujours politique. En allemand, utopie se dit *Staatsroman*, roman-de-l'État.

CHAPITRE 19

CE QUI LEUR ARRIVA À SURINAM, ET COMMENT CANDIDE FIT CONNAISSANCE AVEC MARTIN.

LA PREMIÈRE journée de nos deux voyageurs fut assez
agréable. Ils étaient encouragés par l'idée de se voir
possesseurs de plus de trésors que l'Asie, l'Europe et l'Afrique
n'en pouvaient rassembler. Candide, transporté, écrivit le
5 nom de Cunégonde sur les arbres. À la seconde journée deux
de leurs moutons s'enfoncèrent dans des marais, et y furent
abîmés[1] avec leurs charges ; deux autres moutons moururent
de fatigue quelques jours après ; sept ou huit périrent ensuite
de faim dans un désert ; d'autres tombèrent au bout de
10 quelques jours dans des précipices. Enfin, après cent jours de
marche, il ne leur resta que deux moutons. Candide dit à
Cacambo : « Mon ami, vous voyez comme les richesses de
ce monde sont périssables ; il n'y a rien de solide que la vertu
et le bonheur de revoir Mlle Cunégonde. – Je l'avoue, dit
15 Cacambo ; mais il nous reste encore deux moutons avec plus
de trésors que n'en aura jamais le roi d'Espagne, et je vois
de loin une ville que je soupçonne être Surinam, appartenant
aux Hollandais[2]. Nous sommes au bout de nos peines et au
commencement de notre félicité. »
20 En approchant de la ville, ils rencontrèrent un nègre étendu
par terre, n'ayant plus que la moitié de son habit, c'est-à-dire
d'un caleçon de toile bleue ; il manquait à ce pauvre homme
la jambe gauche et la main droite. « Eh, mon Dieu ! lui dit
Candide en hollandais, que fais-tu là, mon ami, dans l'état
25 horrible où je te vois ? – J'attends mon maître, monsieur

1. **Abîmés** : engloutis.
2. **Surinam** : la colonie hollandaise se trouve à côté de la Guyane française.

Vanderdendur[1], le fameux négociant, répondit le nègre. –
Est-ce M. Vanderdendur, dit Candide, qui t'a traité ainsi ? –
Oui, Monsieur, dit le nègre, c'est l'usage. On nous donne un
caleçon de toile pour tout vêtement deux fois l'année. Quand
30 nous travaillons aux sucreries, et que la meule nous attrape
le doigt, on nous coupe la main[2] ; quand nous voulons nous
enfuir, on nous coupe la jambe[3] : je me suis trouvé dans les
deux cas. C'est à ce prix que vous mangez du sucre en
Europe. Cependant, lorsque ma mère me vendit dix écus
35 patagons[4] sur la côte de Guinée, elle me disait : « Mon cher
enfant, bénis nos fétiches, adore-les toujours, ils te feront
vivre heureux ; tu as l'honneur d'être esclave de nos seigneurs
les blancs, et tu fais par là la fortune de ton père et de ta
mère. » Hélas ! je ne sais pas si j'ai fait leur fortune, mais ils
40 n'ont pas fait la mienne. Les chiens, les singes, les perroquets
sont mille fois moins malheureux que nous. Les fétiches
hollandais[5] qui m'ont converti me disent tous les dimanches
que nous sommes tous enfants d'Adam, blancs et noirs. Je
ne suis pas généalogiste ; mais, si ces prêcheurs disent vrai,
45 nous sommes tous cousins issus de germains. Or vous
m'avouerez qu'on ne peut pas en user avec ses parents d'une
manière plus horrible.
 – Ô Pangloss ! s'écria Candide, tu n'avais pas deviné cette
abomination ; c'en est fait, il faudra qu'à la fin je renonce à
50 ton optimisme. – Qu'est-ce qu'optimisme[6] ? disait Cacambo.

1. **Vanderdendur** : on est tenté de lire : Van-de-la-dent-dure. Voltaire eut des
démêlés avec le libraire hollandais Van Duren.
2. **Couper la main** : on coupe la main pour éviter la mort par infection ou
gangrène.
3. **Couper la jambe** : le Code noir promulgué par Louis XIV prévoit la section
du jarret en cas de récidive d'évasion.
4. **Écu patagon** : monnaie d'argent de Flandre et d'Espagne.
5. **Fétiches** : ici les pasteurs hollandais. Le mot « fétiche », d'origine portugaise,
désigne un objet sacré auquel les peuples dits « primitifs » rendent un culte.
6. **Optimisme** : on pourrait croire que la question de Cacambo sert seulement
à justifier une définition piquante. Mais il s'agit d'un terme rare et récent : on
en signale une apparition, en 1737, dans les *Mémoires de Trévoux*.

– Hélas ! dit Candide, c'est la rage de soutenir que tout est bien quand on est mal. » Et il versait des larmes en regardant son nègre, et, en pleurant, il entra dans le Surinam.

La première chose dont ils s'informent, c'est s'il n'y a point
55 au port quelque vaisseau qu'on pût envoyer à Buenos Aires. Celui à qui ils s'adressèrent était justement un patron espagnol, qui s'offrit à faire avec eux un marché honnête. Il leur donna rendez-vous dans un cabaret. Candide et le fidèle Cacambo allèrent l'y attendre avec leurs deux moutons.

60 Candide, qui avait le cœur sur les lèvres, conta à l'Espagnol toutes ses aventures, et lui avoua qu'il voulait enlever Mᐟˡᵉ Cunégonde. « Je me garderai bien de vous passer à Buenos Aires, dit le patron : je serais pendu et vous aussi. La belle Cunégonde est la maîtresse favorite de monseigneur. »
65 Ce fut un coup de foudre pour Candide ; il pleura longtemps ; enfin il tira à part Cacambo : « Voici, mon cher ami, lui dit-il, ce qu'il faut que tu fasses. Nous avons chacun dans nos poches pour cinq ou six millions de diamants ; tu es plus habile que moi ; va prendre Mᐟˡᵉ Cunégonde à Buenos
70 Aires. Si le gouverneur fait quelques difficultés, donne-lui un million ; s'il ne se rend pas, donne-lui-en deux ; tu n'as point tué d'inquisiteur, on ne se défiera point de toi. J'équiperai un autre vaisseau ; j'irai t'attendre à Venise ; c'est un pays libre où l'on n'a rien à craindre ni des Bulgares, ni des Abares, ni
75 des Juifs, ni des inquisiteurs[1]. » Cacambo applaudit à cette sage résolution. Il était au désespoir de se séparer d'un bon maître, devenu son ami intime ; mais le plaisir de lui être utile l'emporta sur la douleur de le quitter. Ils s'embrassèrent en versant des larmes. Candide lui recommanda de ne point
80 oublier la bonne vieille. Cacambo partit dès le jour même : c'était un très bon homme que ce Cacambo.

1. Venise, république et ville de plaisirs, attirait des visiteurs de toute l'Europe. Mais Voltaire sait bien, car toutes les descriptions de la ville le soulignent, la puissance redoutable de l'Inquisition d'État, institution politique chargée d'assurer la sécurité intérieure de la République par des procédures secrètes et expéditives.

Candide resta encore quelque temps à Surinam, et attendit qu'un autre patron voulût le mener en Italie, lui et les deux moutons qui lui restaient. Il prit des domestiques, et acheta
85 tout ce qui lui était nécessaire pour un long voyage ; enfin monsieur Vanderdendur, maître d'un gros vaisseau, vint se présenter à lui. « Combien voulez-vous, demanda-t-il à cet homme, pour me mener en droiture[1] à Venise, moi, mes gens, mon bagage, et les deux moutons que voilà ? » Le
90 patron s'accorda à dix mille piastres[2]. Candide n'hésita pas.

« Oh ! oh ! dit à part soi le prudent Vanderdendur, cet étranger donne dix mille piastres tout d'un coup ! il faut qu'il soit bien riche. » Puis, revenant un moment après, il signifia qu'il ne pouvait partir à moins de vingt mille. « Eh bien, vous
95 les aurez », dit Candide.

« Ouais ! se dit tout bas le marchand, cet homme donne vingt mille piastres aussi aisément que dix mille. » Il revint encore, et dit qu'il ne pouvait le conduire à Venise à moins de trente mille piastres. « Vous en aurez donc trente mille », répondit Candide.
100 « Oh ! oh ! se dit encore le marchand hollandais, trente mille piastres ne coûtent rien à cet homme-ci ; sans doute les deux moutons portent des trésors immenses ; n'insistons pas davantage : faisons-nous d'abord payer les trente mille piastres, et puis nous verrons. » Candide vendit deux petits diamants,
105 dont le moindre valait plus que tout l'argent que demandait le patron. Il le paya d'avance. Les deux moutons furent embarqués. Candide suivait dans un petit bateau pour joindre le vaisseau à la rade ; le patron prend son temps[3], met à la voile, démarre[4] ; le vent le favorise. Candide, éperdu et
110 stupéfait, le perd bientôt de vue. « Hélas ! cria-t-il, voilà un tour digne de l'ancien monde. » Il retourne au rivage, abîmé dans la

1. **En droiture** : en ligne droite.
2. **Piastre** : monnaie d'argent espagnole.
3. **Prend son temps** : choisit le moment favorable, en escrime.
4. **Démarre** : largue les amarres.

douleur ; car enfin il avait perdu de quoi faire la fortune de vingt monarques.

115 Il se transporte chez le juge hollandais ; et, comme il était un peu troublé, il frappe rudement à la porte ; il entre, expose son aventure, et crie un peu plus haut qu'il ne convenait. Le juge commença par lui faire payer dix mille piastres pour le bruit qu'il avait fait. Ensuite il l'écouta patiemment, lui promit d'examiner son affaire sitôt que le marchand serait revenu, et
120 se fit payer dix mille autres piastres pour les frais de l'audience.

Ce procédé acheva de désespérer Candide ; il avait à la vérité essuyé des malheurs mille fois plus douloureux ; mais le sang-froid du juge et celui du patron dont il était volé, alluma sa bile, et le plongea dans une noire mélancolie[1]. La méchanceté
125 des hommes se présentait à son esprit dans toute sa laideur ; il ne se nourrissait que d'idées tristes. Enfin, un vaisseau français étant sur le point de partir pour Bordeaux, comme il n'avait plus de moutons chargés de diamants à embarquer, il loua une chambre du vaisseau à juste prix, et fit signifier dans la ville
130 qu'il paierait le passage, la nourriture et donnerait deux mille piastres à un honnête homme qui voudrait faire le voyage avec lui, à condition que cet homme serait le plus dégoûté de son état et le plus malheureux de la province.

Il se présenta une foule de prétendants qu'une flotte n'aurait
135 pu contenir. Candide voulant choisir entre les plus apparents[2], il distingua une vingtaine de personnes qui lui paraissaient assez sociables, et qui toutes prétendaient mériter la préférence. Il les assembla dans son cabaret, et leur donna à souper, à condition que chacun ferait serment de raconter fidèlement son histoire,
140 promettant de choisir celui qui lui paraîtrait le plus à plaindre et le plus mécontent de son état à plus juste titre, et de donner aux autres quelques gratifications.

1. **Mélancolie :** la bile noire, ou atrabile, une des quatre humeurs du corps humain, était censée produire, quand elle se déréglait, la mélancolie, maladie de l'esprit. Le spleen suicidaire des Anglais relève de la mélancolie.
2. **Apparents** (substantif) : les plus honorables, les plus distingués.

La séance dura jusqu'à quatre heures du matin. Candide, en
écoutant toutes leurs aventures, se ressouvenait de ce que lui
145 avait dit la vieille en allant à Buenos Aires, et de la gageure
qu'elle avait faite, qu'il n'y avait personne sur le vaisseau à qui
il ne fût arrivé de très grands malheurs. Il songeait à Pangloss
à chaque aventure qu'on lui contait. « Ce Pangloss, disait-il,
serait bien embarrassé à démontrer son système. Je voudrais
150 qu'il fût ici. Certainement, si tout va bien, c'est dans Eldorado,
et non pas dans le reste de la terre. » Enfin il se détermina en
faveur d'un pauvre savant qui avait travaillé dix ans pour les
libraires d'Amsterdam[1]. Il jugea qu'il n'y avait point de métier
au monde dont on dût être plus dégoûté.

155 Ce savant, qui était d'ailleurs un bon homme, avait été volé
par sa femme, battu par son fils, et abandonné de sa fille qui
s'était fait enlever par un Portugais. Il venait d'être privé d'un
petit emploi duquel il subsistait ; et les prédicants de Surinam
le persécutaient parce qu'ils le prenaient pour un socinien[2].
160 Il faut avouer que les autres étaient pour le moins aussi
malheureux que lui ; mais Candide espérait que le savant le
désennuierait dans le voyage. Tous ses autres rivaux
trouvèrent que Candide leur faisait une grande injustice ;
mais il les apaisa en leur donnant à chacun cent piastres.

1. **Les libraires :** les éditeurs. L'édition hollandaise était active et réputée, les
droits des auteurs peu assurés.
2. **Socinien :** adepte du socinianisme, doctrine protestante qui rejette certains
dogmes (la Trinité, la divinité de Jésus) comme contraires à la Raison. Le
fameux article « Genève » de d'Alembert dans l'*Encyclopédie* (1757), inspiré
par Voltaire, louait les pasteurs genevois pour leur socinianisme. Ce pauvre
savant – si l'on fait abstraction de sa vie privée – fait penser à Bayle (1647-
1706), réfugié à Rotterdam, vivant difficilement de ses travaux de librairie et
soupçonné pour ses idées religieuses. Bayle est l'un des pères de la philosophie
des Lumières.

Guerre de la Succession d'Espagne (1701-1714) :
Duguay-Trouin (1673-1736) force les passes de Rio de Janeiro (1711).
Détail d'une gravure de F. Perrot, B.N., Paris.

REPÈRES

• Comment le passage sur l'esclavage, rajouté après coup dans le chapitre, s'insère-t-il dans le récit ?

• Dégagez les trois moments successifs de la scène. Lequel est le plus important ? Pourquoi ?

OBSERVATION

• Que signifie la phrase suivante : « Je ne suis pas généalogiste ; mais, si ces prêcheurs disent vrai, nous sommes tous cousins issus de germains. Or vous m'avouerez qu'on ne peut pas en user avec ses parents d'une manière plus horrible » ?

• Relevez les différents pronoms personnels. Quelle est leur valeur ?

• Relevez les termes appartenant au champ lexical de la religion.

• Dans ce texte empli d'indignation, trouve-t-on cependant des éléments comiques ? Lesquels ?

INTERPRÉTATIONS

• Quels indices textuels, dans la fin du discours de l'esclave, montrent que Voltaire se sert de lui pour se livrer à une satire antireligieuse ?

• Pourquoi Voltaire tient-il à faire intervenir les parents de l'esclave ?

• Ce passage peut-il passer pour une condamnation de l'esclavage ? Justifiez votre point de vue.

• À quoi tient, selon vous, la force pathétique du texte ?

CHAPITRE 20

CE QUI ARRIVA SUR MER À CANDIDE
ET À MARTIN.

LE VIEUX savant, qui s'appelait Martin, s'embarqua donc pour Bordeaux avec Candide. L'un et l'autre avaient beaucoup vu et beaucoup souffert ; et quand le vaisseau aurait dû faire voile de Surinam au Japon par le cap de
5 Bonne-Espérance, ils auraient eu de quoi s'entretenir du mal moral et du mal physique pendant tout le voyage.

Cependant Candide avait un grand avantage sur Martin, c'est qu'il espérait toujours revoir Mlle Cunégonde, et que Martin n'avait rien à espérer ; de plus, il avait de l'or et des
10 diamants ; et, quoiqu'il eût perdu cent gros moutons rouges chargés des plus grands trésors de la terre, quoiqu'il eût toujours sur le cœur la friponnerie du patron hollandais, cependant, quand il songeait à ce qui lui restait dans ses poches, et quand il parlait de Cunégonde, surtout à la fin du
15 repas, il penchait alors pour le système de Pangloss.

« Mais vous, monsieur Martin, dit-il au savant, que pensez-vous de tout cela ? Quelle est votre idée sur le mal moral et le mal physique ? – Monsieur, répondit Martin, mes prêtres m'ont accusé d'être socinien, mais la vérité du fait est
20 que je suis manichéen[1]. – Vous vous moquez de moi, dit Candide, il n'y a plus de manichéens dans le monde. – Il y a

1. **Manichéen** : toute discussion sur le mal entraîne logiquement à parler du manichéisme. Cette doctrine fondée par le Persan Manès au IIIe siècle apr. J.-C., et condamnée comme hérésie par l'Église, considère que l'Univers est l'objet de la lutte de deux principes égaux et antagonistes : le Bien et le Mal. Bayle lui avait consacré plusieurs articles de son fameux *Dictionnaire historique et critique* (1697). Le manichéisme est une des solutions possibles au problème du mal. On avait parfois tendance, au XVIIIe siècle, à rapprocher manichéisme et socinianisme, bien que Bayle eût déjà réfuté cette confusion.

moi, dit Martin ; je ne sais qu'y faire, mais je ne peux penser
autrement. – Il faut que vous ayez le diable au corps, dit
Candide. – Il se mêle si fort des affaires de ce monde, dit
25 Martin, qu'il pourrait bien être dans mon corps, comme
partout ailleurs ; mais je vous avoue qu'en jetant ma vue sur
ce globe, ou plutôt sur ce globule[1], je pense que Dieu l'a
abandonné à quelque être malfaisant ; j'en excepte toujours
Eldorado. Je n'ai guère vu de ville qui ne désirât la ruine de
30 la ville voisine, point de famille qui ne voulût exterminer
quelque autre famille. Partout les faibles ont en exécration
les puissants devant lesquels ils rampent, et les puissants les
traitent comme des troupeaux dont on vend la laine et la
chair. Un million d'assassins enrégimentés, courant d'un bout
35 de l'Europe à l'autre, exerce le meurtre et le brigandage avec
discipline pour gagner son pain, parce qu'il n'a pas de métier
plus honnête[2] ; et dans les villes qui paraissent jouir de la
paix et où les arts fleurissent, les hommes sont dévorés de
plus d'envie, de soins[3] et d'inquiétudes qu'une ville assiégée
40 n'éprouve de fléaux. Les chagrins secrets sont encore plus
cruels que les misères publiques. En un mot, j'en ai tant vu,
et tant éprouvé, que je suis manichéen.

– Il y a pourtant du bon, répliquait Candide. – Cela peut
être, disait Martin, mais je ne le connais pas. »

45 Au milieu de cette dispute[4], on entendit un bruit de canon.
Le bruit redouble de moment en moment. Chacun prend sa
lunette. On aperçoit deux vaisseaux qui combattaient à la
distance d'environ trois milles ; le vent les amena l'un et
l'autre si près du vaisseau français qu'on eut le plaisir de voir
50 le combat tout à son aise. Enfin l'un des deux vaisseaux lâcha

1. **Globule :** Voltaire semble être le premier à appliquer le mot « globule » au
globe terrestre, pour stigmatiser la petitesse de la Terre et des hommes dans
l'infini.
2. **Métier plus honnête :** nouvelle allusion à la guerre de Sept Ans, qui fait
rage lors de la rédaction du conte.
3. **Soins :** soucis.
4. **Dispute :** discussion.

à l'autre une bordée[1] si bas et si juste qu'il le coula à fond. Candide et Martin aperçurent distinctement une centaine d'hommes sur le tillac du vaisseau qui s'enfonçait ; ils levaient tous les mains au ciel et jetaient des clameurs effroyables ; en
55 un moment tout fut englouti.

« Eh bien, dit Martin, voilà comme les hommes se traitent les uns les autres. – Il est vrai, dit Candide, qu'il y a quelque chose de diabolique dans cette affaire. » En parlant ainsi, il aperçut je ne sais quoi d'un rouge éclatant qui nageait auprès
60 de son vaisseau. On détacha la chaloupe pour voir ce que ce pouvait être : c'était un de ses moutons. Candide eut plus de joie de retrouver ce mouton qu'il n'avait été affligé d'en perdre cent, tous chargés de gros diamants d'Eldorado[2].

Le capitaine français aperçut bientôt que le capitaine du
65 vaisseau submergeant était espagnol, et que celui du vaisseau submergé était un pirate hollandais ; c'était celui-là même qui avait volé Candide. Les richesses immenses dont ce scélérat s'était emparé furent ensevelies avec lui dans la mer, et il n'y eut qu'un mouton de sauvé. « Vous voyez, dit Candide à
70 Martin, que le crime est puni quelquefois ; ce coquin de patron hollandais a eu le sort qu'il méritait. – Oui, dit Martin ; mais fallait-il que les passagers qui étaient sur son vaisseau périssent aussi ? Dieu a puni ce fripon, le diable a noyé les autres. »
75 Cependant le vaisseau français et l'espagnol continuèrent leur route, et Candide continua ses conversations avec Martin. Ils disputèrent quinze jours de suite, et au bout de quinze jours ils étaient aussi avancés que le premier. Mais enfin ils parlaient, ils se communiquaient des idées, ils se
80 consolaient. Candide caressait son mouton. « Puisque je t'ai retrouvé, dit-il, je pourrai bien retrouver Cunégonde. »

1. **Bordée** : décharge de tous les canons d'un même bord du navire.
2. **Eldorado** : allusion à la célèbre parabole biblique de la brebis égarée : « Elle lui causa plus de joie que les quatre-vingt-dix-neuf qui ne se sont pas égarées. »

Les convulsionnaires du cimetière de Saint-Médard (1729-1731),
d'après une gravure du temps (détail).
Bibliothèque de la faculté de médecine, Paris.

CHAPITRE 21

CANDIDE ET MARTIN APPROCHENT DES CÔTES DE FRANCE ET RAISONNENT.

ON APERÇUT enfin les côtes de France. « Avez-vous jamais été en France, monsieur Martin ? dit Candide. – Oui, dit Martin, j'ai parcouru plusieurs provinces. Il y en a où la moitié des habitants est folle, quelques-unes où l'on est trop rusé,
5 d'autres où l'on est communément assez doux et assez bête, d'autres où l'on fait le bel esprit ; et, dans toutes, la principale occupation est l'amour, la seconde de médire, et la troisième de dire des sottises. – Mais, monsieur Martin, avez-vous vu Paris ? – Oui, j'ai vu Paris ; il tient de toutes ces espèces-là ;
10 c'est un chaos, c'est une presse[1] dans laquelle tout le monde cherche le plaisir, et où presque personne ne le trouve, du moins à ce qu'il m'a paru. J'y ai séjourné peu ; j'y fus volé, en arrivant, de tout ce que j'avais, par des filous, à la foire Saint-Germain[2] ; on me prit moi-même pour un voleur, et je
15 fus huit jours en prison ; après quoi je me fis correcteur d'imprimerie pour gagner de quoi retourner à pied en Hollande. Je connus la canaille écrivante, la canaille cabalante, et la canaille convulsionnaire[3]. On dit qu'il y a des gens fort polis dans cette ville-là ; je le veux croire.

1. **Presse :** multitude de personnes qui se pressent dans un petit espace.
2. **Foire Saint-Germain :** une des deux grandes foires de Paris, avec la foire Saint-Laurent. Elle se tenait du 3 février au 3 avril. Ses attractions et ses spectacles (y compris des pièces de théâtre) y attiraient de nombreux étrangers.
3. **La canaille écrivante :** les journalistes et autres plumitifs méprisés par Voltaire, auteur riche et célèbre. **La canaille cabalante :** sans doute les hommes d'Église intrigants. **La canaille convulsionnaire :** la « populace » qui se livre à des convulsions mystiques sur la tombe du diacre janséniste Pâris, mort en 1727, enterré au cimetière de Saint-Médard. Le cimetière fut fermé par les autorités en 1732.

20 – Pour moi, je n'ai nulle curiosité de voir la France, dit
Candide ; vous devinez aisément que, quand on a passé un
mois dans Eldorado, on ne se soucie plus de rien voir sur la
terre que M[lle] Cunégonde ; je vais l'attendre à Venise ;
nous traverserons la France pour aller en Italie ; ne
25 m'accompagnerez-vous pas ? – Très volontiers, dit Martin ;
on dit que Venise n'est bonne que pour les nobles Vénitiens [1],
quand ils ont beaucoup d'argent ; je n'en ai point, vous en
avez, je vous suivrai partout. – À propos, dit Candide,
pensez-vous que la terre ait été originairement une mer,
30 comme on l'assure dans ce gros livre [2] qui appartient au
capitaine du vaisseau ? – Je n'en crois rien du tout, dit
Martin, non plus que toutes les rêveries qu'on nous débite
depuis quelque temps. – Mais à quelle fin ce monde a-t-il
donc été formé ? dit Candide. – Pour nous faire enrager,
35 répondit Martin. – N'êtes-vous pas bien étonné, continua
Candide, de l'amour que ces deux filles du pays des Oreillons
avaient pour ces deux singes, et dont je vous ai conté
l'aventure ? – Point du tout, dit Martin ; je ne vois pas ce
que cette passion a d'étrange ; j'ai tant vu de choses
40 extraordinaires qu'il n'y a plus rien d'extraordinaire. –
Croyez-vous, dit Candide, que les hommes se soient toujours
mutuellement massacrés comme ils le font aujourd'hui ?
qu'ils aient toujours été menteurs, fourbes, perfides, ingrats,
brigands, faibles, volages, lâches, envieux, gourmands,
45 ivrognes, avares, ambitieux, sanguinaires, calomniateurs,
débauchés, fanatiques, hypocrites et sots ? – Croyez-vous, dit
Martin, que les éperviers aient toujours mangé des pigeons

1. **Nobles Vénitiens :** Venise est en effet une république aristocratique.
2. **Ce gros livre :** allusion à des théories scientifiques contemporaines, selon
lesquelles les montagnes se seraient formées dans une mer originaire. On
avançait comme preuves les fossiles marins retrouvés sur le sommet des
montagnes. Voltaire resta toujours un adversaire ironique des théories
transformistes. Le gros livre en question est soit l'*Histoire des navigations* du
président de Brosses (1756), soit la *Théorie de la Terre* de Buffon (1749), où
s'expriment ces nouvelles conceptions.

quand ils en ont trouvé ? – Oui, sans doute, dit Candide. –
Eh bien, dit Martin, si les éperviers ont toujours eu le même
50 caractère, pourquoi voulez-vous que les hommes aient changé
le leur ? – Oh ! dit Candide, il y a bien de la différence, car
le libre arbitre[1]... » En raisonnant ainsi, ils arrivèrent à
Bordeaux.

1. **Libre arbitre :** la liberté intérieure, qui est censée définir la spécificité de
l'homme par rapport aux choses et aux bêtes.

CHAPITRE 22

CE QUI ARRIVA EN FRANCE À CANDIDE ET À MARTIN.

CANDIDE ne s'arrêta dans Bordeaux qu'autant de temps qu'il en fallait pour vendre quelques cailloux du Dorado, et pour s'accommoder d'une bonne chaise[1] à deux places ; car il ne pouvait plus se passer de son philosophe Martin. Il fut
5 seulement très fâché de se séparer de son mouton, qu'il laissa à l'Académie des sciences de Bordeaux, laquelle proposa pour le sujet du prix de cette année de trouver pourquoi la laine de ce mouton était rouge ; et le prix fut adjugé à un savant du Nord qui démontra par A plus B, moins C, divisé par Z,
10 que le mouton devait être rouge, et mourir de la clavelée[2].

Cependant tous les voyageurs que Candide rencontra dans les cabarets de la route lui disaient : « Nous allons à Paris. » Cet empressement général lui donna enfin l'envie de voir cette capitale ; ce n'était pas beaucoup se détourner du chemin de
15 Venise.

Il entra par le faubourg Saint-Marceau[3], et crut être dans le plus vilain village de la Westphalie.

À peine Candide fut-il dans son auberge qu'il fut attaqué d'une maladie légère causée par ses fatigues. Comme il avait
20 au doigt un diamant énorme, et qu'on avait aperçu dans son

1. **Chaise :** une voiture de voyage.
2. **Clavelée :** maladie contagieuse propre aux bêtes à laine. Voltaire était membre associé de l'Académie de Bordeaux. Mais il se moque probablement aussi de l'Académie de Berlin et de son directeur Maupertuis, avec qui il se prit de querelle lors de son séjour à Berlin et à qui il reproche notamment de prétendre « qu'il n'y a pas d'autres preuves de l'existence de Dieu que dans Z égal à BC divisé par A plus B » (Voltaire, *Diatribe du docteur Akakia*).
3. **Saint-Marceau :** l'entrée sud de Paris, « toute barbare et dont la rusticité dégoûtante offensait les yeux » (Voltaire, *Le Monde comme il va*).

Martin voulut jeter l'habitué par les fenêtres.

Candide . Ch. 22 .

Illustration de Moreau le Jeune pour Candide *(chap. 22). B.N., Paris.*

équipage une cassette prodigieusement pesante, il eut aussitôt auprès de lui deux médecins qu'il n'avait pas mandés, quelques amis intimes qui ne le quittèrent pas, et deux dévotes qui faisaient chauffer ses bouillons. Martin disait :
25 « Je me souviens d'avoir été malade aussi à Paris dans mon premier voyage ; j'étais fort pauvre : aussi n'eus-je ni amis, ni dévotes, ni médecins, et je guéris. »

Cependant, à force de médecines[1] et de saignées, la maladie de Candide devint sérieuse. Un habitué[2] du quartier
30 vint avec douceur lui demander un billet payable au porteur[3] pour l'autre monde ; Candide n'en voulut rien faire. Les dévotes l'assurèrent que c'était une nouvelle mode ; Candide répondit qu'il n'était point homme à la mode. Martin voulut jeter l'habitué par les fenêtres. Le clerc jura qu'on
35 n'enterrerait point Candide. Martin jura qu'il enterrerait le clerc s'il continuait à les importuner. La querelle s'échauffa ; Martin le prit par les épaules et le chassa rudement ; ce qui causa un grand scandale, dont on fit un procès-verbal.

Candide guérit ; et pendant sa convalescence il eut très
40 bonne compagnie à souper chez lui. On jouait gros jeu. Candide était tout étonné que jamais les as ne lui vinssent ; et Martin ne s'en étonnait pas.

Parmi ceux qui lui faisaient les honneurs de la ville, il y avait un petit abbé périgourdin, l'un de ces gens empressés,
45 toujours alertes, toujours serviables, effrontés, caressants, accommodants, qui guettent les étrangers à leur passage, leur content l'histoire scandaleuse de la ville, et leur offrent des

1. **Médecines** : remèdes.
2. **Habitué** : un prêtre habitué était affecté à une paroisse pour seconder le prêtre titulaire.
3. **Un billet au porteur** : jeu de mots sur le billet au porteur (qui préfigure le chèque) et le billet de confession, exigé des mourants pour dépister les jansénistes. Si ce billet n'était pas signé par un confesseur non réfractaire à la condamnation des thèses jansénistes contenues dans la bulle *Unigenitus* (1713), le malade n'avait droit ni à l'extrême-onction ni au viatique. L'affaire des billets de confession avait encore eu des suites en 1758.

plaisirs à tout prix. Celui-ci mena d'abord Candide et Martin
à la comédie. On y jouait une tragédie nouvelle. Candide se
50 trouva placé auprès de quelques beaux esprits. Cela ne
l'empêcha pas de pleurer à des scènes jouées parfaitement.
Un des raisonneurs qui étaient à ses côtés lui dit dans un
entracte : « Vous avez grand tort de pleurer : cette actrice est
fort mauvaise ; l'acteur qui joue avec elle est plus mauvais
55 acteur encore ; la pièce est encore plus mauvaise que les
acteurs ; l'auteur ne sait pas un mot d'arabe, et cependant la
scène est en Arabie ; et, de plus, c'est un homme qui ne croit
pas aux idées innées[1] : je vous apporterai demain vingt
brochures contre lui. – Monsieur, combien avez-vous de
60 pièces de théâtre en France ? » dit Candide à l'abbé ; lequel
répondit : « Cinq ou six mille. – C'est beaucoup, dit
Candide ; combien y en a-t-il de bonnes ? – Quinze ou seize,
répliqua l'autre. – C'est beaucoup », dit Martin.
 Candide fut très content d'une actrice qui faisait la reine
65 Élisabeth dans une assez plate tragédie[2] que l'on joue
quelquefois. « Cette actrice, dit-il à Martin, me plaît
beaucoup ; elle a un faux air de M[lle] Cunégonde ; je serais
bien aise de la saluer. » L'abbé périgourdin s'offrit à
l'introduire chez elle. Candide, élevé en Allemagne, demanda
70 quelle était l'étiquette, et comment on traitait en France les
reines d'Angleterre. « Il faut distinguer, dit l'abbé ; en
province, on les mène au cabaret ; à Paris, on les respecte
quand elles sont belles, et on les jette à la voirie quand elles
sont mortes. – Des reines à la voirie ! dit Candide. – Oui
75 vraiment, dit Martin ; monsieur l'abbé a raison : j'étais à

1. **Les idées innées :** allusion à Descartes. L'auteur attaqué est donc, comme
Voltaire, un disciple du philosophe anglais Locke (1632-1704), dont l'*Essai sur
l'entendement humain* date de 1690. Il s'agit vraisemblablement de Voltaire lui-
même, auteur de *Mahomet*.
2. **Plate tragédie :** *Le Comte d'Essex* (1678) de Thomas Corneille.

Paris quand M^{lle} Monime [1] passa, comme on dit, de cette vie
à l'autre ; on lui refusa ce que ces gens-ci appellent *les
honneurs de la sépulture*, c'est-à-dire de pourrir avec tous les
gueux du quartier dans un vilain cimetière ; elle fut enterrée
80 toute seule de sa bande au coin de la rue de Bourgogne ; ce
qui dut lui faire une peine extrême, car elle pensait très
noblement. – Cela est bien impoli, dit Candide. – Que voulez-
vous, dit Martin ; ces gens-ci sont ainsi faits. Imaginez toutes
les contradictions, toutes les incompatibilités possibles, vous
85 les verrez dans le gouvernement, dans les tribunaux, dans les
églises, dans les spectacles de cette drôle de nation. – Est-il
vrai qu'on rit toujours à Paris ? dit Candide. – Oui, dit l'abbé,
mais c'est en enrageant ; car on s'y plaint de tout avec de
grands éclats de rire ; même on y fait en riant les actions les
90 plus détestables.

 – Quel est, dit Candide, ce gros cochon qui me disait tant
de mal de la pièce où j'ai tant pleuré et des acteurs qui m'ont
fait tant de plaisir ? – C'est un mal vivant, répondit l'abbé,
qui gagne sa vie à dire du mal de toutes les pièces et de tous
95 les livres ; il hait quiconque réussit comme les eunuques
haïssent les jouissants : c'est un de ces serpents de la
littérature qui se nourrissent de fange et de venin ; c'est un
folliculaire [2]. – Qu'appelez-vous folliculaire ? dit Candide. –
C'est, dit l'abbé, un faiseur de feuilles, un Fréron. »
100 C'est ainsi que Candide, Martin et le Périgourdin
raisonnaient sur l'escalier, en voyant défiler le monde au

1. **Monime :** Adrienne Lecouvreur (1692-1730) débuta en 1717 avec le rôle
de Monime, dans *Mithridate* de Racine. Excommuniée par l'Église, comme tous
les comédiens, elle mourut avant d'avoir pu se repentir et fut enterrée comme
le dit Voltaire.
2. **Folliculaire :** mot nouveau inventé, semble-t-il, par Voltaire, et qui désigne
depuis un mauvais journaliste, un pamphlétaire sans talent ni scrupule. Voltaire
l'a formé sur le mot « follicule » employé en botanique (fruit sec en forme de
feuille) et en anatomie (petit sac). Élie Fréron (1718-1776) fut un adversaire
redoutable des philosophes, et de Voltaire en particulier, qu'il attaquait dans
L'Année littéraire. La querelle s'envenime en 1760, et Voltaire introduit cette
attaque, en 1761, contre le « gros cochon ».

sortir de la pièce. « Quoique je sois très empressé de revoir Mlle Cunégonde, dit Candide, je voudrais pourtant souper avec Mlle Clairon ; car elle m'a paru admirable. »

105 L'abbé n'était pas homme à approcher de Mlle Clairon[1], qui ne voyait que bonne compagnie. « Elle est engagée pour ce soir, dit-il ; mais j'aurai l'honneur de vous mener chez une dame de qualité, et là vous connaîtrez Paris comme si vous y aviez été quatre ans. »

110 Candide, qui était naturellement curieux, se laissa mener chez la dame, au fond du faubourg Saint-Honoré ; on y était occupé d'un pharaon[2] ; douze tristes pontes tenaient chacun en main un petit livre de cartes, registre cornu de leurs infortunes. Un profond silence régnait, la pâleur était sur le
115 front des pontes, l'inquiétude sur celui du banquier, et la dame du logis, assise auprès de ce banquier impitoyable, remarquait avec des yeux de lynx tous les parolis, tous les sept et le va de campagne[3], dont chaque joueur cornait ses cartes ; elle les faisait décorner avec une attention sévère mais
120 polie, et ne se fâchait point, de peur de perdre ses pratiques : la dame se faisait appeler la marquise de Parolignac. Sa fille, âgée de quinze ans, était au nombre des pontes et avertissait d'un clin d'œil des friponneries de ces pauvres gens, qui tâchaient de réparer les cruautés du sort. L'abbé périgourdin,
125 Candide et Martin entrèrent ; personne ne se leva, ni les salua, ni les regarda ; tous étaient profondément occupés de leurs cartes. « Madame la baronne de Thunder-ten-tronckh était plus civile », dit Candide.

Cependant l'abbé s'approcha de l'oreille de la marquise,
130 qui se leva à moitié, honora Candide d'un sourire gracieux, et Martin d'un air de tête tout à fait noble ; elle fit donner un siège et un jeu de cartes à Candide, qui perdit cinquante

1. Mlle Clairon : actrice célèbre (1723-1803), qui avait joué plusieurs tragédies de Voltaire. Son nom n'apparaît qu'en 1761.
2. **Pharaon** : jeu de hasard alors à la mode.
3. **Parolis... sept et le va de campagne** : termes de jeu.

mille francs en deux tailles ; après quoi on soupa très
gaiement, et tout le monde était étonné que Candide ne fût
135 pas ému de sa perte ; les laquais disaient entre eux, dans leur
langage de laquais : « Il faut que ce soit quelque milord
anglais[1]. »

Le souper fut comme la plupart des soupers de Paris :
d'abord du silence, ensuite un bruit de paroles qu'on ne
140 distingue point, puis des plaisanteries dont la plupart sont
insipides, de fausses nouvelles, de mauvais raisonnements, un
peu de politique et beaucoup de médisance : on parla même
de livres nouveaux. « Avez-vous vu, dit l'abbé périgourdin,
le roman du sieur Gauchat[2], docteur en théologie ? – Oui,
145 répondit un des convives, mais je n'ai pu l'acheter. Nous
avons une foule d'écrits impertinents, mais tous ensemble
n'approchent pas de l'impertinence de Gauchat, docteur en
théologie ; je suis si rassasié de cette immensité de détestables
livres qui nous inondent que je me suis mis à ponter[3] au
150 pharaon. – Et les *Mélanges* de l'archidiacre T...[4], qu'en dites-
vous ? dit l'abbé. – Ah ! dit Mme de Parolignac, l'ennuyeux
mortel ! comme il vous dit curieusement tout ce que le monde
sait ! comme il discute pesamment ce qui ne vaut pas la peine
d'être remarqué légèrement ! comme il s'approprie sans esprit
155 l'esprit des autres ! comme il gâte ce qu'il pille ! comme il me
dégoûte ! Mais il ne me dégoûtera plus : c'est assez d'avoir
lu quelques pages de l'archidiacre. »

Il y avait à table un homme savant et de goût qui appuya
ce que disait la marquise. On parla ensuite de tragédie ; la
160 dame demanda pourquoi il y avait des tragédies qu'on jouait
quelquefois, et qu'on ne pouvait lire. L'homme de goût
expliqua très bien comment une pièce pouvait avoir quelque

1. **Anglais** : à cause de la richesse ou du flegme des Anglais.
2. L'abbé Gabriel Gauchat (1709-1774), adversaire des philosophes et de
Voltaire.
3. **Ponter** : mettre de l'argent sur les cartes contre le banquier.
4. L'abbé Trublet (1677-1770), bête noire de Voltaire.

intérêt et n'avoir presque aucun mérite ; il prouva en peu de
mots que ce n'était pas assez d'amener une ou deux de ces
165 situations qu'on trouve dans tous les romans, et qui séduisent
toujours les spectateurs, mais qu'il faut être neuf sans être
bizarre, souvent sublime, et toujours naturel ; connaître le
cœur humain et le faire parler ; être grand poète sans que
jamais aucun personnage de la pièce paraisse poète ; savoir
170 parfaitement sa langue, la parler avec pureté, avec une
harmonie continue, sans que jamais la rime coûte rien au
sens. « Quiconque, ajouta-t-il, n'observe pas toutes ces règles
peut faire une ou deux tragédies applaudies au théâtre, mais
il ne sera jamais compté au rang des bons écrivains ; il y a
175 très peu de bonnes tragédies ; les unes sont des idylles en
dialogues bien écrits et bien rimés ; les autres, des raison-
nements politiques qui endorment, ou des amplifications qui
rebutent ; les autres, des rêves d'énergumène, en style
barbare, des propos interrompus, de longues apostrophes
180 aux dieux, parce qu'on ne sait point parler aux hommes, des
maximes fausses, des lieux communs ampoulés[1]. »

Candide écouta ce propos avec attention et conçut une
grande idée du discoureur ; et, comme la marquise avait eu
soin de le placer à côté d'elle, il s'approcha de son oreille, et
185 prit la liberté de lui demander qui était cet homme qui parlait
si bien. « C'est un savant, dit la dame, qui ne ponte point, et
que l'abbé m'amène quelquefois à souper ; il se connaît
parfaitement en tragédies et en livres, et il a fait une tragédie
sifflée et un livre dont on n'a jamais vu hors de la boutique
190 de son libraire qu'un exemplaire qu'il m'a dédié. – Le grand
homme ! dit Candide ; c'est un autre Pangloss. »

Alors, se tournant vers lui, il lui dit : « Monsieur vous
pensez sans doute que tout est au mieux dans le monde
physique et moral, et que rien ne pouvait être autrement ?
195 – Moi, Monsieur, lui répondit le savant, je ne pense rien de

1. « Les unes... les autres... les autres » : faut-il comprendre, dans l'ordre,
Racine, Corneille, Crébillon et ses imitateurs ?

tout cela : je trouve que tout va de travers chez nous ; que personne ne sait ni quel est son rang, ni quelle est sa charge, ni ce qu'il fait, ni ce qu'il doit faire, et qu'excepté le souper, qui est assez gai et où il paraît assez d'union, tout le reste du
200 temps se passe en querelles impertinentes : jansénistes contre molinistes[1], gens du parlement contre gens d'église, gens de lettres contre gens de lettres, courtisans contre courtisans, financiers contre le peuple, femmes contre maris, parents contre parents ; c'est une guerre éternelle. »
205 Candide lui répliqua : « J'ai vu pis. Mais un sage, qui depuis a eu le malheur d'être pendu, m'apprit que tout cela est à merveille ; ce sont des ombres à un beau tableau. – Votre pendu se moquait du monde, dit Martin ! vos ombres sont des taches horribles. – Ce sont les hommes qui font les
210 taches, dit Candide, et ils ne peuvent pas s'en dispenser. – Ce n'est donc pas leur faute », dit Martin. La plupart des pontes[2], qui n'entendaient rien à ce langage, buvaient ; et Martin raisonna avec le savant, et Candide raconta une partie de ses aventures à la dame du logis.
215 Ayant soupé, la marquise mena Candide dans son cabinet et le fit asseoir sur un canapé. « Eh bien, lui dit-elle, vous aimez donc toujours éperdument Mlle Cunégonde de Thunder-ten-tronckh ? – Oui, Madame », répondit Candide. La marquise lui répliqua avec un sourire tendre : « Vous me
220 répondez comme un jeune homme de Westphalie ; un Français m'aurait dit : "Il est vrai que j'ai aimé Mlle Cunégonde ; mais en vous voyant, Madame, je crains de ne la plus aimer." – Hélas ! Madame, dit Candide, je répondrai comme vous voudrez. – Votre passion pour elle,
225 dit la marquise, a commencé en ramassant son mouchoir ; je veux que vous ramassiez ma jarretière. – De tout mon

1. **Molinistes :** autre nom des jésuites. Les parlements passaient, au XVIIIe siècle, pour soutenir les jansénistes contre le pouvoir royal. Les financiers, chargés de lever les impôts, étalaient un luxe tapageur.
2. **Ponte :** le joueur qui ponte.

cœur », dit Candide ; et il la ramassa. « Mais je veux que vous me la remettiez », dit la dame ; et Candide la lui remit. « Voyez-vous, dit la dame, vous êtes étranger ; je fais
230 quelquefois languir mes amants de Paris quinze jours, mais je me rends à vous dès la première nuit, parce qu'il faut faire les honneurs de son pays à un jeune homme de Westphalie. » La belle, ayant aperçu deux énormes diamants aux deux mains de son jeune étranger, les loua de si bonne foi que des
235 doigts de Candide ils passèrent aux doigts de la marquise.

Candide, en s'en retournant avec son abbé périgourdin, sentit quelques remords d'avoir fait une infidélité à Mlle Cunégonde ; monsieur l'abbé entra dans sa peine ; il n'avait qu'une légère part aux cinquante mille livres perdues
240 au jeu par Candide, et à la valeur des deux brillants, moitié donnés, moitié extorqués. Son dessein était de profiter, autant qu'il le pourrait, des avantages que la connaissance de Candide pouvait lui procurer. Il lui parla beaucoup de Cunégonde ; et Candide lui dit qu'il demanderait bien pardon
245 à cette belle de son infidélité, quand il la verrait à Venise.

Le Périgourdin redoublait de politesses et d'attentions, et prenait un intérêt tendre à tout ce que Candide disait, à tout ce qu'il faisait, à tout ce qu'il voulait faire.

« Vous avez donc, Monsieur, lui dit-il, un rendez-vous à
250 Venise ? – Oui, monsieur l'abbé, dit Candide ; il faut absolument que j'aille trouver Mlle Cunégonde. » Alors, engagé par le plaisir de parler de ce qu'il aimait, il conta, selon son usage, une partie de ses aventures avec cette illustre Westphalienne.

255 « Je crois, dit l'abbé, que Mlle Cunégonde a bien de l'esprit, et qu'elle écrit des lettres charmantes ? – Je n'en ai jamais reçu, dit Candide ; car figurez-vous qu'ayant été chassé du château pour l'amour d'elle je ne pus lui écrire ; que bientôt après j'appris qu'elle était morte, qu'ensuite je la retrouvai,
260 et que je la perdis, et que je lui ai envoyé à deux

mille cinq cents lieues d'ici un exprès[1] dont j'attends la réponse. »

L'abbé écoutait attentivement, et paraissait un peu rêveur. Il prit bientôt congé des deux étrangers après les avoir
265 tendrement embrassés. Le lendemain Candide reçut à son réveil une lettre conçue en ces termes :

Monsieur, mon très cher amant, il y a huit jours que je suis malade en cette ville ; j'apprends que vous y êtes. Je volerais dans vos bras si je pouvais remuer. J'ai su votre
270 *passage à Bordeaux ; j'y ai laissé le fidèle Cacambo et la vieille, qui doivent bientôt me suivre. Le gouverneur de Buenos Aires a tout pris, mais il me reste votre cœur. Venez, votre présence me rendra la vie, ou me fera mourir de plaisir.*

Cette lettre charmante, cette lettre inespérée, transporta
275 Candide d'une joie inexprimable ; et la maladie de sa chère Cunégonde l'accabla de douleur. Partagé entre ces deux sentiments, il prend son or et ses diamants, et se fait conduire avec Martin à l'hôtel où M^{lle} Cunégonde demeurait. Il entre en tremblant d'émotion, son cœur palpite, sa voix sanglote ;
280 il veut ouvrir les rideaux du lit, il veut faire apporter de la lumière. « Gardez-vous-en bien, lui dit la suivante, la lumière la tue » ; et soudain elle referme le rideau. « Ma chère Cunégonde, dit Candide en pleurant, comment vous portez-vous ? si vous ne pouvez me voir, parlez-moi du moins. –
285 Elle ne peut parler », dit la suivante. La dame alors tire du lit une main potelée que Candide arrose longtemps de ses larmes, et qu'il remplit ensuite de diamants, en laissant un sac plein d'or sur le fauteuil.

Au milieu de ses transports arrive un exempt[2] suivi de
290 l'abbé périgourdin et d'une escouade. « Voilà donc, dit-il, ces deux étrangers suspects ? » Il les fait incontinent saisir, et ordonne à ses braves de les traîner en prison. « Ce n'est pas ainsi qu'on traite les voyageurs dans le Dorado, dit Candide.

1. **Un exprès :** un messager chargé d'une mission.
2. **Exempt :** officier de police.

– Je suis plus manichéen que jamais, dit Martin. – Mais,
295 Monsieur, où nous menez-vous, dit Candide. – Dans un cul-
de-basse-fosse[1] », dit l'exempt.

Martin, ayant repris son sang-froid, jugea que la dame qui
se prétendait Cunégonde était une friponne, monsieur l'abbé
périgourdin un fripon qui avait abusé au plus vite de
300 l'innocence de Candide, et l'exempt un autre fripon dont on
pouvait aisément se débarrasser.

Plutôt que de s'exposer aux procédures de la justice,
Candide, éclairé par son conseil, et d'ailleurs toujours
impatient de revoir la véritable Cunégonde, propose à
305 l'exempt trois petits diamants d'environ trois mille pistoles
chacun. « Ah ! Monsieur, lui dit l'homme au bâton d'ivoire[2],
eussiez-vous commis tous les crimes imaginables, vous êtes le
plus honnête homme du monde ; trois diamants ! chacun de
trois mille pistoles ! Monsieur ! je me ferais tuer pour vous,
310 au lieu de vous mener dans un cachot. On arrête tous les
étrangers, mais laissez-moi faire ; j'ai un frère à Dieppe en
Normandie, je vais vous y mener ; et si vous avez quelque
diamant à lui donner, il aura soin de vous comme moi-même.
– Et pourquoi arrête-t-on tous les étrangers ? » dit
315 Candide. L'abbé périgourdin prit alors la parole et dit :
« C'est parce qu'un gueux du pays d'Atrébatie a entendu dire
des sottises : cela seul lui a fait commettre un parricide, non
pas tel que celui de 1610 au mois de mai, mais tel que celui
de 1594 au mois de décembre, et tel que plusieurs autres
320 commis dans d'autres années et dans d'autres mois par
d'autres gueux qui avaient entendu dire des sottises[3]. »

1. **Cul-de-basse-fosse** : cachot souterrain.
2. **Bâton d'ivoire** : un exempt portait un bâton d'ébène à bouts d'ivoire.
3. **Sottises** : on procéda à de nombreuses arrestations après l'attentat de
Damiens (un coup de canif) contre Louis XV le 5 janvier 1757. Damiens était
né à Arras en 1715 : les habitants de l'Artois actuel s'appellent dans César *(La
Guerre des Gaules)* les Atrébates. 1594 : attentat de Jean Châtel contre
Henri IV. Mai 1610 : attentat de Ravaillac. Comme eux, Damiens avançait des
motifs religieux. La litote (« des sottises ») désigne donc le fanatisme.

L'expert alors expliqua de quoi il s'agissait. « Ah, les monstres ! s'écria Candide ; quoi ! de telles horreurs chez un peuple qui danse et qui chante ! Ne pourrai-je sortir au plus
325 vite de ce pays où des singes agacent des tigres ? J'ai vu des ours dans mon pays ; je n'ai vu des hommes que dans le Dorado. Au nom de Dieu, monsieur l'exempt, menez-moi à Venise, où je dois attendre M^{lle} Cunégonde. – Je ne peux vous mener qu'en Basse-Normandie », dit le barigel[1]. Aussitôt il
330 lui fait ôter ses fers, dit qu'il s'est mépris, renvoie ses gens et emmène à Dieppe Candide et Martin, et les laisse entre les mains de son frère. Il y avait un petit vaisseau hollandais à la rade. Le Normand, à l'aide de trois autres diamants devenu le plus serviable des hommes, embarque Candide et ses gens
335 dans le vaisseau qui allait faire voile pour Portsmouth en Angleterre. Ce n'était pas le chemin de Venise ; mais Candide croyait être délivré de l'enfer, et il comptait bien reprendre la route de Venise à la première occasion.

1. **Barigel :** Dieppe est plutôt en Haute-Normandie. Le barigel est le chef de la police dans certaines villes d'Italie.

Exécution de l'amiral Byng à bord du Monarque, *en rade de Portsmouth (détail d'une gravure anonyme).*

Chapitre 23

Candide et Martin vont sur les côtes d'Angleterre ; ce qu'ils y voient.

« Ah, Pangloss ! Pangloss ! Ah ! Martin ! Martin ! Ah, ma chère Cunégonde ! qu'est-ce que ce monde-ci ? disait Candide sur le vaisseau hollandais. – Quelque chose de bien fou et de bien abominable, répondait Martin. – Vous connaissez
5 l'Angleterre ; y est-on aussi fou qu'en France ? – C'est une autre espèce de folie, dit Martin. Vous savez que ces deux nations sont en guerre pour quelques arpents de neige vers le Canada[1], et qu'elles dépensent pour cette belle guerre beaucoup plus que tout le Canada ne vaut. De vous dire
10 précisément s'il y a plus de gens à lier dans un pays que dans un autre, c'est ce que mes faibles lumières ne me permettent pas. Je sais seulement qu'en général les gens que nous allons voir sont fort atrabilaires[2]. »

En causant ainsi ils abordèrent à Portsmouth ; une
15 multitude de peuple couvrait le rivage, et regardait attentivement un assez gros homme qui était à genoux, les yeux bandés, sur le tillac d'un des vaisseaux de la flotte ; quatre soldats, postés vis-à-vis de cet homme, lui tirèrent chacun trois balles dans le crâne le plus paisiblement du
20 monde, et toute l'assemblée s'en retourna extrêmement satisfaite. « Qu'est-ce donc que tout ceci ? dit Candide, et

1. Célèbre formule, fort reprochée à Voltaire. Prise à la lettre, elle ne s'applique qu'à une zone frontière (« vers »). « Tout le Canada » désigne, en 1758, le nord des Grands Lacs et la vallée du Saint-Laurent. Voltaire sait bien sûr que le Canada n'est pas la cause principale de la guerre franco-anglaise.
2. **Atrabilaire :** nouvelle allusion à un lieu commun, le « spleen » anglais. Le misanthrope de Molière est un atrabilaire amoureux. Il s'agit donc d'un tempérament triste et colérique.

quel démon exerce partout son empire ? » Il demanda qui
était ce gros homme qu'on venait de tuer en cérémonie.
« C'était un amiral, lui répondit-on. – Et pourquoi tuer cet
25 amiral ? – C'est, lui dit-on, parce qu'il n'a pas fait tuer assez
de monde ; il a livré un combat à un amiral français, et on
a trouvé qu'il n'était pas assez près de lui. – Mais, dit
Candide, l'amiral français était aussi loin de l'amiral anglais
que celui-ci l'était de l'autre ! – Cela est incontestable, lui
30 répliqua-t-on ; mais dans ce pays-ci il est bon de tuer de
temps en temps un amiral pour encourager les autres[1]. »

Candide fut si étourdi et si choqué de ce qu'il voyait, et de
ce qu'il entendait, qu'il ne voulut pas seulement mettre pied
à terre, et qu'il fit son marché avec le patron hollandais (dût-
35 il le voler comme celui de Surinam) pour le conduire sans
délai à Venise.

Le patron fut prêt au bout de deux jours. On côtoya la
France ; on passa à la vue de Lisbonne, et Candide frémit.
On entra dans le détroit et dans la Méditerranée ; enfin on
40 aborda à Venise. « Dieu soit loué ! dit Candide en
embrassant Martin ; c'est ici que je reverrai la belle
Cunégonde. Je compte sur Cacambo comme sur moi-même.
Tout est bien, tout va bien, tout va le mieux qu'il soit
possible. »

1. **Pour encourager les autres :** l'amiral Byng fut exécuté dans la rade de
Portsmouth le 14 mars 1757, pour manque de combativité devant la flotte
française qui assiégeait Port-Mahon, dans l'île de Minorque (1756). Voltaire
intervint en sa faveur.

REPÈRES

• Pourquoi Candide part-il de France vers l'Angleterre pour se rendre à Venise ?
• Dégagez la composition du texte.

OBSERVATION

• Quels indices d'énonciation et marques typographiques permettent de distinguer les différentes modalités narratives de ce texte ?
• En quoi le début et la fin du texte l'encadrent-ils de manière antithétique ?
• Relevez les procédés d'ironie employés par Voltaire.
• Relevez et analysez les exemples de simplification et de généralisation comiques.

INTERPRÉTATIONS

• Comment comprendre que la narration ne pénètre pas en Angleterre, principale puissance mondiale avec la France, et grande nation philosophique ?
• Quelle est la portée symbolique de cette scène ?
• À quels autres chapitres antérieurs du conte ce chapitre fait-il écho ? En quoi ?

Chapitre 24

De Paquette et de frère Giroflée.

Dès qu'il fut à Venise, il fit chercher Cacambo dans tous les cabarets, dans tous les cafés, chez toutes les filles de joie, et ne le trouva point. Il envoyait tous les jours à la découverte de tous les vaisseaux et de toutes les barques : nulles nouvelles de Cacambo. « Quoi ! disait-il à Martin, j'ai eu le temps de passer de Surinam à Bordeaux, d'aller de Bordeaux à Paris, de Paris à Dieppe, de Dieppe à Portsmouth, de côtoyer le Portugal et l'Espagne, de traverser toute la Méditerranée, de passer quelques mois à Venise, et la belle Cunégonde n'est point venue ! Je n'ai rencontré au lieu d'elle qu'une drôlesse et un abbé périgourdin ! Cunégonde est morte sans doute, je n'ai plus qu'à mourir. Ah ! il valait mieux rester dans le paradis du Dorado que de revenir dans cette maudite Europe. Que vous avez raison, mon cher Martin ! tout n'est qu'illusion et calamité. »

Il tomba dans une mélancolie noire, et ne prit aucune part à l'opéra *alla moda* ni aux autres divertissements du carnaval ; pas une dame ne lui donna la moindre tentation. Martin lui dit : « Vous êtes bien simple, en vérité, de vous figurer qu'un valet métis, qui a cinq ou six millions dans ses poches, ira chercher votre maîtresse au bout du monde et vous l'amènera à Venise. Il la prendra pour lui s'il la trouve. S'il ne la trouve pas, il en prendra une autre : je vous conseille d'oublier votre valet Cacambo et votre maîtresse Cunégonde. » Martin n'était pas consolant. La mélancolie de Candide augmenta et Martin ne cessait de lui prouver qu'il y avait peu de vertu et peu de bonheur sur la terre, excepté peut-être dans Eldorado, où personne ne pouvait aller.

En disputant sur cette matière importante, et en attendant
30 Cunégonde, Candide aperçut un jeune théatin[1] dans la place
Saint-Marc[2], qui tenait sous le bras une fille. Le théatin
paraissait frais, potelé, vigoureux ; ses yeux étaient brillants,
son air assuré, sa mine haute, sa démarche fière. La fille était
très jolie et chantait ; elle regardait amoureusement son
35 théatin, et de temps en temps lui pinçait ses grosses joues.
« Vous m'avouerez du moins, dit Candide à Martin, que ces
gens-ci sont heureux. Je n'ai trouvé jusqu'à présent dans
toute la terre habitable, excepté dans Eldorado, que des
infortunés ; mais, pour cette fille et ce théatin, je gage que ce
40 sont des créatures très heureuses. – Je gage que non, dit
Martin. – Il n'y a qu'à les prier à dîner, dit Candide, et vous
verrez si je me trompe. »

Aussitôt il les aborde, il leur fait son compliment, et les
invite à venir à son hôtellerie manger des macaronis, des
45 perdrix de Lombardie, des œufs d'esturgeon, et à boire du
vin de Montepulciano, du lacryma-christi, du chypre et du
samos. La demoiselle rougit, le théatin accepta la partie[3], et
la fille le suivit en regardant Candide avec des yeux de
surprise et de confusion qui furent obscurcis de quelques
50 larmes. À peine fut-elle entrée dans la chambre de Candide
qu'elle lui dit : « Eh quoi ! monsieur Candide ne reconnaît
plus Paquette ! » À ces mots, Candide, qui ne l'avait pas
considérée jusque-là avec attention, parce qu'il n'était occupé
que de Cunégonde, lui dit : « Hélas, ma pauvre enfant, c'est
55 donc vous qui avez mis le docteur Pangloss dans le bel état
où je l'ai vu ? – Hélas ! Monsieur, c'est moi-même, dit
Paquette ; je vois que vous êtes instruit de tout. J'ai su les
malheurs épouvantables arrivés à toute la maison de madame
la baronne et à la belle Cunégonde. Je vous jure que ma
60 destinée n'a guère été moins triste. J'étais fort innocente

1. **Ordre des théatins :** fondé en Italie au XIVe siècle.
2. **La place Saint-Marc :** la plus célèbre place de Venise.
3. **Partie :** la partie de plaisir.

quand vous m'avez vue. Un cordelier qui était mon
confesseur me séduisit aisément. Les suites en furent
affreuses ; je fus obligée de sortir du château quelque temps
après que monsieur le baron vous eut renvoyé à grands coups
65 de pied dans le derrière. Si un fameux médecin n'avait pas
pris pitié de moi, j'étais morte. Je fus quelque temps par
reconnaissance la maîtresse de ce médecin. Sa femme, qui
était jalouse à la rage, me battait tous les jours
impitoyablement ; c'était une furie. Ce médecin était le plus
70 laid de tous les hommes, et moi la plus malheureuse de toutes
les créatures d'être battue continuellement pour un homme
que je n'aimais pas. Vous savez, Monsieur, combien il est
dangereux pour une femme acariâtre d'être l'épouse d'un
médecin. Celui-ci, outré des procédés de sa femme, lui donna
75 un jour, pour la guérir d'un petit rhume, une médecine si
efficace qu'elle en mourut en deux heures de temps dans des
convulsions horribles. Les parents de madame intentèrent à
monsieur un procès criminel ; il prit la fuite, et moi je fus
mise en prison. Mon innocence ne m'aurait pas sauvée si je
80 n'avais été un peu jolie. Le juge m'élargit à condition qu'il
succéderait au médecin. Je fus bientôt supplantée par une
rivale, chassée sans récompense, et obligée de continuer ce
métier abominable qui vous paraît si plaisant à vous autres
hommes, et qui n'est pour nous qu'un abîme de misères.
85 J'allai exercer la profession à Venise. Ah ! Monsieur, si vous
pouviez vous imaginer ce que c'est que d'être obligée de
caresser indifféremment un vieux marchand, un avocat, un
moine, un gondolier, un abbé ; d'être exposée à toutes les
insultes, à toutes les avanies ; d'être souvent réduite à
90 emprunter une jupe pour aller se la faire lever par un homme
dégoûtant ; d'être volée par l'un de ce qu'on a gagné avec
l'autre ; d'être rançonnée par les officiers de justice, et de
n'avoir en perspective qu'une vieillesse affreuse, un hôpital et
un fumier[1], vous concluriez que je suis une des plus
95 malheureuses créatures du monde. »

1. **Un fumier** : la décharge publique où son corps sera jeté pour cause de
prostitution.

Paquette ouvrait ainsi son cœur au bon Candide, dans un cabinet, en présence de Martin, qui disait à Candide : « Vous voyez que j'ai déjà gagné la moitié de la gageure. »

Frère Giroflée était resté dans la salle à manger, et buvait
100 un coup en attendant le dîner. « Mais, dit Candide à Paquette, vous aviez l'air si gai, si content, quand je vous ai rencontrée ; vous chantiez, vous caressiez le théatin avec une complaisance naturelle ; vous m'avez paru aussi heureuse que vous prétendez être infortunée. – Ah ! Monsieur, répondit
105 Paquette, c'est encore là une des misères du métier. J'ai été hier volée et battue par un officier, et il faut aujourd'hui que je paraisse de bonne humeur pour plaire à un moine. »

Candide n'en voulut pas davantage ; il avoua que Martin avait raison. On se mit à table avec Paquette et le théatin, le
110 repas fut assez amusant, et sur la fin on se parla avec quelque confiance. « Mon père, dit Candide au moine, vous me paraissez jouir d'une destinée que tout le monde doit envier ; la fleur de la santé brille sur votre visage, votre physionomie annonce le bonheur ; vous avez une très jolie fille pour votre
115 récréation[1], et vous paraissez très content de votre état de théatin.

– Ma foi, Monsieur, dit frère Giroflée, je voudrais que tous les théatins fussent au fond de la mer. J'ai été tenté cent fois de mettre le feu au couvent, et d'aller me faire Turc. Mes
120 parents me forcèrent à l'âge de quinze ans d'endosser cette détestable robe, pour laisser plus de fortune à un maudit frère aîné que Dieu confonde[2] ! La jalousie, la discorde, la rage, habitent dans le couvent. Il est vrai que j'ai prêché quelques mauvais sermons qui m'ont valu un peu d'argent, dont le
125 prieur me vole la moitié : le reste me sert à entretenir des filles ; mais, quand je rentre le soir dans le monastère, je suis

1. **Récréation** : amusement.
2. Pratique courante sous l'Ancien Régime pour éviter la dispersion du patrimoine familial.

prêt de me casser la tête contre les murs du dortoir ; et tous mes confrères sont dans le même cas. »

130 Martin se tournant vers Candide avec son sang-froid ordinaire : « Eh bien, lui dit-il, n'ai-je pas gagné la gageure tout entière ? » Candide donna deux mille piastres à Paquette et mille piastres à frère Giroflée. « Je vous réponds, dit-il, qu'avec cela ils seront heureux. – Je n'en crois rien du tout, dit Martin ; vous les rendrez peut-être avec ces piastres
135 beaucoup plus malheureux encore. – Il en sera ce qui pourra, dit Candide ; mais une chose me console, je vois qu'on retrouve souvent les gens qu'on ne croyait jamais retrouver ; il se pourra bien faire qu'ayant rencontré mon mouton rouge et Paquette, je rencontre aussi Cunégonde. – Je souhaite, dit
140 Martin, qu'elle fasse un jour votre bonheur ; mais c'est de quoi je doute fort. – Vous êtes bien dur, dit Candide. – C'est que j'ai vécu, dit Martin.

– Mais regardez ces gondoliers, dit Candide ; ne chantent-ils pas sans cesse ? – Vous ne les voyez pas dans leur ménage,
145 avec leurs femmes et leurs marmots d'enfants, dit Martin. Le doge a ses chagrins, les gondoliers ont les leurs. Il est vrai qu'à tout prendre le sort d'un gondolier est préférable à celui d'un doge ; mais je crois la différence si médiocre que cela ne vaut pas la peine d'être examiné.

150 – On parle, dit Candide, du sénateur Pococuranté[1] qui demeure dans ce beau palais sur la Brenta[2], et qui reçoit assez bien les étrangers. On prétend que c'est un homme qui n'a jamais eu de chagrin. – Je voudrais voir une espèce si rare », dit Martin. Candide aussitôt fit demander au seigneur
155 Pococuranté la permission de venir le voir le lendemain.

1. **Pococuranté** : en italien, « peu soucieux ».
2. **La Brenta** : rivière qui se jette dans la lagune de Venise.

CHAPITRE 25

VISITE CHEZ LE SEIGNEUR POCOCURANTÉ, NOBLE VÉNITIEN.

CANDIDE et Martin allèrent en gondole sur la Brenta et arrivèrent au palais du noble Pococuranté. Les jardins étaient bien entendus[1] et ornés de belles statues de marbre ; le palais, d'une belle architecture. Le maître du logis, homme de
5 soixante ans, fort riche, reçut très poliment les deux curieux, mais avec très peu d'empressement, ce qui déconcerta Candide et ne déplut point à Martin.

D'abord deux filles jolies et proprement mises[2] servirent du chocolat qu'elles firent très bien mousser. Candide ne put
10 s'empêcher de les louer sur leur beauté, sur leur bonne grâce et sur leur adresse. « Ce sont d'assez bonnes créatures, dit le sénateur Pococuranté ; je les fais quelquefois coucher dans mon lit, car je suis bien las des dames[3] de la ville, de leurs coquetteries, de leurs jalousies, de leurs querelles, de leurs
15 humeurs, de leurs petitesses, de leur orgueil, de leur sottise, et des sonnets qu'il faut faire ou commander pour elles ; mais, après tout, ces deux filles commencent fort à m'ennuyer. »

Candide, après le déjeuner, se promenant dans une longue galerie, fut surpris de la beauté des tableaux. Il demanda de
20 quel maître étaient les deux premiers. « Ils sont de Raphaël, dit le sénateur ; je les achetai fort cher par vanité il y a quelques années ; on dit que c'est ce qu'il y a de plus beau en Italie, mais ils ne me plaisent point du tout : la couleur en est très rembrunie[4] ; les figures ne sont pas assez arrondies

1. **Bien entendus** : bien conçus.
2. **Proprement mises** : habillées avec élégance.
3. **Dames** : femmes de la bonne société.
4. **Rembrunie** : Voltaire n'était pas seul à faire ce reproche.

25 et ne sortent point assez[1] ; les draperies ne ressemblent en
rien à une étoffe ; en un mot, quoi qu'on en dise, je ne trouve
point là une imitation vraie de la nature elle-même. Je
n'aimerai un tableau que quand je croirai voir la nature elle-
même : il n'y en a point de cette espèce. J'ai beaucoup de
30 tableaux, mais je ne les regarde plus. »

Pococuranté, en attendant le dîner, se fit donner un
concerto. Candide trouva la musique délicieuse. « Ce bruit,
dit Pococuranté, peut amuser une demi-heure ; mais, s'il dure
plus longtemps, il fatigue tout le monde, quoique personne
35 n'ose l'avouer. La musique aujourd'hui n'est plus que l'art
d'exécuter des choses difficiles, et ce qui n'est que difficile ne
plaît point à la longue.

« J'aimerais peut-être mieux l'opéra, si on n'avait pas
trouvé le secret d'en faire un monstre qui me révolte. Ira voir
40 qui voudra de mauvaises tragédies en musique, où les scènes
ne sont faites que pour amener, très mal à propos, deux ou
trois chansons ridicules qui font valoir le gosier d'une actrice ;
se pâmera de plaisir qui voudra, ou qui pourra, en voyant
un châtré fredonner le rôle de César et de Caton[2] et se
45 promener d'un air gauche sur des planches ; pour moi, il y a
longtemps que j'ai renoncé à ces pauvretés, qui font
aujourd'hui la gloire de l'Italie, et que des souverains paient
si chèrement. » Candide disputa un peu, mais avec discrétion.
Martin fut entièrement de l'avis du sénateur[3].

50 On se mit à table, et, après un excellent dîner, on entra
dans la bibliothèque. Candide, en voyant un Homère
magnifiquement relié, loua l'illustrissime sur son bon goût.
« Voilà, dit-il, un livre qui faisait les délices du grand
Pangloss, le meilleur philosophe de l'Allemagne. – Il ne fait

1. **Arrondir des figures** : en peinture, bien faire sentir les couleurs et les saillies.
Sortir : autre terme de peinture signifiant avoir du relief.
2. **Caton** : adversaire de César.
3. Allusions aux polémiques sur l'opéra, la musique italienne et française
(Rameau).

55 pas les miennes, dit froidement Pococuranté ; on me fit accroire autrefois que j'avais du plaisir en le lisant ; mais cette répétition continuelle de combats qui se ressemblent tous, ces dieux qui agissent toujours pour ne rien faire de décisif, cette Hélène qui est le sujet de la guerre, et qui à peine est une

60 actrice de la pièce, cette Troie qu'on assiège et qu'on ne prend point[1], tout cela me causait le plus mortel ennui. J'ai demandé quelquefois à des savants s'ils s'ennuyaient autant que moi à cette lecture. Tous les gens sincères m'ont avoué que le livre leur tombait des mains, mais qu'il fallait toujours

65 l'avoir dans sa bibliothèque, comme un monument de l'Antiquité, et comme ces médailles rouillées qui ne peuvent être de commerce.

– Votre Excellence ne pense pas ainsi de Virgile ? dit Candide. – Je conviens, dit Pococuranté, que le second, le

70 quatrième et le sixième livre de son *Énéide*[2] sont excellents ; mais pour son pieux Énée, et le fort Cloanthe, et l'ami Achates, et le petit Ascanius, et l'imbécile roi Latinus, et la bourgeoise Amata, et l'insipide Lavinia, je ne crois pas qu'il y ait rien de si froid et de plus désagréable. J'aime mieux le

75 Tasse et les contes à dormir debout de l'Arioste[3].

– Oserais-je vous demander, Monsieur, dit Candide, si vous n'avez pas un grand plaisir à lire Horace[4] ? – Il y a des maximes, dit Pococuranté, dont un homme du monde peut faire son profit, et qui, étant resserrées dans des vers

80 énergiques, se gravent plus aisément dans la mémoire. Mais je me soucie fort peu de son voyage à Brindes, et de sa description d'un mauvais dîner, et de la querelle des crocheteurs entre je ne sais quel Pupilus dont les paroles, dit-il, *étaient pleines de pus*, et un autre dont les paroles *étaient*

1. **Troie** : dans *L'Iliade*, le siège de Troie dure 10 ans.
2. *L'Énéide* : épopée en douze chants de Virgile (70-19 av. J.-C.).
3. **Le Tasse** : poète italien (1544-1595). Auteur d'une épopée, *La Jérusalem délivrée* (1575). **L'Arioste** : poète italien (1474-1533). Auteur du *Roland furieux*, poème héroïcomique.
4. **Horace** : allusions à des œuvres de ce poète latin (65-8 av. J.-C.).

85 *du vinaigre.* Je n'ai lu qu'avec extrême dégoût ses vers
grossiers contre des vieilles et contre des sorcières ; et je ne
vois pas quel mérite il peut y avoir à dire à son ami Mæcenas
que, s'il est mis par lui au rang des poètes lyriques, il frappera
les astres de son front sublime. Les sots admirent tout dans
90 un auteur estimé. Je ne lis que pour moi ; je n'aime que ce
qui est à mon usage. » Candide, qui avait été élevé à ne
jamais juger de rien par lui-même, était fort étonné de ce qu'il
entendait ; et Martin trouvait la façon de penser de
Pococuranté assez raisonnable.

95 « Oh ! voici un Cicéron[1], dit Candide ; pour ce grand
homme-là, je pense que vous ne vous lassez point de le lire.
– Je ne le lis jamais, répondit le Vénitien. Que m'importe qu'il
ait plaidé pour Rabirius ou pour Cluentius ? J'ai bien assez
des procès que je juge ; je me serais mieux accommodé de ses
100 œuvres philosophiques ; mais, quand j'ai vu qu'il doutait de
tout, j'ai conclu que j'en savais autant que lui, et que je
n'avais besoin de personne pour être ignorant.

 – Ah ! voilà quatre-vingts volumes de recueils d'une
académie des sciences, s'écria Martin ; il se peut qu'il y ait
105 du bon. – Il y en aurait, dit Pococuranté, si un seul des
auteurs de ces fatras avait inventé seulement l'art de faire des
épingles ; mais il n'y a dans tous ces livres que de vains
systèmes et pas une seule chose utile.

 – Que de pièces de théâtre je vois là ! dit Candide ; en
110 italien, en espagnol, en français ! – Oui, dit le sénateur, il y
en a trois mille, et pas trois douzaines de bonnes. Pour ces
recueils de sermons, qui tous ensemble ne valent pas une page
de Sénèque[2], et tous ces gros volumes de théologie, vous
pensez bien que je ne les ouvre jamais, ni moi ni personne. »
115 Martin aperçut des rayons chargés de livres anglais. « Je
crois, dit-il, qu'un républicain doit se plaire à la plupart de

1. **Cicéron :** avocat, homme politique, philosophe romain (105-43 av. J.-C.).
2. **Sénèque :** philosophe latin (vers 4 av. J.-C.-65 apr. J.-C.).

ces ouvrages écrits si librement[1]. – Oui, répondit
Pococuranté, il est beau d'écrire ce qu'on pense ; c'est le
privilège de l'homme. Dans toute notre Italie, on n'écrit que
120 ce qu'on ne pense pas ; ceux qui habitent la patrie des Césars
et des Antonins n'osent avoir une idée sans la permission
d'un jacobin[2]. Je serais content de la liberté qui inspire les
génies anglais si la passion et l'esprit de parti ne corrompaient
pas tout ce que cette précieuse liberté a d'estimable[3]. »
125 Candide, apercevant un Milton[4], lui demanda s'il ne
regardait pas cet auteur comme un grand homme. « Qui ?
dit Pococuranté, ce barbare qui fait un long commentaire du
premier chapitre de la Genèse en dix livres de vers durs ? ce
grossier imitateur des Grecs, qui défigure la création, et qui,
130 tandis que Mose représente l'Être éternel produisant le
monde par la parole, fait prendre un grand compas par le
Messiah dans une armoire du ciel pour tracer son ouvrage ?
Moi, j'estimerais celui qui a gâté l'enfer et le diable du Tasse ;
qui déguise Lucifer tantôt en crapaud, tantôt en pygmée ; qui
135 lui fait rebattre cent fois les mêmes discours ; qui le fait
disputer sur la théologie ; qui, en imitant sérieusement
l'invention comique des armes à feu de l'Arioste, fait tirer le
canon dans le ciel par les diables ? Ni moi, ni personne en
Italie, n'a pu se plaire à toutes ces tristes extravagances. Le
140 mariage du péché et de la mort et les couleuvres dont le péché
accouche font vomir tout homme qui a le goût un peu délicat,
et sa longue description d'un hôpital n'est bonne que pour
un fossoyeur. Ce poème obscur, bizarre et dégoûtant, fut

1. **Républicain :** Venise est une république. Les Anglais jouissaient d'une liberté de pensée presque unique en Europe.
2. **Jacobin :** religieux de l'ordre de Saint-Dominique, le premier couvent de l'ordre s'étant trouvé rue Saint-Jacques (Jacobus) à Paris. Les dominicains jouaient un rôle important dans l'Inquisition.
3. Allusions aux passions entretenues par le bipartisme de la vie politique anglaise.
4. **Milton :** poète anglais (1608-1674), auteur d'une grande épopée biblique, *Le Paradis perdu* (1667).

méprisé à sa naissance ; je le traite aujourd'hui comme il fut
145 traité dans sa patrie par les contemporains. Au reste, je dis
ce que je pense, et je me soucie fort peu que les autres pensent
comme moi. » Candide était affligé de ces discours ; il
respectait Homère, il aimait un peu Milton. « Hélas ! dit-il
tout bas à Martin, j'ai bien peur que cet homme-ci n'ait un
150 souverain mépris pour nos poètes allemands[1]. – Il n'y aurait
pas grand mal à cela, dit Martin. – Oh, quel homme
supérieur ! disait encore Candide entre ses dents, quel grand
génie que ce Pococuranté ! rien ne peut lui plaire. »

Après avoir fait ainsi la revue de tous les livres, ils
155 descendirent dans le jardin. Candide en loua toutes les
beautés. « Je ne sais rien de si mauvais goût, dit le maître :
nous n'avons ici que des colifichets ; mais je vais dès demain
en faire planter un d'un dessin plus noble. »

Quand les deux curieux eurent pris congé de Son
160 Excellence : « Or çà, dit Candide à Martin, vous conviendrez
que voilà le plus heureux de tous les hommes, car il est au-
dessus de tout ce qu'il possède. – Ne voyez-vous pas, dit
Martin, qu'il est dégoûté de tout ce qu'il possède ? Platon a
dit[2], il y a longtemps, que les meilleurs estomacs ne sont pas
165 ceux qui rebutent tous les aliments. – Mais, dit Candide, n'y
a-t-il pas du plaisir à tout critiquer, à sentir des défauts où
les autres hommes croient voir des beautés ? – C'est-à-dire,
reprit Martin, qu'il y a du plaisir à n'avoir pas de plaisir ? –
Oh bien ! dit Candide, il n'y a donc d'heureux que moi,
170 quand je reverrai Mlle Cunégonde. – C'est toujours bien fait
d'espérer », dit Martin.

Cependant les jours, les semaines s'écoulaient ; Cacambo
ne revenait point, et Candide était si abîmé dans sa douleur
qu'il ne fit pas même réflexion que Paquette et frère Giroflée
175 n'étaient pas venus seulement le remercier.

1. **Poètes allemands :** évidemment pas Goethe et Schiller, qui n'ont encore rien
publié.
2. Dans *La République* de Platon (428-348 av. J.-C.).

Vue de Venise : le Grand Canal devant la Piazetta. Détail d'un tableau attribué à Vanvitelli (début du XVIIIᵉ siècle). Musée municipal de Dole.

CHAPITRE 26

D'UN SOUPER QUE CANDIDE ET MARTIN FIRENT
AVEC SIX ÉTRANGERS, ET QUI ILS ÉTAIENT.

UN SOIR que Candide, suivi de Martin, allait se mettre à table
avec les étrangers qui logeaient dans la même hôtellerie, un
homme à visage couleur de suie[1] l'aborda par-derrière, et, le
prenant par le bras, lui dit : « Soyez prêt à partir avec nous,
5 n'y manquez pas. » Il se retourne et voit Cacambo. Il n'y
avait que la vue de Cunégonde qui pût l'étonner et lui plaire
davantage. Il fut sur le point de devenir fou de joie. Il
embrasse son cher ami. « Cunégonde est ici, sans doute, où
est-elle ? Mène-moi vers elle, que je meure de joie avec elle.
10 – Cunégonde n'est point ici, dit Cacambo, elle est à
Constantinople. – Ah, Ciel ! à Constantinople ! mais, fût-elle
à la Chine, j'y vole, partons. – Nous partirons après souper,
reprit Cacambo, je ne peux vous en dire davantage ; je suis
esclave, mon maître m'attend ; il faut que j'aille le servir à
15 table : ne dites mot ; soupez et tenez-vous prêt. »
 Candide, partagé entre la joie et la douleur, charmé d'avoir
revu son agent fidèle, étonné de le voir esclave, plein de l'idée
de retrouver sa maîtresse, le cœur agité, l'esprit bouleversé,
se mit à table avec Martin, qui voyait de sang-froid toutes
20 ces aventures, et avec six étrangers qui étaient venus passer
le carnaval à Venise.
 Cacambo, qui versait à boire à l'un de ces étrangers,
s'approcha de l'oreille de son maître, sur la fin du repas, et
lui dit : « Sire, Votre Majesté partira quand elle voudra, le
25 vaisseau est prêt. » Ayant dit ces mots, il sortit. Les convives,

1. **Visage couleur de suie :** Voltaire ne fait guère de différence entre le métis
Cacambo et les esclaves noirs.

étonnés, se regardaient sans proférer une seule parole, lorsqu'un autre domestique, s'approchant de son maître, lui dit : « Sire, la chaise de Votre Majesté est à Padoue[1], et la barque est prête. » Le maître fit un signe, et le domestique
30 partit. Tous les convives se regardèrent encore, et la surprise commune redoubla. Un troisième valet, s'approchant aussi d'un troisième étranger, lui dit : « Sire, croyez-moi, Votre Majesté ne doit pas rester ici plus longtemps : je vais tout préparer » ; et aussitôt il disparut.
35 Candide et Martin ne doutèrent pas alors que ce ne fût une mascarade[2] du carnaval. Un quatrième domestique dit au quatrième maître : « Votre Majesté partira quand elle voudra », et sortit comme les autres. Le cinquième valet en dit autant au cinquième maître. Mais le sixième valet parla
40 différemment au sixième étranger, qui était auprès de Candide ; il lui dit : « Ma foi, Sire, on ne veut plus faire crédit à Votre Majesté, ni à moi non plus ; et nous pourrions bien être coffrés cette nuit, vous et moi : je vais pourvoir à mes affaires ; adieu. »
45 Tous les domestiques ayant disparu, les six étrangers, Candide et Martin demeurèrent dans un profond silence. Enfin Candide le rompit. « Messieurs, dit-il, voilà une singulière plaisanterie : pourquoi êtes-vous tous rois ? Pour moi je vous avoue que ni moi ni Martin nous ne le sommes. »
50 Le maître de Cacambo prit alors gravement la parole, et dit en italien : « Je ne suis point plaisant, je m'appelle Achmet III[3]. J'ai été grand sultan plusieurs années ; je détrônai mon frère ; mon neveu m'a détrôné ; on a coupé le cou à mes visirs[4] ; j'achève ma vie dans le vieux sérail ; mon
55 neveu le grand sultan Mahmoud me permet de voyager

1. **Padoue** : ville proche de Venise.
2. **Mascarade** : divertissement où les participants se déguisent.
3. **Achmet III** : sultan de 1703 à 1730. Il mourut en 1736 dans le vieux sérail réservé aux sultans déposés.
4. **Visir** : on écrit aujourd'hui « vizir ».

quelquefois pour ma santé, et je suis venu passer le carnaval
à Venise. »

Un jeune homme qui était auprès d'Achmet parla après lui,
et dit : « Je m'appelle Ivan[1] ; j'ai été empereur de toutes les
60 Russies ; j'ai été détrôné au berceau ; mon père et ma mère
ont été enfermés ; on m'a élevé en prison ; j'ai quelquefois la
permission de voyager, accompagné de ceux qui me gardent,
et je suis venu passer le carnaval à Venise. »

Le troisième dit : « Je suis Charles-Édouard[2], roi
65 d'Angleterre ; mon père m'a cédé ses droits au royaume ; j'ai
combattu pour les soutenir ; on a arraché le cœur à huit cents
de mes partisans, et on leur en a battu les joues. J'ai été mis
en prison ; je vais à Rome faire une visite au roi mon père,
détrôné ainsi que moi et mon grand-père, et je suis venu
70 passer le carnaval à Venise. »

Le quatrième prit alors la parole et dit : « Je suis roi des
Polaques[3] ; le sort de la guerre m'a privé de mes États
héréditaires ; mon père a éprouvé les mêmes revers ; je me
résigne à la Providence comme le sultan Achmet, l'empereur
75 Ivan et le roi Charles-Édouard, à qui Dieu donne une longue
vie, et je suis venu passer le carnaval à Venise. »

Le cinquième dit : « Je suis aussi roi des Polaques[4] ; j'ai

1. **Ivan VI** : fils d'une nièce de la tsarine Anna, fut proclamé tsar par celle-ci
l'année de sa naissance (1740) et déposé dès 1741 par Élisabeth, fille de Pierre
le Grand. Il fut assassiné sous Catherine II, en 1764.
2. **Charles-Édouard (1720-1788)** : petit-fils de Jacques II, roi d'Angleterre
détrôné en 1688. Il tenta de reconquérir l'Écosse en 1745, mais fut vaincu à
Culloden. Son père (1688-1766) vivait à Rome. Dans le *Précis du siècle de
Louis XV*, Voltaire ne parle que de 166 pendus.
3. **Auguste II (1696-1763)** : Électeur de Saxe, roi de Pologne de 1733 à 1763.
En 1756, les armées de Frédéric II de Prusse l'obligent à quitter ses « États
héréditaires », c'est-à-dire la Saxe.
4. **Stanislas Leszczynski (1677-1766)** : élu roi de Pologne en 1704, mais chassé
au bout de quelques années par Pierre le Grand. Poussé par Louis XV, qui avait
épousé sa fille en 1725, il est de nouveau élu en 1733, mais aussitôt chassé par
les Russes et les Prussiens. Il reçut à vie, en 1738, les duchés de Lorraine et de
Bar, qu'il administra en roi-philosophe. **Les Sarmates** : ancien nom des Polonais.
La Vistule : fleuve qui traverse Varsovie.

perdu mon royaume deux fois ; mais la Providence m'a
donné un autre État, dans lequel j'ai fait plus de bien que
80 tous les rois des Sarmates ensemble n'en ont jamais pu faire
sur les bords de la Vistule ; je me résigne aussi à la
Providence, et je suis venu passer le carnaval à Venise. »

Il restait au sixième monarque à parler. « Messieurs, dit-
il, je ne suis pas si grand seigneur que vous ; mais enfin j'ai
85 été roi tout comme un autre. Je suis Théodore[1] ; on m'a élu
roi en Corse ; on m'a appelé *Votre Majesté*, et à présent à
peine m'appelle-t-on *Monsieur*. J'ai fait frapper de la
monnaie, et je ne possède pas un denier ; j'ai eu deux
secrétaires d'État, et j'ai à peine un valet ; je me suis vu sur
90 un trône, et j'ai longtemps été à Londres en prison, sur la
paille. J'ai bien peur d'être traité de même ici, quoique je suis
venu comme Vos Majestés passer le carnaval à Venise. »

Les cinq autres rois écoutèrent ce discours avec une noble
compassion. Chacun d'eux donna vingt sequins[2] au roi
95 Théodore pour avoir des habits et des chemises ; Candide lui
fit présent d'un diamant de deux mille sequins. « Quel est
donc, disaient les cinq rois, ce simple particulier qui est en
état de donner cent fois autant que chacun de nous, et qui le
donne ? »

100 Dans l'instant qu'on sortait de table, il arriva dans la même
hôtellerie quatre altesses sérénissimes qui avaient aussi perdu
leurs États par le sort de la guerre, et qui venaient passer le
reste du carnaval à Venise. Mais Candide ne prit pas
seulement garde à ces nouveaux venus. Il n'était occupé que
105 d'aller trouver sa chère Cunégonde à Constantinople.

1. **Théodore de Neuhoff (1694-1756)** : aventurier allemand qui se fit élire roi
de Corse en 1736 avec l'aide du dey de Tunis. Il s'enfuit au bout de huit mois
en Angleterre, où il fut emprisonné pour dettes pendant sept ans.
2. **Sequin** : monnaie d'or vénitienne.

Chapitre 27

Voyage de Candide à Constantinople.

Le FIDÈLE Cacambo avait déjà obtenu du patron turc qui allait reconduire le sultan Achmet à Constantinople qu'il recevrait Candide et Martin sur son bord. L'un et l'autre s'y rendirent après s'être prosternés devant Sa misérable
5 Hautesse. Candide, chemin faisant, disait à Martin : « Voilà pourtant six rois détrônés, avec qui nous avons soupé, et encore dans ces six rois il y en a un à qui j'ai fait l'aumône. Peut-être y a-t-il beaucoup d'autres princes plus infortunés. Pour moi, je n'ai perdu que cent moutons, et je vole dans les
10 bras de Cunégonde. Mon cher Martin, encore une fois, Pangloss avait raison : tout est bien. – Je le souhaite, dit Martin. – Mais, dit Candide, voilà une aventure bien peu vraisemblable que nous avons eue à Venise. On n'avait jamais vu ni ouï conter que six rois détrônés soupassent
15 ensemble au cabaret. – Cela n'est pas plus extraordinaire, dit Martin, que la plupart des choses qui nous sont arrivées. Il est très commun que des rois soient détrônés ; et à l'égard de l'honneur que nous avons eu de souper avec eux, c'est une bagatelle qui ne mérite pas notre attention. »
20 À peine Candide fut-il dans le vaisseau qu'il sauta au cou de son ancien valet, de son ami Cacambo. « Eh bien, lui dit-il, que fait Cunégonde ? Est-elle toujours un prodige de beauté ? M'aime-t-elle toujours ? Comment se porte-t-elle ? Tu lui as sans doute acheté un palais à Constantinople ?
25 – Mon cher maître, répondit Cacambo, Cunégonde lave les écuelles sur le bord de la Propontide[1], chez un prince qui a très peu d'écuelles ; elle est esclave dans la maison d'un

1. **La Propontide** : la mer de Marmara.

ancien souverain nommé Ragotski[1], à qui le Grand Turc
donne trois écus par jour dans son asile ; mais ce qui est bien
30 plus triste, c'est qu'elle a perdu sa beauté et qu'elle est
devenue horriblement laide. – Ah ! belle ou laide, dit
Candide, je suis honnête homme, et mon devoir est de l'aimer
toujours. Mais comment peut-elle être réduite à un état si
abject avec les cinq ou six millions que tu avais apportés ? –
35 Bon, dit Cacambo, ne m'en a-t-il pas fallu donner deux
millions au señor don Fernando d'Ibaraa, y Figueora, y
Mascarenes, y Lampourdos, y Souza, gouverneur de Buenos
Aires, pour avoir la permission de reprendre mademoiselle
Cunégonde ? Et un pirate ne nous a-t-il pas bravement
40 dépouillés de tout le reste ? Ce pirate ne nous a-t-il pas menés
au cap de Matapan, à Milo, à Nicarie, à Samos, à Petra, aux
Dardanelles, à Marmora, à Scutari[2] ? Cunégonde et la vieille
servent chez ce prince dont je vous ai parlé, et moi je suis
esclave du sultan détrôné. – Que d'épouvantables calamités
45 enchaînées les unes aux autres ! dit Candide. Mais, après
tout, j'ai encore quelques diamants ; je délivrerai aisément
Cunégonde. C'est bien dommage qu'elle soit devenue si
laide. »

Ensuite, se tournant vers Martin : « Que pensez-vous, dit-
50 il, qui soit le plus à plaindre, de l'empereur Achmet, de
l'empereur Ivan, du roi Charles-Édouard, ou de moi ? – Je
n'en sais rien, dit Martin ; il faudrait que je fusse dans vos
cœurs pour le savoir. – Ah ! dit Candide, si Pangloss était ici,
il le saurait et nous l'apprendrait. – Je ne sais, dit Martin,
55 avec quelles balances votre Pangloss aurait pu peser les
infortunes des hommes et apprécier leurs douleurs. Tout ce
que je présume, c'est qu'il y a des millions d'hommes sur la

1. **Ragotski** : prince hongrois (1676-1735) qui se souleva contre les
Autrichiens avec l'aide de la France (1705-1710), devint roi de Transylvanie et
se retira en Turquie après sa défaite.
2. Tous ces noms se situent en Méditerranée orientale. Scutari est un faubourg
de Constantinople.

terre cent fois plus à plaindre que le roi Charles-Édouard, l'empereur Ivan et le sultan Achmet. – Cela pourrait bien
60 être », dit Candide.

On arriva en peu de jours sur le canal de la mer Noire. Candide commença par racheter Cacambo fort cher, et, sans perdre de temps, il se jeta dans une galère, avec ses compagnons, pour aller sur le rivage de la Propontide
65 chercher Cunégonde, quelque laide qu'elle pût être.

Il y avait dans la chiourme[1] deux forçats qui ramaient fort mal, et à qui le levanti[2] patron appliquait de temps en temps quelques coups de nerf de bœuf sur les épaules nues ; Candide, par un mouvement naturel, les regarda plus
70 attentivement que les autres galériens et s'approcha d'eux avec pitié. Quelques traits de leurs visages défigurés lui parurent avoir un peu de ressemblance avec Pangloss et avec ce malheureux jésuite, ce baron, ce frère de mademoiselle Cunégonde. Cette idée l'émut et l'attrista. Il les considéra
75 encore plus attentivement. « En vérité, dit-il à Cacambo, si je n'avais pas vu pendre maître Pangloss, et si je n'avais pas eu le malheur de tuer le baron, je croirais que ce sont eux qui rament dans cette galère. »

Au nom du baron et de Pangloss les deux forçats
80 poussèrent un grand cri, s'arrêtèrent sur leur banc et laissèrent tomber leurs rames. Le levanti patron accourait sur eux, et les coups de nerf de bœuf redoublaient. « Arrêtez, arrêtez, Seigneur, s'écria Candide, je vous donnerai tant d'argent que vous voudrez. – Quoi ! c'est Candide ! disait
85 l'un des forçats. – Quoi ! c'est Candide ! disait l'autre. – Est-ce un songe ? dit Candide ; veillé-je ? suis-je dans cette galère ? Est-ce là M. le baron que j'ai tué ? Est-ce là maître Pangloss que j'ai vu pendre ?

– C'est nous-mêmes, c'est nous-mêmes, répondaient-ils. –

1. **La chiourme** : l'ensemble des forçats qui rament sur la galère.
2. **Levanti** : natif des pays du Levant (du côté où le soleil se lève, par rapport à la France – Proche et Moyen-Orient).

90 Quoi ! c'est là ce grand philosophe ? disait Martin. – Eh !
monsieur le levanti patron, dit Candide, combien voulez-vous
d'argent pour la rançon de M. de Thunder-ten-tronckh, un
des premiers barons de l'Empire, et de M. Pangloss, le plus
profond métaphysicien d'Allemagne ? – Chien de chrétien,
95 répondit le levanti patron, puisque ces deux chiens de forçats
chrétiens sont des barons et des métaphysiciens, ce qui est
sans doute une grande dignité dans leur pays, tu m'en
donneras cinquante mille sequins. – Vous les aurez,
Monsieur ; ramenez-moi comme un éclair à Constantinople,
100 et vous serez payé sur-le-champ. Mais non, menez-moi chez
M^{lle} Cunégonde. » Le levanti patron, sur la première offre de
Candide, avait déjà tourné la proue vers la ville, et il faisait
ramer plus vite qu'un oiseau ne fend les airs.

Candide embrassa cent fois le baron et Pangloss. « Et
105 comment ne vous ai-je pas tué, mon cher baron ? et mon
cher Pangloss, comment êtes-vous en vie après avoir été
pendu ? et pourquoi êtes-vous tous deux aux galères en
Turquie ? – Est-il bien vrai que ma chère sœur soit dans ce
pays ? disait le baron. – Oui, répondait Cacambo. – Je revois
110 donc mon cher Candide », s'écria Pangloss. Candide leur
présentait Martin et Cacambo. Ils s'embrassaient tous, ils
parlaient tous à la fois. La galère volait, ils étaient déjà dans
le port. On fit venir un Juif, à qui Candide vendit pour
cinquante mille sequins un diamant de la valeur de cent mille,
115 et qui lui jura par Abraham qu'il n'en pouvait donner
davantage. Il paya incontinent la rançon du baron et de
Pangloss. Celui-ci se jeta aux pieds de son libérateur et les
baigna de larmes ; l'autre le remercia par un signe de tête, et
lui promit de lui rendre cet argent à la première occasion.
120 « Mais est-il bien possible que ma sœur soit en Turquie ?
disait-il. – Rien n'est si possible, reprit Cacambo, puisqu'elle
écure la vaisselle chez un prince de Transylvanie. » On fit
aussitôt venir deux Juifs ; Candide vendit encore des
diamants ; et ils repartirent tous dans une autre galère pour
125 aller délivrer Cunégonde.

*La mosquée Nusretiye Çamü, à Constantinople
(gravure du début du XIXᵉ siècle).*

CHAPITRE 28

CE QUI ARRIVA À CANDIDE, À CUNÉGONDE, À PANGLOSS, À MARTIN, ETC.

« PARDON, encore une fois, dit Candide au baron ; pardon, mon révérend père, de vous avoir donné un grand coup d'épée au travers du corps. – N'en parlons plus, dit le baron ; je fus un peu trop vif, je l'avoue ; mais, puisque vous voulez
5 savoir par quel hasard vous m'avez vu aux galères, je vous dirai qu'après avoir été guéri de ma blessure par le frère apothicaire du collège je fus attaqué et enlevé par un parti espagnol ; on me mit en prison à Buenos Aires dans le temps que ma sœur venait d'en partir. Je demandai à retourner à
10 Rome auprès du père général. Je fus nommé pour aller servir d'aumônier à Constantinople auprès de monsieur l'ambassadeur de France. Il n'y avait pas huit jours que j'étais entré en fonctions, quand je trouvai sur le soir un jeune icoglan[1] très bien fait. Il faisait fort chaud : le jeune homme
15 voulut se baigner[2] ; je pris cette occasion de me baigner aussi. Je ne savais pas que ce fût un crime capital pour un chrétien d'être trouvé tout nu avec un jeune musulman. Un cadi[3] me fit donner cent coups de bâton sous la plante des pieds et me condamna aux galères. Je ne crois pas qu'on ait
20 fait une plus horrible injustice. Mais je voudrais bien savoir pourquoi ma sœur est dans la cuisine d'un souverain de Transylvanie réfugié chez les Turcs.

– Mais vous, mon cher Pangloss, dit Candide, comment se peut-il que je vous revoie ? – Il est vrai, dit Pangloss, que

1. **Icoglans :** jeunes hommes élevés dans le sérail pour remplir des charges importantes. Équivalent turc des jeunes pages occidentaux.
2. **Se baigner :** se baigner dans une étuve (l'équivalent du sauna).
3. **Cadi :** un juge musulman.

25 vous m'avez vu pendre ; je devais naturellement être brûlé ;
mais vous vous souvenez qu'il plut à verse lorsqu'on allait
me cuire : l'orage fut si violent qu'on désespéra d'allumer le
feu ; je fus pendu, parce qu'on ne put mieux faire : un
chirurgien acheta mon corps, m'emporta chez lui, et me
30 disséqua. Il me fit d'abord une incision cruciale[1] depuis le
nombril jusqu'à la clavicule. On ne pouvait pas avoir été plus
mal pendu que je l'avais été. L'exécuteur des hautes œuvres[2]
de la sainte Inquisition, lequel était sous-diacre, brûlait à la
vérité les gens à merveille, mais il n'était pas accoutumé à
35 pendre : la corde était mouillée et glissa mal, elle fut nouée ;
enfin je respirais encore : l'incision cruciale me fit jeter un si
grand cri que mon chirurgien tomba à la renverse, et, croyant
qu'il disséquait le diable[3], il s'enfuit en mourant de peur, et
tomba encore sur l'escalier en fuyant. Sa femme accourut au
40 bruit, d'un cabinet voisin ; elle me vit sur la table étendu avec
mon incision cruciale : elle eut encore plus de peur que son
mari, s'enfuit et tomba sur lui. Quand ils furent un peu
revenus à eux, j'entendis la chirurgienne qui disait au
chirurgien : « Mon bon, de quoi vous avisez-vous aussi de
45 disséquer un hérétique ? Ne savez-vous pas que le diable est
toujours dans le corps de ces gens-là ? Je vais vite chercher
un prêtre pour l'exorciser. » Je frémis à ce propos, et je
ramassai le peu de forces qui me restaient, pour crier : « Ayez
pitié de moi ! » Enfin le barbier[4] portugais s'enhardit ; il
50 recousit ma peau ; sa femme même eut soin de moi ; je fus
sur pied au bout de quinze jours. Le barbier me trouva une
condition, et me fit laquais d'un chevalier de Malte qui allait

1. **Incision cruciale :** une incision en forme de croix.
2. **Exécuteur des hautes œuvres :** le bourreau, parce que son office dépendait de la haute justice.
3. Le chirurgien s'imagine que la croix de son incision a réveillé les diables tapis dans le corps de l'hérétique condamné par l'Inquisition. La croix aurait pourtant dû les faire fuir !
4. Les barbiers faisaient aussi un peu de chirurgie, et réciproquement (voir *Le Barbier de Séville*, acte I, scène 2).

à Venise ; mais mon maître n'ayant pas de quoi me payer, je
me mis au service d'un marchand vénitien, et je le suivis à
55 Constantinople.

« Un jour il me prit fantaisie d'entrer dans une mosquée ;
il n'y avait qu'un vieil iman[1] et une jeune dévote très jolie
qui disait ses patenôtres ; sa gorge était toute découverte : elle
avait entre ses deux tétons un beau bouquet de tulipes, de
60 roses, d'anémones, de renoncules, d'hyacinthes et d'oreilles-
d'ours ; elle laissa tomber son bouquet ; je le ramassai, et je
le lui remis avec un empressement très respectueux[2]. Je fus
si longtemps à le lui remettre que l'iman se mit en colère, et,
voyant que j'étais chrétien, il cria à l'aide. On me mena chez
65 le cadi, qui me fit donner cent coups de latte sur la plante
des pieds et m'envoya aux galères[3]. Je fus enchaîné
précisément dans la même galère et au même banc que M. le
baron. Il y avait dans cette galère quatre jeunes gens de
Marseille, cinq prêtres napolitains, et deux moines de Corfou,
70 qui nous dirent que de pareilles aventures arrivaient tous les
jours. M. le baron prétendait qu'il avait essuyé une plus
grande injustice que moi ; je prétendais, moi, qu'il était
beaucoup plus permis de remettre un bouquet sur la gorge
d'une femme que d'être tout nu avec un icoglan. Nous
75 disputions sans cesse, et nous recevions vingt coups de nerf
de bœuf par jour, lorsque l'enchaînement des événements de
cet univers vous a conduit dans notre galère, et que vous nous
avez rachetés.

– Eh bien, mon cher Pangloss, lui dit Candide, quand vous
80 avez été pendu, disséqué, roué de coups, et que vous avez
ramé aux galères, avez-vous toujours pensé que tout allait le
mieux du monde ? – Je suis toujours de mon premier

1. **Iman** : ici, un prêtre (au sens strict, l'iman n'est pas un prêtre, mais un
fonctionnaire laïc, employé dans une mosquée comme chef de prière).
2. Détails contraires à la loi musulmane, mais conformes aux mœurs
européennes.
3. Car un chrétien ne doit pas pénétrer dans une mosquée.

sentiment, répondit Pangloss, car enfin je suis philosophe : il
ne me convient pas de me dédire, Leibniz ne pouvant pas
85 avoir tort, et l'harmonie préétablie étant d'ailleurs la plus
belle chose du monde, aussi bien que le plein et la matière
subtile[1]. »

1. L'harmonie préétablie est une célèbre thèse leibnizienne, liée à l'optimisme.
Le plein et la matière subtile renvoient plutôt à Descartes, mais ont aussi des
rapports avec la philosophie de Leibniz. Newton avait réfuté ces concepts de
la physique de Descartes.

Candide....recula trois pas saisi d'horreur,
et avança ensuite par bon procédé.

Illustration de Moreau le Jeune pour Candide *(chap. 29),*
gravée par J.-L. Delignon (1755-1884). B.N., Paris.

CHAPITRE 29

COMMENT CANDIDE RETROUVA CUNÉGONDE ET LA VIEILLE.

PENDANT que Candide, le baron, Pangloss, Martin et Cacambo contaient leurs aventures, qu'ils raisonnaient sur les événements contingents ou non contingents de cet univers, qu'ils disputaient sur les effets et les causes, sur le mal moral
5 et sur le mal physique, sur la liberté et la nécessité[1], sur les consolations que l'on peut éprouver lorsqu'on est aux galères en Turquie, ils abordèrent sur le rivage de la Propontide à la maison du prince de Transylvanie. Les premiers objets[2] qui se présentèrent furent Cunégonde et la vieille, qui étendaient
10 des serviettes sur des ficelles pour les faire sécher.

Le baron pâlit à cette vue. Le tendre amant Candide, en voyant sa belle Cunégonde rembrunie, les yeux éraillés[3], la gorge[4] sèche, les joues ridées, les bras rouges et écaillés, recula de trois pas saisi d'horreur, et avança ensuite par bon
15 procédé[5]. Elle embrassa Candide et son frère ; on embrassa la vieille : Candide les racheta toutes deux.

Il y avait une petite métairie[6] dans le voisinage ; la vieille proposa à Candide de s'en accommoder, en attendant que toute la troupe eût une meilleure destinée. Cunégonde ne

1. **Liberté et nécessité** : termes consacrés du vocabulaire philosophique. Les événements contingents sont ceux qui peuvent se produire ou ne pas se produire, les non-contingents ceux qui doivent nécessairement survenir.
2. **Objets** : ce qui se présente à l'œil (sens classique).
3. **Éraillés** : striés de filets rouges, ou aux paupières renversées.
4. **Gorge** : la poitrine.
5. **Procédé** : façon d'agir, de se conduire à l'égard d'autrui. **Par bon procédé :** par civilité, par honnêteté.
6. **Métairie** : domaine de médiocre étendue. Candide n'est pas un « métayer », mais le propriétaire d'un petit domaine.

20 savait pas qu'elle était enlaidie, personne ne l'en avait averti : elle fit souvenir Candide de ses promesses avec un ton si absolu que le bon Candide n'osa pas la refuser. Il signifia donc au baron qu'il allait se marier avec sa sœur. « Je ne souffrirai jamais, dit le baron, une telle bassesse de sa part 25 et une telle insolence de la vôtre ; cette infamie ne me sera jamais reprochée : les enfants de ma sœur ne pourraient entrer dans les chapitres[1] d'Allemagne. Non, jamais ma sœur n'épousera qu'un baron de l'Empire. » Cunégonde se jeta à ses pieds et les baigna de larmes. Il fut inflexible. « Maître 30 fou, lui dit Candide, je t'ai réchappé des galères, j'ai payé ta rançon, j'ai payé celle de ta sœur ; elle lavait ici des écuelles, elle est laide, j'ai la bonté d'en faire ma femme, et tu prétends encore t'y opposer ! Je te retuerais si j'en croyais ma colère.

– Tu peux me tuer encore, dit le baron, mais tu 35 n'épouseras pas ma sœur de mon vivant. »

1. **Chapitres :** assemblées de dignitaires religieux et des ordres royaux et militaires, plus stricts sur les généalogies et les mésalliances en Allemagne qu'en France.

Voltaire à Ferney,
détail d'une gravure de Prévost (1747-1804), B.N., Paris.

Repères

• Pourquoi le lecteur s'attend-il à ce que Candide retrouve Cunégonde et la vieille ?
• Que se passe-t-il dans ce chapitre, le plus court du roman avec le chapitre 6 ?

Observation

• Quelle est la valeur des temps verbaux dans la première phrase du texte ? En quoi est-elle renforcée par la dissymétrie entre la principale et la subordonnée ?
• Quels éléments rythmiques, syntaxiques, rhétoriques accélèrent le récit dans le deuxième paragraphe ?
• Quelles sont les deux modalités narratives du troisième paragraphe ?
• Comment se marque, dans la réponse de Candide au baron, sa transformation par rapport au début du roman ?

Interprétations

• Pourquoi les retrouvailles de Candide avec Cunégonde ont-elles intérêt à survenir après celles avec Pangloss et le fils du baron ?
• Quelle signification prend le vieillissement brutal de Cunégonde ? A-t-il été préparé antérieurement dans le récit ?
• Le caractère des personnages a-t-il changé au cours du temps écoulé ? Justifiez votre réponse.

CHAPITRE 30

CONCLUSION.

CANDIDE, dans le fond de son cœur, n'avait aucune envie d'épouser Cunégonde. Mais l'impertinence extrême du baron le déterminait à conclure le mariage et Cunégonde le pressait si vivement qu'il ne pouvait s'en dédire. Il consulta Pangloss,
5 Martin et le fidèle Cacambo. Pangloss fit un beau mémoire par lequel il prouvait que le baron n'avait nul droit sur sa sœur, et qu'elle pouvait, selon toutes les lois de l'Empire, épouser Candide de la main gauche[1]. Martin conclut à jeter le baron dans la mer. Cacambo décida qu'il fallait le rendre
10 au levanti patron et le remettre aux galères ; après quoi on l'enverrait à Rome au père général par le premier vaisseau. L'avis fut trouvé fort bon ; la vieille l'approuva ; on n'en dit rien à sa sœur ; la chose fut exécutée pour quelque argent, et on eut le plaisir d'attraper un jésuite et de punir l'orgueil d'un
15 baron allemand.

Il était tout naturel d'imaginer qu'après tant de désastres, Candide, marié avec sa maîtresse et vivant avec le philosophe Pangloss, le philosophe Martin, le prudent Cacambo et la vieille, ayant d'ailleurs rapporté tant de diamants de la patrie
20 des anciens Incas, mènerait la vie du monde la plus agréable ; mais il fut tant friponné par les Juifs qu'il ne lui resta plus rien que sa petite métairie ; sa femme, devenant tous les jours plus laide, devint acariâtre et insupportable ; la vieille était

1. L'aîné, seul héritier du nom, pouvait avoir un droit de regard (variable selon les pays) sur les mariages (c'est-à-dire les risques de mésalliances) de ses frères et sœurs. **Épouser de la main gauche :** cérémonie spéciale de mariage, conservée en Allemagne (en cas de mésalliance, un prince qui donnait à l'épouse la main gauche n'engageait pas absolument ses biens et titres, ni même sa parole).

infirme et fut encore de plus mauvaise humeur que
25 Cunégonde. Cacambo, qui travaillait au jardin, et qui allait
vendre des légumes à Constantinople, était excédé de travail
et maudissait sa destinée. Pangloss était au désespoir de ne
pas briller dans quelque université d'Allemagne. Pour Martin,
il était fermement persuadé qu'on est également mal partout ;
30 il prenait les choses en patience. Candide, Martin et Pangloss
disputaient quelquefois de métaphysique et de morale. On
voyait souvent passer sous les fenêtres de la métairie des
bateaux chargés d'effendis, de bachas, de cadis, qu'on
envoyait en exil à Lemnos, à Mytilène, à Erzeroum[1]. On
35 voyait venir d'autres cadis, d'autres bachas, d'autres
effendis[2], qui prenaient la place des expulsés et qui étaient
expulsés à leur tour. On voyait des têtes proprement
empaillées[3] qu'on allait présenter à la Sublime-Porte. Ces
spectacles faisaient redoubler les dissertations ; et quand on
40 ne disputait pas, l'ennui était si excessif que la vieille osa un
jour leur dire : « Je voudrais savoir lequel est le pire, ou d'être
violée cent fois par des pirates nègres, d'avoir une fesse
coupée, de passer par les baguettes chez les Bulgares, d'être
fouetté et pendu dans un auto-da-fé, d'être disséqué, de ramer
45 en galère, d'éprouver enfin toutes les misères par lesquelles
nous avons tous passé, ou bien de rester ici à ne rien faire ?
– C'est une grande question », dit Candide.

Ce discours fit naître de nouvelles réflexions, et Martin
surtout conclut que l'homme était né pour vivre dans les
50 convulsions de l'inquiétude, ou dans la léthargie de l'ennui.
Candide n'en convenait pas, mais il n'assurait rien. Pangloss
avouait qu'il avait toujours horriblement souffert ; mais

1. **Lemnos et Mytilène :** îles actuellement grecques. **Erzeroum :** ville de
Turquie orientale.
2. **Effendis, bachas et cadis :** hauts personnages de l'Empire ottoman.
3. **Têtes proprement empaillées :** détail rapporté par certaines lectures de
Voltaire.

ayant soutenu une fois que tout allait à merveille, il le soutenait toujours, et n'en croyait rien.

55 Une chose acheva de confirmer Martin dans ses détestables principes, de faire hésiter plus que jamais Candide, et d'embarrasser Pangloss. C'est qu'ils virent un jour aborder dans leur métairie Paquette et le frère Giroflée, qui étaient dans la plus extrême misère ; ils avaient bien vite mangé leurs

60 trois mille piastres, s'étaient quittés, s'étaient raccommodés, s'étaient brouillés, avaient été mis en prison, s'étaient enfuis, et enfin frère Giroflée s'était fait Turc. Paquette continuait son métier partout, et n'y gagnait plus rien. « Je l'avais bien prévu, dit Martin à Candide, que vos présents seraient

65 bientôt dissipés et ne les rendraient que plus misérables. Vous avez regorgé de millions de piastres, vous et Cacambo, et vous n'êtes pas plus heureux que frère Giroflée et Paquette. – Ah, ah ! dit Pangloss à Paquette, le Ciel vous ramène donc ici parmi nous, ma pauvre enfant ! Savez-vous bien que vous

70 m'avez coûté le bout du nez, un œil et une oreille ? Comme vous voilà faite ! Eh ! qu'est-ce que ce monde ! » Cette nouvelle aventure les engagea à philosopher plus que jamais.

Il y avait dans le voisinage un derviche[1] très fameux, qui passait pour le meilleur philosophe de la Turquie ; ils allèrent

75 le consulter ; Pangloss porta la parole, et lui dit : « Maître, nous venons vous prier de nous dire pourquoi un aussi étrange animal que l'homme a été formé.

– De quoi te mêles-tu ? dit le derviche, est-ce là ton affaire ? – Mais, mon révérend père, dit Candide, il y a

80 horriblement de mal sur la terre. – Qu'importe, dit le derviche, qu'il y ait du mal ou du bien ? Quand Sa Hautesse[2] envoie un vaisseau en Égypte, s'embarrasse-t-elle si les souris qui sont dans le vaisseau sont à leur aise ou non ? – Que faut-il donc faire ? dit Pangloss. – Te taire, dit le derviche. –

1. **Derviche :** pour Voltaire, les derviches sont les équivalents turcs des moines mendiants.
2. **Sa Hautesse :** le sultan.

85 Je me flattais, dit Pangloss, de raisonner un peu avec vous
des effets et des causes, du meilleur des mondes possibles, de
l'origine du mal, de la nature de l'âme et de l'harmonie
préétablie. » Le derviche, à ces mots, leur ferma la porte
au nez.

90 Pendant cette conversation, la nouvelle s'était répandue
qu'on venait d'étrangler à Constantinople deux visirs du banc
et le muphti[1], et qu'on avait empalé plusieurs de leurs amis.
Cette catastrophe faisait partout un grand bruit pendant
quelques heures. Pangloss, Candide et Martin, en retournant
95 à la petite métairie, rencontrèrent un bon vieillard qui prenait
le frais à sa porte sous un berceau d'orangers. Pangloss, qui
était aussi curieux que raisonneur, lui demanda comment se
nommait le muphti qu'on venait d'étrangler. « Je n'en sais
rien, répondit le bonhomme, et je n'ai jamais su le nom
100 d'aucun muphti ni d'aucun visir. J'ignore absolument
l'aventure dont vous me parlez ; je présume qu'en général
ceux qui se mêlent des affaires publiques périssent
quelquefois misérablement, et qu'ils le méritent ; mais je ne
m'informe jamais de ce qu'on fait à Constantinople ; je me
105 contente d'y envoyer vendre les fruits du jardin que je
cultive. » Ayant dit ces mots, il fit entrer les étrangers dans
sa maison : ses deux filles et ses deux fils leur présentèrent
plusieurs sortes de sorbets[2] qu'ils faisaient eux-mêmes, du
kamac piqué d'écorces de cédrat confit, des oranges, des
110 citrons, des limons, des ananas, des pistaches, du café de
Moka qui n'était point mêlé avec le mauvais café de Batavia
et des îles[3]. Après quoi les deux filles de ce bon musulman
parfumèrent les barbes de Candide, de Pangloss et de Martin.

1. **Visirs du banc** : ministres siégeant à la Cour suprême. **Le muphti** : chef
religieux de l'islam pour la Turquie. Exils et étranglements font sans doute
allusion, en outre, aux remaniements ministériels consécutifs aux défaites de la
France dans la guerre de Sept Ans.
2. **Sorbet** : mélange de jus de citron (ou d'autres fruits), de sucre et d'eau, servi
à demi glacé.
3. **Batavia** : l'actuelle Jakarta, en Indonésie. **Les îles** : les Antilles.

« Vous devez avoir, dit Candide au Turc, une vaste et
115 magnifique terre ? – Je n'ai que vingt arpents[1], répondit le
Turc ; je les cultive avec mes enfants ; le travail éloigne de
nous trois grands maux : l'ennui, le vice et le besoin. »

Candide, en retournant dans sa métairie, fit de profondes
réflexions sur le discours du Turc. Il dit à Pangloss et à
120 Martin : « Ce bon vieillard me paraît s'être fait un sort bien
préférable à celui des six rois avec qui nous avons eu
l'honneur de souper. – Les grandeurs, dit Pangloss, sont fort
dangereuses, selon le rapport de tous les philosophes : car
enfin Églon, roi des Moabites, fut assassiné par Aod ;
125 Absalon fut pendu par les cheveux et percé de trois dards ;
le roi Nadab, fils de Jéroboam, fut tué par Baasa ; le roi Éla,
par Zambri ; Ochosias, par Jéhu ; Athalia, par Joïada[2] ; les
rois Joachim, Jéchonias, Sédécias furent esclaves. Vous savez
comment périrent Crésus, Astyage, Darius, Denys de
130 Syracuse, Pyrrhus, Persée, Annibal, Jugurtha, Arioviste,
César, Pompée, Néron, Othon, Vitellius, Domitien[3],
Richard II d'Angleterre, Édouard II, Henri VI, Richard III,
Marie Stuart, Charles Ier, les trois Henri de France, l'empereur
Henri IV[4] ? Vous savez... – Je sais aussi, dit Candide, qu'il
135 faut cultiver notre jardin. – Vous avez raison, dit Pangloss :
car, quand l'homme fut mis dans le jardin d'Éden, il y fut
mis *ut operaretur eum*, pour qu'il travaillât[5] ; ce qui prouve
que l'homme n'est pas né pour le repos. – Travaillons sans
raisonner, dit Martin ; c'est le seul moyen de rendre la vie
140 supportable. »

Toute la petite société entra dans ce louable dessein ;
chacun se mit à exercer ses talents. La petite terre rapporta
beaucoup. Cunégonde était à la vérité bien laide ; mais elle

1. **Vingt arpents** : de sept à huit hectares (un arpent = 35 à 50 ares).
2. Noms de l'Ancien Testament.
3. Noms de l'histoire antique.
4. Noms de l'histoire moderne.
5. Citation de la Genèse (II, 15).

devint une excellente pâtissière ; Paquette broda ; la vieille eut
145 soin du linge. Il n'y eut pas jusqu'à frère Giroflée qui ne
rendît service ; il fut un très bon menuisier, et même devint
honnête homme[1] ; et Pangloss disait quelquefois à Candide :
« Tous les événements sont enchaînés dans le meilleur des
mondes possibles ; car enfin, si vous n'aviez pas été chassé
150 d'un beau château à grands coups de pied dans le derrière
pour l'amour de Mlle Cunégonde, si vous n'aviez pas été mis
à l'Inquisition, si vous n'aviez pas couru l'Amérique à pied,
si vous n'aviez pas donné un bon coup d'épée au baron, si
vous n'aviez pas perdu tous vos moutons du bon pays
155 d'Eldorado, vous ne mangeriez pas ici des cédrats[2] confits et
des pistaches. – Cela est bien dit, répondit Candide, mais il
faut cultiver notre jardin. »

1. **Honnête homme :** non pas homme honnête, mais homme de bonnes
manières et d'esprit, sachant vivre en société.
2. **Cédrat :** énorme citron utilisé en confiserie, fruit du cédratier.

REPÈRES

• Pourquoi les membres de la métairie en viennent-ils à consulter le derviche ?
• Par quels procédés Voltaire donne-t-il plus de volume textuel à la seconde rencontre qu'à la première ?

OBSERVATION

• Dans chacune des deux rencontres, Pangloss engage le premier la discussion : pourquoi ?
• Quelles sont les différences entre les questions de Pangloss et de Candide ?
• Relevez les analogies et les différences entre les réponses du derviche et du vieillard.
• Quels sont les indices textuels orientaux du passage ?

INTERPRÉTATIONS

• Pourquoi la rencontre du derviche précède-t-elle celle du bon vieillard ?
• Quelles solutions le derviche et le vieillard proposent-ils à la question du mal ?
• Candide semble n'en retenir qu'une : est-ce réellement le cas ?

Le dernier chapitre de *Candide* enchaîne plusieurs conclusions possibles, d'où la diversité des interprétations.

Première conclusion : le triomphe de Martin

Les quatre premiers paragraphes pourraient, devraient même constituer la conclusion logique du roman : tout nous a en effet préparés, dans le récit antérieur, au triomphe de Martin, ici parachevé. La narration réactualise par exemple deux schèmes répétitifs du roman :
– l'alternance séparation / réunion (exclusion / inclusion) ;
– l'alternative bonheur / malheur.

Exclusion / inclusion

Le renvoi du baron jésuite lève le dernier obstacle à ce qui, dans un circuit narratif convenu (contes, romans sentimentaux, comédies) devrait conclure heureusement la quête du héros. Mais on sait déjà que celui-ci (chap. 29) a conquis en Cunégonde un objet dégradé, dérisoire. Comble de l'ironie : chassé du château de Thunder-ten-tronckh pour violation des convenances, c'est par convenance qu'il épouse celle que l'ordre nobiliaire lui refusait. L'enfant naturel expulsé du « paradis terrestre » expulse à son tour de la métairie le baron trop entiché des droits de la noblesse.

Malheur / bonheur

Mais cette exclusion ne suffit pas à installer le bonheur. Dans la petite métairie, tout va de mal en pis : excès de travail pour Cacambo ; excès d'ennui pour tous les autres, sauf Martin, déjà « persuadé qu'on est également mal partout ». On retrouve des thèmes antérieurs : revers monétaires ; travers locaux ; dévergondage métaphysique. Cependant, l'approche du malheur de vivre change de nature : il s'agit moins de calamités extérieures (guerres, naufrages, etc.) que de troubles de l'âme : « Martin surtout conclut que l'homme était né pour vivre dans les convulsions de l'inquiétude, ou dans la léthargie de l'ennui ». Et même Pangloss, pour la première fois, avoue « qu'il avait toujours horriblement souffert ; mais ayant soutenu une fois que tout allait à merveille, il le soutenait toujours, et n'en croyait rien. »

Le retour de Paquette et Giroflée, preuve par deux, parachève le triomphe de Martin. Le roman pourrait se conclure sur cette opposition, centrale au XVIII[e] siècle, de l'inquiétude et de la léthargie, et sur cette dérision sans espoir.
Or le récit repart et refuse d'en rester là. La « Conclusion » n'est pas seulement un bilan des faillites.

Deuxième conclusion : le derviche et le vieillard

Pour « philosopher plus que jamais », car ils s'ennuient, les personnages vont consulter un derviche et un vieillard. Au derviche, ils posent une question hautement métaphysique qui porte sur la Providence, et se voient vertement rabroués. Le derviche se refuse absolument à la moindre discussion métaphysique. Quant au bon vieillard, il refuse pour sa part de s'intéresser à la politique. Mais il délivre une leçon plus positive que le derviche : « le travail éloigne de nous trois grands maux : l'ennui, le vice et le besoin ». L'ordre de succession de ces deux paraboles n'est sans doute pas indifférent. Il faut donner son congé à la métaphysique pour que le travail épanouisse ses vertus.

Troisième conclusion : le jardin, un mythe littéraire

Il faut d'abord, si faire se peut, éviter le danger d'un excès de sérieux : car Voltaire tient fermement le fil comique. Par Pangloss, bien entendu, nullement impressionné par la conclusion brutale du derviche, comme le prouve sa litanie des rois malheureux à travers l'Histoire ; mais aussi par le contraste entre les « profondes réflexions » de Candide (à partir d'une maxime évidemment banale) et la constatation triviale dont elles finissent par accoucher : « Ce bon vieillard me paraît s'être fait un sort bien préférable à celui des six rois avec qui nous avons eu l'honneur de souper. » Une telle réflexion ne témoigne pas d'une profondeur philosophique excessive ! Voltaire a donc jusqu'ici réussi à retarder l'apparition de sa célèbre formule dont le laconisme contraste avec la tirade pédante de Pangloss : « Il faut cultiver notre jardin ».

Cette troisième parabole, l'une des plus célèbres de la littérature universelle, fait deux fois référence à la Bible, les deux fois par la bouche de Pangloss : parodie du Livre des Rois, parodie de la chute d'Adam. On a donc, dans *Candide*, deux réécritures du mythe de la Chute : au chapitre premier, au chapitre 30. Mais la version de la fin est aussi une inversion du mythe biblique, puisqu'elle n'est pas une malédiction.

L'ultime tirade de Pangloss a évidemment pour fonction, par un dernier survol comique et musical de la narration, de réinscrire le leitmotiv philosophique de l'œuvre. Le dernier mot n'appartient cependant pas à Pangloss, mais à Candide. Aux grandioses perspectives providentialistes, il oppose une philosophie pratique, sans pour autant claquer la porte au nez de son vieux maître incorrigible. Mais cette douceur n'est plus de la candeur. L'enfant docile est devenu homme, tandis que le pédagogue répète inlassablement ses enfantillages scolaires.

Il faut cultiver notre Jardin

Sous sa pauvreté lapidaire, la formule a suggéré de nombreuses interprétations. Elle propose essentiellement une réflexion critique et une injonction pratique :
– un travail critique : fuir les landes stériles de la métaphysique, les terres brûlées du fanatisme clérical, les champs clos de l'orgueil nobiliaire et des rivalités de cour. Les cibles sont alors : le noble, le clerc, le métaphysicien, le courtisan, le soldat…
– une injonction pratique : viser le concret, l'utile, l'efficace ; substituer le mérite à la naissance, l'argent au sang, la division du travail à la hiérarchie des rangs, la science et la morale à la théologie et la métaphysique.

C'est le propre des paraboles réussies que de dire beaucoup en peu de mots.

Comment lire l'œuvre

ACTION
ET PERSONNAGES

L'action

Schéma narratif

SITUATION INITIALE	• Bonheur au château de Thunder-ten-tronckh (optimisme et amour / Pangloss et Cunégonde) • Expulsion
LES PÉRILS	• Guerre, famine, fanatisme, tremblement de terre, naufrages, rivaux, vols, passions nocives (ennui et inquiétude)
LA QUÊTE	• Cunégonde
L'ENQUÊTE	• Le statut du mal et de l'optimisme • Le voyage en Europe, Amérique du Sud, Europe à nouveau, Constantinople
SITUATION FINALE	• Les principaux personnages fondent une communauté assagie par l'apaisement des passions et le renoncement aux vaines métaphysiques

État initial	État idéal	État final
Le château des admirations enfantines →	Eldorado →	Le jardin à cultiver

• Quels sont les rebondissements de l'action qui sont dus à l'amour dans le roman ?

• Dans quelle mesure peut-on considérer le chapitre 1, les deux chapitres sur l'Eldorado et le chapitre final comme trois formes de jardin ?

Les personnages

Schéma actantiel

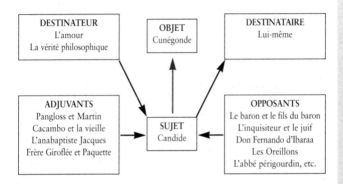

Principaux personnages

Les personnages sont tous construits sur quelques traits fondamentaux, volontairement soulignés et répétés.

Pangloss

Il unit en un contraste comique l'obstination métaphysique, indifférente à toutes les leçons que l'expérience lui inflige, et la sensualité la plus torride. Il est donc le siège d'une opposition comique entre l'esprit et le corps. Il conserve jusqu'au bout ses théories, mais perd « le bout du nez, un œil et une oreille ». Son nom vaut programme : « Tout-langue » (en grec).

Martin

Dépourvu de traits psychologiques individualisés, il est bien moins haut en couleur que Pangloss. Porte-parole de ce qu'on appellera peu après le pessimisme, il n'intervient pas directement dans la sphère de l'action, à la différence de Pangloss. Personnage qu'on nomme en dramaturgie « retardé », il n'apparaît qu'au chapitre 19.

Candide

On peut réduire le héros éponyme à trois traits essentiels :
– la candeur et la douceur, constantes sauf quand, par amour,
 il transperce l'inquisiteur, le juif et le fils du baron ;
– l'indéfectible fidélité amoureuse, trop parfaite pour ne pas
 être drôle ;
– l'interrogation métaphysique, qui devient oscillation entre
 Pangloss et Martin à partir du chapitre 19.

Sans être un héros de roman d'apprentissage, il est le seul
personnage du roman à évoluer. Il passe de l'admiration
béate à l'interrogation ; de l'interrogation à l'hésitation
entre deux systèmes opposés, pour dépasser enfin l'alterna-
tive métaphysique dans le dernier chapitre. C'est à lui et non
au narrateur qu'il revient de proposer la riche et énigma-
tique formule conclusive. Plus qu'un héros individualisé,
il symbolise la condition et l'histoire humaines.

Cunégonde

Incarnation de la féminité, elle unit assez savoureusement une
vive sensualité, une inconstance permanente et une tranquille
inconscience. Ces traits et son parcours, de la beauté à la
laideur, définissent moins un personnage particulier qu'une
représentation satirique de la condition féminine, confirmée
par les personnages de la vieille et de Paquette. Comme toutes
les femmes du conte, elle ne participe pas au débat métaphy-
sique. Aux femmes le corps, aux hommes la raison !

Le fils du baron

Il relève de trois mondes à la fois :
– la noblesse, dont il incarne l'esprit de caste étroit ;
– l'ordre des jésuites ;
– l'homosexualité.

Il est le seul personnage rejeté par la communauté à la fin.
Le récit n'attribue son expulsion qu'à son opposition au
mariage de sa sœur avec Candide. Le lecteur peut toutefois
se demander s'il n'a pas tort aussi, aux yeux de Voltaire,
d'être jésuite et homosexuel !

La vieille

Comme Cunégonde, elle est un symbole des malheurs de la vie et de la destinée féminine : fille de pape, elle finit servante. Désillusionnée et enlaidie, privée d'une fesse, elle incarne dans le roman un esprit pratique non dénué de cynisme, conforme à la tradition des valets et servantes. Elle est la narratrice de la plus longue histoire emboîtée du roman (chap. 11 et 12).

Cacambo

C'est un personnage picaresque : fils de métis, il a été sacristain, matelot, moine, commerçant, soldat, laquais. Il se caractérise par sa fidélité à Candide, et, comme la vieille, par son esprit pratique. Les deux domestiques s'opposent donc à Martin et Pangloss, comme le bavardage métaphysique à l'efficacité concrète. Au début du dernier chapitre, Cacambo est d'ailleurs le seul à travailler, et rien ne garantit que Martin et Pangloss finissent par cultiver le jardin en mettant la main à la pâte...

Les structures narratives dans *Candide*

Candide superpose et additionne plusieurs structures.

Voyage et Histoire

La plus apparente est évidemment celle du voyage. Candide se déplace d'Europe en Amérique, d'Amérique en Europe, pour finir à Constantinople. Le récit ignore donc complètement l'Asie, mais la vieille et Cunégonde mettent le pied en Afrique. De ce point de vue, la narration semble d'abord offrir un tableau géographique des misères du monde, fondé sur la multiplicité des États.

Mais *Candide* est également une traversée de l'Histoire et de ses ténèbres. Les voyages de Candide, de Cunégonde, de la vieille, de Pangloss, de Martin, à travers le monde sont aussi une image de l'Histoire des hommes, telle que Voltaire vient de la décrire, sur mille ans, dans l'*Essai sur les mœurs*, qu'il révise justement en 1758, l'année de la rédaction de *Candide*. C'est par cette insertion de l'Histoire dans une histoire que *Candide* se distingue profondément de *Zadig* et de *Micromégas*, contes situés dans un espace abstrait et un temps sans épaisseur. La profusion des aventures, des personnes, des pays, des mœurs, des références historiques (voir le champ lexical des monnaies), les ironiques distorsions de la chronologie historique (voir le souper des six rois à Venise), etc., signalent cette transposition de l'*Essai* en fiction comique. *Candide* s'écrit et se structure en fonction d'une philosophie de l'Histoire.

Il s'agit pour le romancier d'ordonner en récit l'énorme épaisseur brute de l'Histoire universelle depuis Charlemagne, le chaotique entassement des faits, la bigarrure des mœurs propres à chaque nation. Cette philosophie de l'Histoire postule l'unité de la nature humaine et des passions, la diversité des

mœurs, la permanence de la morale. Comme l'Histoire, le récit accumule les crimes et les désordres, les erreurs et les préjugés, les malheurs et les sottises. Contrairement au *Discours sur l'histoire universelle* de Bossuet (1681), l'*Essai sur les mœurs* s'ouvre largement à l'Orient et à l'Asie. Ce n'est pas par hasard que Candide, à la fin, s'installe à Constantinople, et non dans un pays européen et chrétien.

Addition et alternance

Outre une structure reposant sur le voyage, on trouve également une logique satirique ou polémique d'accumulation : le conte progresse par addition de faits qui détruisent la métaphysique optimiste. Dans cette perspective, le récit pourrait se prolonger indéfiniment : on peut toujours rajouter un meurtre, un vol, une trahison. Cette modalité narrative présente deux caractères principaux :
– elle répète inlassablement le même schéma, en accumulant les démentis à l'optimisme ;
– elle tend à détruire l'effet de réel, puisque chaque épisode s'avoue perpétuellement orienté par un souci de démonstration philosophique.

Imitation et parodie

Mais à la structure d'addition, qui entasse tous les poids sur un même plateau de la balance, le récit ajoute une structure d'alternance, aussi importante que la précédente. Événements heureux ou malheureux se bousculent. Plus exactement, la cause et l'effet se révèlent constamment contradictoires : du malheur le plus affreux surgit un bien imprévu, qui lui-même est censé déclencher une nouvelle catastrophe. Ces deux modalités de la narration obéissent à la même loi de répétition, fondamentale dans *Candide*. Cette alternance contredit-elle la théorie optimiste ? Apparemment pas, puisque l'optimisme ne consiste pas à nier l'existence d'événements désagréables, mais à les relativiser, à montrer que tout malheur, pris dans une chaîne d'effets et de causes, sert malgré lui le bien. La structure

de *Candide* ne nie pas de tels enchaînements, elle semble même les souligner. Où se situe donc l'opposition ?

– Le mouvement reste inflexiblement alternatif : le bien engendre le mal, et le mal le bien. Il y a oscillation et non marche progressive vers un plus grand bien. Il s'agit d'évacuer l'idée d'ordre, de destin, bref, de Providence : les personnages oscillent comme un bouchon sur une vague. L'addition des malheurs contredit directement le providentialisme ; l'alternance le ridiculise en l'imitant.

– Cette caricature de la Providence optimiste se trouve renforcée par l'enchaînement même des aventures. Là où Pangloss voit la confirmation de son optimisme, Voltaire montre le hasard, l'absence de causalité providentielle, en outrant jusqu'à l'absurde la relation de cause à effet. Le récit utilise la logique providentialiste pour mieux la discréditer. Les maux paraissent réels, les bonheurs semblent l'effet du plus pur arbitraire romanesque. Voltaire peut ainsi réutiliser, au profit de sa critique philosophique, les procédés traditionnels du roman d'aventure et du roman sentimental, et cela d'autant mieux que les grands systèmes métaphysiques d'un Descartes, d'un Leibniz, etc., ne sont pour lui « qu'un roman ingénieux ». Puisque l'optimisme est le roman imaginaire de la vie, au lieu d'en être la vérité, les optimistes se trouvent condamnés à la vie des romans : enlèvements, pirates, guerres, retrouvailles miraculeuses… La profusion de l'imaginaire dénonce la confusion de l'imagination et de la raison.

Trois étapes et une conclusion

Après le voyage, l'addition et l'alternance, il est possible d'envisager la structure de *Candide* d'un autre point de vue en y distinguant trois étapes du récit, trois cibles essentielles.

Le monde comme il va

Dans sa première partie, le récit accumule contre Pangloss un véritable déluge de catastrophes : cataclysmes naturels et calamités humaines s'abattent en trombe pour nous convaincre de l'irréductible réalité du mal, qu'aucun système philosophique ne saurait effacer sans ridicule.

Le monde comme on le rêve

L'Amérique émerge au centre du roman comme le continent de l'utopie :

– l'utopie politico-religieuse des jésuites ;
– l'utopie naturelle des Oreillons ;
– l'utopie philosophique de l'Eldorado.

L'utopie jésuite se révèle trop politique : le despotisme éclairé dissimule en fait la domination égoïste et tyrannique d'une caste cléricale sur un peuple esclave.

L'utopie primitive s'effondre dans le naturisme enfantin et anthropophage des Oreillons.

L'utopie des Lumières a toutes les qualités, sauf une, l'existence.

Le monde comme on le retrouve

Cette troisième partie se présente incontestablement comme la plus complexe. D'un côté, en effet, les procédés antérieurs s'y reproduisent (voir, par exemple, le naufrage du capitaine hollandais ou l'exécution de l'amiral Byng, chap. 20 et 23) : sens symbolique clair et simple, dessin schématique, rythme accéléré, etc. Mais les chapitres sur Paris, sur Pococuranté, et même sur les rois détrônés de Venise, par leur relative complexité de sens, par leur longueur, introduisent un ton et un rythme nouveaux dans le conte. Après la sortie de l'Eldorado, le récit se ralentit : Candide, qui a de l'argent, qui attend Cunégonde, se met à regarder le monde et à écouter les hommes. Pour la première fois, le théâtre, la littérature, bref l'activité intellectuelle, font leur entrée dans la narration, comme si Candide, libéré des impulsions élémentaires (nourrir et sauver son corps), s'ouvrait à la vie de l'esprit. Un thème nouveau apparaît : on ne se demande plus seulement si tout va bien, mais s'il existe des hommes, un homme heureux. En filigrane perce l'idée que les « chagrins secrets » qui rongent le cœur pourraient bien se révéler aussi cruels que les grandes catastrophes d'avant l'Eldorado. Au malheur extérieur (tremblement de terre, guerres, naufrages…) a succédé le mal intérieur (l'envie, l'inquiétude, l'attente, la déception…). Martin triomphe sur toute la

ligne, mais la conclusion, quatrième et dernière étape du récit, ne lui donne pas entièrement raison, puisqu'elle refuse et l'optimisme et le pessimisme (voir plus loin).

L'amour dans *Candide*

Le jeune Candide « concluait qu'après le bonheur d'être né baron de Thunder-ten-tronckh, le second degré de bonheur était d'être Mlle Cunégonde ; le troisième, de la voir tous les jours ; et le quatrième, d'entendre maître Pangloss, le plus grand philosophe de la province, et par conséquent de toute la terre ». Sous une forme amusante, cette phrase définit fort bien l'importance stratégique de l'amour dans *Candide*, comme structure narrative et comme objet de croyance.

Amour et roman

La passion amoureuse touche presque tous les personnages : Candide, Pangloss et ses nombreuses conquêtes, frère Giroflée, le fils du baron, Cunégonde et ses multiples amants, Paquette, la vieille, les deux filles de la tribu des Oreillons courtisées par des singes, etc. Cette énumération permet de distinguer deux visages de l'amour, tous deux grinçants : la pulsion sexuelle, souvent brutale (viols, prostitution), et l'amour sentimental, propre à la tradition des grands romans idéalistes. Pangloss, frère Giroflée, Paquette, le matelot de Lisbonne (chap. 5), les différents amants de Cunégonde et de la vieille, le fils du baron relèvent de la tradition picaresque qui réduit l'amour au désir. Cunégonde et la vieille passent de l'amour romanesque et fleur bleue aux dures réalités de l'existence. Candide est le seul personnage à poursuivre indéfectiblement l'amour idéal, en dépit de tout ce qu'il apprend sur Cunégonde. La seule fois où il se risque à faire « une infidélité à Mlle Cunégonde », c'est à Paris, « sur un canapé », dans les bras de Mme de Parolignac (chap. 22). Cette affaire de cœur lui coûte deux énormes diamants. Mais Candide dit qu'il « demanderait bien pardon à [Cunégonde] de son

infidélité, quand il la verrait à Venise » ! Au même titre que l'optimisme, l'amour est une composante essentielle de la candeur de Candide. Bien plus, alors que Candide s'interroge très vite sur le bien-fondé du providentialisme panglossien, il ne remet jamais en cause sa passion amoureuse avant de retrouver (chap. 29) une Cunégonde vieillie et enlaidie. Il n'osera cependant pas refuser de l'épouser. Seul Martin, farouche adversaire de l'optimisme, ennemi de toutes les illusions humaines, dédaigne obstinément l'amour.

Le désir sexuel apparaît donc comme un moteur essentiel des conduites humaines et, dans la structure du récit, c'est la quête amoureuse qui pousse souvent Candide en avant.

Le malheur d'être femme

Les destins des femmes, Paquette, Cunégonde, la vieille, convergent pour tracer un tableau assez noir de la condition féminine. Dans le roman comme dans la société, les femmes sont tenues pour moins importantes que les hommes. Elles sont moins nombreuses, et peu d'épisodes leur sont consacrés. Elles ne se mêlent à aucun moment de métaphysique, ne comptent que par leur corps et leur activité pratique au service des hommes : cuisine, pâtisserie, blanchisserie, etc. Femmes entretenues, prostituées, servantes, elles n'existent que comme objet du désir et du besoin masculins. Même à Paris, où Rousseau dénonce au même moment la toute-puissance des femmes, c'est un abbé qui tire toutes les ficelles de l'escroquerie montée contre Candide (chap. 22).

L'univers féminin apparaît ainsi comme secondaire par rapport aux hommes ; comme passif — l'interrogation métaphysique reste essentiellement un privilège viril, la femme subit le désir des hommes ; comme identique — elles sont toutes des objets de convoitise qui circulent de main en main pour finir en objets d'horreur. Paquette est infectée par la maladie, la vieille a perdu sa fesse, ses dents et sa beauté, Cunégonde est devenue hideuse : « Le tendre amant Candide, en voyant sa belle Cunégonde rembrunie, les yeux éraillés, la gorge sèche, les joues ridées, les bras rouges et

écaillés, recula de trois pas saisi d'horreur » (chap. 29).
Le récit de Cunégonde, le récit de la vieille, le récit de
Paquette reproduisent la même litanie de malheurs propres à
la condition féminine. Ce système d'échos permet au conte de
faire jouer une de ses modalités essentielles, celle qui trans-
forme l'extraordinaire et l'individuel en leur contraire, le
banal et le symbolique. Si la vieille, Cunégonde et Paquette
subissent la même vie extraordinairement horrible, c'est que
l'horreur est la banalité de la vie. Martin exprime à la fois
une vérité morale et la vérité du récit lorsqu'il déclare : « [...]
j'ai tant vu de choses extraordinaires qu'il n'y a plus rien
d'extraordinaire » (chap. 21).

Amour et philosophie

Peu de romanciers ont osé pousser aussi loin que Voltaire la
dégradation de l'amour. Mais cette destruction grimaçante
de l'illusion amoureuse sert son dessein philosophique. Chez
Candide, illusion philosophique et illusion sentimentale
vont de pair. On a même vu précédemment que l'idéal sen-
timental résistait mieux aux injures de l'existence que la
croyance philosophique. La candeur de Candide est de croire
en son maître Pangloss et en sa maîtresse Cunégonde.
Pas plus pourtant qu'il ne se rallie au pessimisme absolu de
Martin, Candide n'adhère à son refus catégorique des
femmes. Même si ses raisons d'épouser Cunégonde relèvent
encore de la candeur, le fait est qu'il se marie. Fonder un
couple a évidemment une portée philosophique (voir la
synthèse sur le jardin) dans un chapitre aussi symbolique
que le dernier, où la petite métairie est un emblème de la
société régénérée par le travail, la coopération économique
et le rejet des métaphysiques stériles.
L'amour est tellement dégradé que certains lecteurs ont par-
fois jugé cela insupportable. Mais à aucun moment Voltaire,
pas plus que les autres philosophes des Lumières, ne pense
qu'il serait raisonnable de détruire en soi le désir amoureux.
C'est même à ses yeux une des folies les plus dangereuses du
christianisme que de viser l'anéantissement des passions.

Autant que faire se peut, il importe de mettre les passions au service de la société, quitte à compter sur l'âge et la désillusion, comme dans *Candide*, pour apaiser les feux de l'amour.

Correspondances

La découverte de l'amour dans le roman du XVIIIᵉ siècle.

- L'abbé Prévost, *Manon Lescaut*, 1731.
- Marivaux, *La Vie de Marianne*, 1731-1741.
- J.-J. Rousseau, *La Nouvelle Héloïse*, 1761.
- Voltaire, *L'Ingénu*, 1767.
- Choderlos de Laclos, *Les Liaisons dangereuses*, 1782.

1

« Mais il en resta une, fort jeune, qui s'arrêta seule dans la cour, pendant qu'un homme d'un âge avancé, qui paraissait lui servir de conducteur, s'empressait pour faire tirer son équipage des paniers. Elle me parut si charmante, que moi, qui n'avais jamais pensé à la différence des sexes, ni regardé une fille avec un peu d'attention, moi, dis-je, dont tout le monde admirait la sagesse et la retenue, je me trouvai enflammé tout d'un coup jusqu'au transport. J'avais le défaut d'être excessivement timide et facile à déconcerter ; mais loin d'être arrêté alors par cette faiblesse, je m'avançai vers la maîtresse de mon cœur. Quoiqu'elle fût encore moins âgée que moi, elle reçut mes politesses sans paraître embarrassée. Je lui demandai ce qui l'amenait à Amiens, et si elle y avait quelques personnes de connaissance. Elle me répondit ingénument, qu'elle y était envoyée par ses parents, pour être religieuse. L'amour me rendait déjà si éclairé, depuis un moment qu'il était dans mon cœur, que je regardai ce dessein comme un coup mortel pour mes désirs. Je lui parlai d'une manière qui lui fit comprendre mes sentiments, car elle était bien plus expérimentée que moi : c'était malgré elle qu'on l'envoyait au couvent, pour arrêter sans doute son penchant au plaisir, qui s'était déjà déclaré, et qui a causé dans la suite tous ses malheurs et les miens. Je combattis la cruelle intuition de ses parents, par toutes les raisons que mon amour naissant et mon éloquence scolastique

purent me suggérer. Elle n'affecta ni rigueur ni dédain. Elle me dit, après un moment de silence, qu'elle ne prévoyait que trop qu'elle allait être malheureuse, mais que c'était apparemment la volonté du Ciel, puisqu'il ne lui laissait nul moyen de l'éviter. »

Prévost, *Manon Lescaut*, 1731, Première Partie.

2

« Parmi les jeunes gens dont j'attirais les regards, il y en eut un que je distinguai moi-même, et sur qui mes yeux tombaient plus volontiers que sur les autres.

J'aimais à le voir, sans me douter du plaisir que j'y trouvais ; j'étais coquette pour les autres, et je ne l'étais pas pour lui ; j'oubliais à lui plaire, et ne songeais qu'à le regarder.

Apparemment que l'amour, la première fois qu'on en prend, commence avec cette bonne foi-là, et peut-être que la douceur d'aimer interrompt le soin d'être aimable.

Ce jeune homme, à son tour, m'examinait d'une façon toute différente de celle des autres ; elle était plus modeste, et pourtant plus attentive : il y avait quelque chose de plus sérieux qui se passait entre lui et moi. Les autres applaudissaient ouvertement à mes charmes, il me semblait que celui-ci les sentait ; du moins je le soupçonnais quelquefois, mais si confusément, que je n'aurais pu dire ce que je pensais de lui, non plus que ce que je pensais de moi.

Tout ce que je sais, c'est que ses regards m'embarrassaient, que j'hésitais de les lui rendre, et que je les lui rendais toujours ; que je ne voulais pas qu'il me vît y répondre, et que je n'étais pas fâchée qu'il l'eût vu.

Enfin on sortit de l'église, et je me souviens que j'en sortis lentement, que je retardais mes pas ; que je regrettais la place que je quittais ; et que je m'en allais avec un cœur à qui il manquait quelque chose, et qui ne savait pas ce que c'était. Je dis qu'il ne le savait pas ; c'est peut-être trop dire, car, en m'en allant, je retournais souvent la tête pour revoir encore le jeune homme que je laissais derrière moi ; mais je ne croyais pas me retourner pour lui.

De son côté, il parlait à des personnes qui l'arrêtaient, et mes yeux rencontraient toujours les siens. »

Marivaux, *La Vie de Marianne*, 1731-1741, Seconde Partie.

—3—

LETTRE IV DE JULIE

« Il faut donc l'avouer enfin, ce fatal secret trop mal déguisé !
Combien de fois j'ai juré qu'il ne sortirait de mon cœur qu'avec la
vie ! La tienne en danger me l'arrache ; il m'échappe, et l'honneur
est perdu. Hélas ! j'ai trop tenu parole ; est-il une mort plus cruelle
que de survivre à l'honneur ?

Que dire ? comment rompre un si pénible silence ? ou plutôt n'ai-je
pas déjà tout dit, et ne m'as-tu pas trop entendu ? Ah ! tu en as trop
vu pour ne pas deviner le reste ! Entraînée par degrés dans les pièges
d'un vil séducteur, je vois, sans pouvoir m'arrêter, l'horrible précipice
où je cours. Homme artificieux ! c'est bien plus mon amour que le
tien qui fait ton audace. Tu vois l'égarement de mon cœur, tu t'en
prévaux pour me perdre ; et quand tu me rends méprisable, le pire
de mes maux est d'être forcée à te mépriser. Ah ! malheureux, je
t'estimais, et tu me déshonores ! crois-moi, si ton cœur était fait pour
jouir en paix de ce triomphe, il ne l'eût jamais obtenu.

Tu le sais, tes remords en augmenteront ; je n'avais point dans l'âme
des inclinations vicieuses. La modestie et l'honnêteté m'étaient
chères ; j'aimais à les nourrir dans une vie simple et laborieuse.
Que m'ont servi des soins que le ciel a rejetés ! Dès le premier jour
que j'eus le malheur de te voir, je sentis le poison qui corrompt mes
sens et ma raison ; je le sentis du premier instant, et tes yeux, tes
sentiments, tes discours, ta plume criminelle le rendent chaque jour
plus mortel.

Je n'ai rien négligé pour arrêter le progrès de cette passion funeste.
Dans l'impuissance de résister, j'ai voulu me garantir d'être atta-
quée ; tes poursuites ont trompé ma vaine prudence. Cent fois j'ai
voulu me jeter aux pieds des auteurs de mes jours, cent fois j'ai
voulu leur ouvrir mon cœur coupable ; ils ne peuvent connaître ce
qui s'y passe ; ils voudront appliquer des remèdes ordinaires à un
mal désespéré : ma mère est faible et sans autorité ; je connais
l'inflexible sévérité de mon père, et je ne ferai que perdre et désho-
norer moi, ma famille, et toi-même. [...] »

Rousseau, *La Nouvelle Héloïse*, 1761, Première Partie.

4

« La tante, désespérée, avait remarqué que, la première fois que son neveu avait fait la révérence, il en avait fait une plus profonde à M^{lle} de Saint-Yves qu'à aucune autre personne de la compagnie ; qu'il n'avait pas même salué monsieur l'évêque avec le respect mêlé de cordialité qu'il avait témoigné à cette belle demoiselle. Elle prit le parti de s'adresser à elle dans ce grand embarras ; elle la pria d'interposer son crédit pour engager le Huron à se faire baptiser de la même manière que les Bretons, ne croyant pas que son neveu pût jamais être chrétien s'il persistait à vouloir être baptisé dans l'eau courante.

M^{lle} de Saint-Yves rougit du plaisir secret qu'elle sentait d'être chargée d'une si importante commission. Elle s'approcha modestement de l'Ingénu, et lui serrant la main d'une manière tout à fait noble : "Est-ce que vous ne ferez rien pour moi ?" lui dit-elle ; et, prononçant ces mots, elle baissait les yeux et les relevait avec une grâce attendrissante. "Ah ! tout ce que vous voudrez, mademoiselle, tout ce que vous me commanderez : baptême d'eau, baptême de feu, baptême de sang, il n'y a rien que je vous refuse." M^{lle} de Saint-Yves eut la gloire de faire en deux paroles ce que ni les empressements du prieur, ni les interrogations réitérées du bailli, ni les raisonnements même de monsieur l'évêque n'avaient pu faire. Elle sentit son triomphe ; mais elle n'en sentait pas encore toute l'étendue.

Le baptême fut administré et reçu avec toute la décence, toute la magnificence, tout l'agrément possibles. L'oncle et la tante cédèrent à M. l'abbé de Saint-Yves et à sa sœur l'honneur de tenir l'Ingénu sur les fonts. M^{lle} de Saint-Yves rayonnait de joie de se voir marraine. Elle ne savait pas à quoi ce grand titre l'asservissait ; elle accepta cet honneur sans en connaître les fatales conséquences. »

Voltaire, *L'Ingénu*, 1767, chapitre 4.

5

LETTRE VI
LE VICOMTE DE VALMONT À LA MARQUISE DE MERTEUIL

« [...] Mais que dis-je ? Madame de Tourvel a-t-elle besoin d'illusion ? non ; pour être adorable il lui suffit d'être elle-même. Vous lui reprochez de se mettre mal ; je le crois bien : toute parure

lui nuit ; tout ce qui la cache la dépare : c'est dans l'abandon du négligé qu'elle est vraiment ravissante. Grâce aux chaleurs accablantes que nous éprouvons, un déshabillé de simple toile me laisse voir sa taille ronde et souple. Une seule mousseline couvre sa gorge ; et mes regards furtifs, mais pénétrants, en ont déjà saisi les formes enchanteresses. Sa figure, dites-vous, n'a nulle expression. Et qu'exprimerait-elle, dans les moments où rien ne parle à son cœur ? Non, sans doute, elle n'a point, comme nos femmes coquettes, ce regard menteur qui séduit quelquefois et nous trompe toujours. Elle ne sait pas couvrir le vide d'une phrase par un sourire étudié ; et quoiqu'elle ait les plus belles dents du monde, elle ne rit que de ce qui l'amuse. Mais il faut voir comme, dans les folâtres jeux, elle offre l'image d'une gaieté naïve et franche ! comme, auprès d'un malheureux qu'elle s'empresse de secourir, son regard annonce la joie pure et la bonté compatissante ! Il faut voir, surtout au moindre mot d'éloge ou de cajolerie, se peindre, sur sa figure céleste, ce touchant embarras d'une modestie qui n'est point jouée !... Elle est prude et dévote, et de là vous la jugez froide et inanimée ? Je pense bien différemment. Quelle étonnante sensibilité ne faut-il pas avoir pour la répandre jusque sur son mari, et pour aimer toujours un être toujours absent ? Quelle preuve plus forte pourriez-vous désirer ? J'ai su pourtant m'en procurer une autre. [...] »

Choderlos de Laclos, *Les Liaisons dangereuses*, 1782, lettre VI.

La critique sociale et politique

Attention à l'anachronisme

• Comme la Révolution française de 1789 a détruit l'Ancien Régime, et que cette révolution se réclame des grands principes des Lumières et de ses plus illustres représentants, on est tenté d'en conclure que les Lumières sont d'abord une critique sociale et politique. Mais une religion ou une philosophie peuvent produire tout autre chose que le projet de départ. Jésus n'imaginait évidemment pas l'Église catholique, pas plus que Marx le stalinisme. Qu'en est-il pour ce

qu'on appelle les Lumières ? Seul Rousseau — qui rompt publiquement avec les « philosophes » dès 1758 — fonde sa célébrité sur une critique radicale et véhémente de la civilisation moderne. Mais ni le baron de Montesquieu, défenseur de la monarchie et de sa structure sociale, ni Voltaire, seigneur multimillionnaire de Ferney, ni d'Alembert, académicien prudent, ni même Diderot ne souhaitent un bouleversement révolutionnaire. Ils auraient d'ailleurs été bien en peine de s'entendre entre eux sur la moindre réforme, si la question s'était posée. Loin de se présenter en adversaires de la société monarchique, la plupart des philosophes comptent sur le pouvoir politique pour museler leur principal ennemi — l'Église catholique. Quand ils dénoncent le « despotisme » des ministres et de la Cour, c'est (sauf Voltaire, très isolé sur ce point) pour soutenir les parlements. Or ceux-ci, jusqu'en 1789, ne sont pas des assemblées élues, mais des cours de justice où les juges ont acheté leurs charges, comme aujourd'hui les notaires. Les parlementaires (qui enregistrent aussi les lois et peuvent à cette occasion les critiquer) défendent contre le roi, sous le nom de « libertés », les privilèges liés à l'organisation traditionnelle de la société d'Ancien Régime, fondée sur l'inégalité des sujets devant la loi et l'impôt, selon qu'ils sont nobles, roturiers ou gens d'Église.

Rien ne serait donc plus faux que de s'imaginer les philosophes français du XVIIIᵉ siècle comme d'accord sur un programme politique et social un tant soit peu précis, à la manière des partis politiques modernes. De tels partis ne commencent à s'esquisser vaguement qu'à partir de la Révolution de 1789, par le biais des élections législatives. Pour rencontrer au XVIIIᵉ siècle des partis et des élections, il faut aller en Angleterre.

• Il importe aussi de souligner que la question philosophique du mal n'appelle, en elle-même, aucune discussion sociale et politique. Ni Bayle, ni Leibniz, ni les théologiens (catholiques ou protestants) n'évoquent de tels problèmes dans leurs controverses métaphysiques sur Dieu et le mal.

• Est-ce à dire alors qu'il n'y a, dans *Candide*, aucune critique qu'on pourrait désigner, en termes actuels, comme d'ordre sociopolitique ? Non. Dans son acharnement satirique, qui consiste à accumuler contre la doctrine de l'optimisme des preuves éloquentes du désordre physique et moral, Voltaire passe en revue la guerre, la misère, le fanatisme religieux, l'inhumanité de l'esclavage, etc. Mais cela ne signifie pas que chaque forme du mal mise en valeur par le récit appelle dans l'esprit de Voltaire et du lecteur d'alors une réforme précise, un ensemble de mesures correctrices préfigurant, trente ans à l'avance, la Révolution française de 1789. On pourrait d'ailleurs se demander si une telle interprétation de *Candide* n'entrerait pas en contradiction avec le projet même du livre : où serait en effet la force du mal, si violemment, si rageusement opposée par Voltaire à l'optimisme, s'il suffisait de quelques réformes pour supprimer le désordre incompréhensible du monde ? Quant à une réorganisation complète de la société — telle que la Révolution la rêvera et tentera de l'appliquer —, elle relèverait, pour Voltaire, d'un rêve utopiste, sympathiquement ridicule : l'Eldorado est certes parfait, mais hors du monde réel.

Les formes sociopolitiques du mal

La guerre

Expulsé du faux paradis de Thunder-ten-tronckh, Candide rencontre aussitôt la guerre. C'est en effet, aux yeux de Voltaire, le visage le plus terrible du mal moral. La guerre permet aux instincts les plus sauvages de se déchaîner : femmes violées et éventrées, enfants massacrés, maisons rasées (chap. 3, 4, 8, etc.). Barbare, la guerre est aussi absurde, puisque nul ne sait pourquoi le roi des Bulgares (Frédéric II) et celui des Abares (Louis XV) se battent si furieusement, chaque camp se réclamant de Dieu, et donc d'une cause juste. Au chapitre 23, on apprend que la France et l'Angleterre se font la guerre « pour quelques arpents de neige vers le Canada ». Autant dire que la guerre, bien loin d'obéir à des causes rationnelles, se cherche des prétextes pour éclater. Autre forme

ÉTUDES D'ENSEMBLE

d'absurdité sauvage au sein de la civilisation : l'exécution de l'amiral Byng, tué pour n'avoir pas assez tué (chap. 23).

La guerre apparaît dans *Candide* comme une incarnation universelle et quasi éternelle du mal : les Marocains s'étripent (chap. 12), les inquisiteurs pourchassent et brûlent leurs ennemis (chap. 6), les naïfs Oreillons d'Amérique du Sud ne chantent pas de Te Deum, mais se réjouissent de manger du jésuite (chap. 16). La guerre serait-elle la forme moderne de l'anthropophagie ? Au siège d'Azov, la vieille perd une fesse, et risque de passer tout entière à la casserole ! (chap. 12). Candide a beau être doux et pacifique, la vie le pousse à tuer un juif et un inquisiteur (chap. 9), et à laisser pour mort sur le carreau son cousin et futur beau-frère, le fils du baron (chap. 15). On punit le régicide Damiens en le déchiquetant comme un animal, après d'affreuses tortures (chap. 22). Soldat prussien, Candide est soumis au supplice des baguettes (chap. 2), comme les galériens du sultan turc aux coups de fouet journaliers (chap. 28), etc. Vols, viols, assassinats, tortures, batailles, révolutions politiques (chap. 26), c'est partout, pour les États comme pour les individus, la guerre de tous contre tous.

L'inégalité sociale
L'inégalité sociale est une expression ambiguë. Il est en effet indispensable de distinguer clairement l'inégalité sociale au sens strict (par exemple entre riches et pauvres) et l'inégalité juridique (par exemple, sous l'Ancien Régime, entre nobles et roturiers, entre laïcs et gens d'Église, entre hommes libres et esclaves). La Révolution de 1789 ne se propose nullement d'établir l'égalité des fortunes. Détruire l'Ancien Régime, c'est abolir la distinction des rangs (nobles, roturiers, clercs), c'est supprimer les privilèges attachés à chaque ordre, à chaque profession, ville ou province, au profit du principe d'égalité devant la loi. À partir de 1789, toute loi édictée par les représentants élus de la Nation (et notamment la loi fiscale) s'appliquera uniformément à tous les citoyens français.

À l'inverse de Rousseau, Voltaire n'est en rien favorable à une réduction de l'inégalité des biens. Il ne rêve nullement d'une démocratie d'artisans et de petits propriétaires hostiles au luxe et aux grandes fortunes. Au modèle républicain de Genève (idéalisé par Rousseau), il préfère de loin l'exemple de l'Angleterre, monarchie parlementaire, commerçante et tolérante. Nul hasard si la première figure positive du roman, le bon anabaptiste Jacques, est celle d'un commerçant, qui donne du travail à Candide et Pangloss (chap. 4). La « petite métairie » du dernier chapitre, où se rassemblent les éclopés de *Candide*, ne saurait donc désigner un idéal politique et social précis, qui exclurait par exemple le luxe et le commerce au seul profit de l'agriculture. Il s'agit bien plus, pour Voltaire, de souligner un idéal moral de modération et la vertu du travail, que de prendre parti dans les querelles d'alors sur la valeur relative du commerce et de l'agriculture.

Convient-il d'accorder plus de poids à l'expulsion énergique du frère de Cunégonde (chap. 30) ? Voltaire fait d'une pierre deux coups : il exclut de la métairie un aristocrate arrogant et un jésuite ! Mais attention ! Voltaire n'est pas Rousseau, il ne cultive aucun idéal républicain, il n'a nul enthousiasme pour les héros des cités antiques. Son admiration pour l'Angleterre (*Lettres philosophiques*, 1734) prouve qu'il souhaiterait une fusion harmonieuse de l'aristocratie et de la bourgeoisie : une aristocratie libre d'exercer le commerce sans déchoir, et largement ouverte aux plus riches négociants. N'est-ce pas ce qui se réalise à travers le mariage de Candide, qui a l'argent, et de Cunégonde, baronne sans le sou ? L'exclusion d'un jésuite témoigne certes de l'anticléricalisme de Voltaire (et des Lumières françaises). Mais là encore, n'imaginons pas que Voltaire souhaite tout bonnement la disparition du clergé. Il faut en effet distinguer entre les curés, très précieux pour l'ordre social s'ils se consacrent à prêcher la morale (notamment aux pauvres), et les moines, considérés par la majorité des philosophes comme inutiles à la société : les couvents privent la nation de bras pour le

Illustration de William Blake (1757-1827) pour l'ouvrage de John Gabriel Stedman, Narrative of a Five Year's Expedition against The Revolted Negroes of Surinam, *Londres, 1796. B.N., Paris.*

travail, et de corps pour la reproduction. C'est pourquoi la
petite communauté régénérée par le travail accueille amica-
lement un ex-moine, Giroflée.

Roman et traité

Quand on réfléchit sur l'éventuelle portée sociopolitique de
Candide, il faut donc prendre garde qu'un roman n'est pas un
traité. Il est impossible d'interpréter raisonnablement une fable
telle que *Candide* sans prendre en compte la nature littéraire du
texte, le contexte historique et le contexte voltairien. Il y a
incontestablement des éléments de critique sociale et politique
dans la fiction la plus célèbre de Voltaire, mais leur interpré-
tation n'est pas évidente. La violence de la satire (dirigée contre
l'optimisme) ne débouche pas sur un programme énergique de
revendications précises. Soit l'exemple fameux de l'esclave noir
du chapitre 19, mutilé par décision de justice au nom du Code
noir édicté sous Louis XIV. L'indignation et l'émotion du pas-
sage (d'ailleurs rajouté) ne signifient pas que Voltaire condamne
catégoriquement l'esclavage, encore moins qu'il en réclamerait
l'abolition (obtenue en France lors de la Révolution de 1848).
Au mieux, il en souhaite l'humanisation, de même qu'il
condamne l'usage de la torture en matière judiciaire. Autre
exemple : comment comprendre le refus de la politique tel qu'il
s'exprime dans le chapitre 30 ? Si on le prend à la lettre, on
débouche sur une absurdité, puisque c'est précisément juste
après *Candide* que Voltaire, installé à Ferney, va se jeter dans les
luttes « politiques », contre l'Infâme (le fanatisme religieux),
contre les injustices (affaires Calas, La Barre), etc.
En somme, le roman, parce qu'il n'est pas un traité philo-
sophique abstrait, parce qu'il n'a pas de solution à fournir ni
d'argumentation à développer, parce qu'il met au premier plan
la narration (actions et personnages), autorise le lecteur à
dépasser voire contredire les intentions probables de l'auteur.
Et peut-être la fiction donne-t-elle aussi au romancier Voltaire
la liberté d'aller plus loin ou ailleurs que le philosophe qu'il
est aussi.

Correspondances

La critique sociale
- Montesquieu, *Lettres persanes*, n° XXIV et n° XXIX, 1721.
- Diderot, *Le Neveu de Rameau* (la pantomime des gueux) 1760-1777.
- Rousseau, *La Nouvelle Héloïse,* 1761, partie II, lettre XIV de Saint-Preux à Julie.
- Voltaire, *L'Ingénu,* 1767.

Optimisme et pessimisme

Loin de se calmer en vieillissant, Voltaire devint avec l'âge une formidable machine à tuer : « Je suis las, disait-il un jour, de leur entendre répéter que douze hommes [les apôtres] ont suffi pour établir le christianisme, et j'ai envie de leur prouver qu'il n'en faut qu'un pour le détruire » (Concordet, *Vie de Voltaire*). *Candide* semble bien en effet lui donner raison, au moins contre Leibniz et ses disciples.

Une satire féroce

Pour faire la critique satirique de la doctrine de l'optimisme, Voltaire ne lésine pas sur les moyens. Le conte philosophique est bien d'abord, pour tout lecteur, le défilé endiablé des maux et des erreurs, des vices et des folies qui ravagent notre petit tas de boue perdu sans boussole dans l'univers. Entre le château westphalien et la métairie turque, il accumule, il entasse, il empile au fil des chapitres tout le malheur du monde, toutes les détresses de l'existence. Sous l'œil perplexe de Candide, ballotté entre ce qu'il voit et ce qu'il croit, les faits s'entêtent à démentir les discours appris et répétés. Appuyée sur l'Histoire des hommes, la fiction fébrile se moque rageusement des fables philosophiques, déchire à belles dents la crédulité et le préjugé (c'est-à-dire la candeur de ceux qui croient ce qu'on leur raconte : le roman de l'optimisme ou les mythes religieux — à d'autres époques, plus proches de nous, les mythes politiques).

Faim, vols, viols, anthropophagie, carnages, tremblements de terre, incendies, esclavage, tortures, exécutions, galères, prisons et bûchers, prostitution, sévices corporels (sur les eunuques, les soldats, les galériens, les femmes, les hérétiques, les esclaves, les cadavres), régicides, homicides, révolutions et guerres civiles, fanatisme, hypocrisie, orgueil, avarice, abus de pouvoir, maladies et épidémies, perversions sexuelles (Voltaire et son époque considèrent ainsi l'homosexualité, et nous avons nous aussi nos tabous), oppression et exploitation des femmes, des peuples dits primitifs (Indiens du Paraguay), revers de fortune, saccage des espérances — manque-t-il quelque chose à cette recension impitoyable du « mal physique et moral » ? Oui. Il y a aussi les ravages de l'âge, qui tuent la beauté, et les naufrages du désir, qui tuent l'amour (chap. 11, 12, 29, 30). Et il y a encore les maladies de l'âme, l'âme qui oscille sans cesse entre *les convulsions de l'inquiétude* et *la léthargie de l'ennui* (chap. 30).

L'image qui s'impose au lecteur de *Candide*, c'est celle d'un monde périlleux où les personnages sont mus par des besoins immédiats et impérieux : manger, fuir, voler, tuer, se venger, désirer, séduire, haïr, aider, croire, s'affliger, espérer, survivre... La critique parle depuis longtemps des « marionnettes » voltairiennes, qu'elle rattache au genre du conte. Mieux vaut sans doute y voir une magnifique condensation, en accéléré, du roman picaresque. Par contraste, les ratiocinations métaphysiques sur le meilleur des mondes possibles apparaissent comme irrésistiblement dérisoires. Que pèsent les grandioses considérations leibniziennes sur la Providence dans le cosmos et l'éternité (réduites de surplus au rabâchage panglossien), face à l'amoncellement des malheurs qui s'abattent sans relâche sur des individus, ici-bas et maintenant ?

Voltaire n'y va pas de main morte dans la peinture au noir, mais nous avons tout de même inventé, depuis, les génocides et les chambres à gaz, en attendant mieux. Et qu'est-ce que la mort d'« une trentaine de mille âmes » (chap. 3), à côté d'une « boucherie héroïque » du XXᵉ siècle ? Le critique Roland Barthes supposait que la massivité industrielle, anonyme et planifiée des massacres modernes excluait qu'on

puisse désormais parler du mal avec la légèreté et l'ironie d'un Voltaire (*Essais critiques*, « Le dernier des écrivains heureux », 1964, Seuil). Cette hypothèse mérite sans doute réflexion. Mais on peut aussi se demander si ce n'est pas de l'intérieur même du récit que le pessimisme voltairien rencontre des limites.

Martin triomphe-t-il ?

En opposant tout au long du récit la béatitude panglossienne, maintenue contre vents et marées, et le déluge de catastrophes, Voltaire semble ridiculiser sans recours la position optimiste. Celle-ci consistait en effet à resituer le mal dans un cadre à la mesure de Dieu, au lieu de tout voir par les yeux d'une créature finie et imparfaite, l'homme, irrésistiblement tenté de tout ramener à son existence passagère et individuelle, à ses petites souffrances : « Il se peut que tous les maux ne soient aussi qu'un presque néant, en comparaison des biens qui sont dans l'univers », écrivait Leibniz (*Essais de théodicée*, 1710). La polémique philosophique et la logique romanesque conduisent évidemment Voltaire à refuser le survol serein du cosmos et du temps. Le récit, parce qu'il est un récit, nous oblige à épouser un point de vue immédiat, en gros plan ou plan rapproché, sur les personnes et les choses, à l'opposé de la perspective philosophique leibnizienne, qui s'efforce d'élever la raison humaine vers Dieu, en charge de l'univers tout entier et de l'éternité. De ce point de vue, le choix de la fiction constitue la réponse la plus efficace à la philosophie optimiste, puisqu'elle semble contredire par définition la démarche leibnizienne, qui passe par le panoramique et le travelling arrière. Pour définir l'optimisme, le *Dictionnaire de Trévoux* donne cet exemple, emprunté à l'histoire de la Rome antique : « Le crime de Tarquin qui viola Lucrèce produisit la liberté de Rome, et par conséquent toutes les vertus de la République romaine. » D'un mal, aussi criminel et désolant soit-il dans une temporalité courte et à l'échelle individuelle (celle du

roman), naissent de grands biens, qui réduisent le mal à « un presque néant » quand on change le cadrage, quand on adopte le point de vue bien plus ample de la Providence.

Tout paraît donc devoir assurer le triomphe de Martin sur Pangloss. Le monde semble bien abandonné au diable : « Croyez-vous, dit Candide, que les hommes se soient toujours mutuellement massacrés comme ils le font aujourd'hui ? [...] —Croyez-vous, dit Martin, que les éperviers aient toujours mangé des pigeons quand ils en ont trouvé ? — Oui, sans doute, dit Candide. — Eh bien, dit Martin, si les éperviers ont toujours eu le même caractère, pourquoi voulez-vous que les hommes aient changé le leur ? » (chap. 21).

En conclusion de son survol de l'histoire universelle depuis Charlemagne, Voltaire dit-il autre chose ? : « Puisque la nature a mis dans le cœur des hommes l'intérêt, l'orgueil et toutes les passions, il n'est pas étonnant que nous ayons vu, dans une période d'environ dix siècles, une suite presque continue de crimes et de désastres. Si nous remontons aux temps précédents, ils ne sont pas meilleurs. La coutume a fait que le mal a été opéré partout d'une manière différente. »

Mais il ajoute aussi ces lignes capitales, que tout lecteur de *Candide* doit méditer : « Au milieu de ces saccagements et de ces destructions que nous observons dans l'espace de neuf cents années, nous voyons un amour de l'ordre qui anime en secret le genre humain et qui a prévenu sa ruine totale. [...] On voit dans l'histoire ainsi conçue les erreurs et les préjugés succéder tour à tour et chasser la vérité et la raison. On voit les habiles et les heureux enchaîner les imbéciles et écraser les infortunés ; et encore ces habiles et ces heureux sont eux-mêmes les jouets de la fortune ainsi que les esclaves qu'ils gouvernent. Enfin les hommes s'éclairent un peu par ce tableau de leurs malheurs et de leurs sottises. Les sociétés parviennent avec le temps à rectifier leurs idées ; les hommes apprennent à penser. » (*Essai sur les mœurs*, 1756, Garnier, p. 905-906) Martin n'a donc qu'à moitié raison, il ne voit qu'un côté des choses, si l'on en croit Voltaire historien et philosophe dans un de ses textes majeurs. Mais trouve-t-on trace de ce juge-

ment ni optimiste ni pessimiste dans *Candide* ? Absolument.
Comme Voltaire, Candide refuse de suivre Martin, après
avoir si longtemps répété les « sottises » de Pangloss. Lui
aussi, comme les sociétés, parvient « avec le temps à rectifier
[ses] idées » ; comme les hommes, il apprend « à penser », à
s'éclairer « un peu par ce tableau de leurs erreurs et de leurs
sottises ». Comme Voltaire, Candide juxtapose l'horreur et
une confiance prudente. Comme la conclusion de l'*Essai sur
les mœurs*, le roman philosophique finit, cahin-caha, par éta-
blir un ordre — certes dérisoire et précaire, triste et décevant,
mais qu'attendre de plus des hommes, au regard de leur his-
toire ? Le déroulement du récit montre bien qu'il y a en l'hom-
me, comme le dit l'*Essai sur les mœurs*, la fureur de détruire et
« un amour de l'ordre qui anime en secret le genre humain »
et l'empêche de courir à sa « ruine totale ». Les personnages se
perdent mais se retrouvent, avant de finir par s'établir en un
« jardin » qui figure évidemment l'état actuel de la civilisation,
un peu plus éclairée que par le passé. « Un peu » seulement,
mais ce peu a pris des siècles, sinon des millénaires.
On comprend alors que l'histoire de Candide n'est pas l'ap-
prentissage d'un individu singulier, comme dans le roman
d'éducation du XIXᵉ siècle. Elle est la projection, comique et
réfléchie, d'une philosophie de l'Histoire, d'une conception
des erreurs et progrès de l'esprit humain — ce que l'on appel-
le au XVIIIᵉ siècle *L'Histoire philosophique*, l'Histoire écrite
par les philosophes (dans le passage cité plus haut de l'*Essai
sur les mœurs*, Voltaire parle de « l'histoire ainsi conçue » : il
s'agit précisément de l'histoire philosophique). Le conte
bataille bruyamment contre l'optimisme — comment ne pas le
voir ? Le récit voltairien simplifie la psychologie des person-
nages et la doctrine qu'il combat — qui ne l'a pas dit ? Mais
l'inscription d'une philosophie de l'Histoire dans le roman
est à la fois capitale et invisible — donc bien moins soulignée.
Elle gouverne toute la marche de la fable et son sens. Or cette
représentation de l'Histoire, conçue encore une fois comme
histoire philosophique, c'est-à-dire histoire des progrès diffi-
ciles de l'esprit humain, n'est ni optimiste au sens précis (leib-

nizien) du terme, ni pessimiste (au sens où Martin le serait avant même l'apparition du mot). Elle inclut la possibilité pour l'humanité de s'éclairer (« un peu », à la longue), sans en faire une nécessité gouvernée par l'idée d'un progrès continu, inéluctable, sans dissoudre, tant s'en faut, la virulence monstrueuse du mal (crimes, erreurs, sottises) — un mal enraciné, par les passions, dans la nature humaine.

Correspondances

Fins heureuses et malheureuses dans les romans du XVIII[e] siècle.
• Montesquieu, *Lettres persanes*, 1721.
• Voltaire, *Zadig*, 1747.
• Voltaire, *L'Ingénu*, 1767.
• Diderot, *La Religieuse*, 1780-1782.
• Choderlos de Laclos, *Les Liaisons dangereuses*, 1782.

–1

LETTRE CLXI
ROXANE À USBEK, À PARIS

« Oui, je t'ai trompé ; j'ai séduit tes eunuques, je me suis jouée de ta jalousie, et j'ai su, de ton affreux sérail, faire un lieu de délices et de plaisirs.
Je vais mourir : le poison va couler dans mes veines. Car que ferais-je ici, puisque le seul homme qui me retenait à la vie n'est plus ? Je meurs ; mais mon ombre s'envole bien accompagnée ; je viens d'envoyer devant moi ces gardiens sacrilèges qui ont répandu le plus beau sang du Monde.
Comment as-tu pensé que je fusse assez crédule pour m'imaginer que je ne fusse dans le Monde que pour adorer tes caprices ? que, pendant que tu te permets tout, tu eusses le droit d'affliger tous mes désirs ? Non ! J'ai pu vivre dans la servitude, mais j'ai toujours été libre : j'ai réformé tes lois sur celles de la Nature, et mon esprit s'est toujours tenu dans l'indépendance.
Tu devrais me rendre grâces encore du sacrifice que je t'ai fait : de ce que je me suis abaissée jusqu'à te paraître fidèle ; de ce que j'ai

lâchement gardé dans mon cœur ce que j'aurais dû faire paraître à toute la Terre ; enfin, de ce que j'ai profané la vertu, en souffrant qu'on appelât de ce nom ma soumission à tes fantaisies.

Tu étais étonné de ne point trouver en moi les transports de l'amour. Si tu m'avais bien connue, tu y aurais trouvé toute la violence de la haine.

Mais tu as eu longtemps l'avantage de croire qu'un cœur comme le mien t'était soumis. Nous étions tous deux heureux : tu me croyais trompée, et je te trompais.

Ce langage, sans doute, te paraît nouveau. Serait-il possible qu'après t'avoir accablé de douleurs, je te forçasse encore d'admirer mon courage ? Mais c'en est fait : le poison me consume ; ma force m'abandonne ; la plume me tombe des mains ; je sens affaiblir jusqu'à ma haine ; je me meurs. »

Du sérail d'Ispahan, le 8 de la lune de Rebiab 1, 1720.

Montesquieu, *Lettres persanes*, 1721, lettre 161.

2

« Il fut reconnu roi d'un consentement unanime, et surtout de celui d'Astarté, qui goûtait, après tant d'adversités, la douceur de voir son amant digne aux yeux de l'univers d'être son époux. Itobad alla se faire appeler monseigneur dans sa maison. Zadig fut roi, et fut heureux. Il avait présent à l'esprit ce que lui avait dit l'ange Jesrad. Il se souvenait même du grain de sable devenu diamant. La reine et lui adorèrent la Providence. Zadig laissa la belle capricieuse Missouf courir le monde. Il envoya chercher le brigand Arbogad, auquel il donna un grade honorable dans son armée, avec promesse de l'avancer aux premières dignités s'il se comportait en vrai guerrier, et de le faire pendre s'il faisait le métier de brigand.

Sétoc fut appelé du fond de l'Arabie, avec la belle Almona, pour être à la tête du commerce de Babylone. Cador fut placé et chéri selon ses services ; il fut l'ami du roi, et le roi fut alors le seul monarque de la terre qui eût un ami. Le petit muet ne fut pas oublié. On donna une belle maison au pêcheur ; Orcan fut condamné à lui payer une grosse somme et à lui rendre sa femme ; mais le pêcheur, devenu sage, ne prit que l'argent.

Ni la belle Sémire ne se consolait d'avoir cru que Zadig serait borgne, ni Azora ne cessait de pleurer d'avoir voulu lui couper le nez.

Il adoucit leurs douleurs par des présents. L'Envieux mourut de rage et de honte. L'empire jouit de la paix, de la gloire et de l'abondance ; ce fut le plus beau siècle de la terre : elle était gouvernée par la justice et par l'amour. On bénissait Zadig, et Zadig bénissait le ciel. »

Voltaire, *Zadig*, 1747, chapitre 19.

3

« Je veux voir absolument, dit-il, cet homme extraordinaire dont vous m'avez parlé ; il m'attendrit autant que cette innocente victime dont j'ai causé la mort. » Gordon le suit jusqu'à la chambre où le prieur, la Kerkabon, l'abbé de Saint-Yves et quelques voisins rappelaient à la vie le jeune homme retombé en défaillance.

« J'ai fait votre malheur, lui dit le sous-ministre ; j'emploierai ma vie à le réparer. » La première idée qui vint à l'Ingénu fut de le tuer et de se tuer lui-même après. Rien n'était plus à sa place ; mais il était sans armes et veillé de près. Saint-Pouange ne se rebuta point des refus accompagnés du reproche, du mépris et de l'horreur qu'il avait mérités, et qu'on lui prodigua. Le temps adoucit tout. Mons de Louvois vint enfin à bout de faire un excellent officier de l'Ingénu, qui a paru sous un autre nom à Paris et dans les armées, avec l'approbation de tous les honnêtes gens, et qui a été à la fois un guerrier et un philosophe intrépide.

Il ne parlait jamais de cette aventure sans gémir ; et cependant sa consolation était d'en parler. Il chérit la mémoire de la tendre Saint-Yves jusqu'au dernier moment de sa vie. L'abbé de Saint-Yves et le prieur eurent chacun un bon bénéfice ; la bonne Kerkabon aima mieux voir son neveu dans les honneurs militaires que dans le sous-diaconat. La dévote de Versailles garda les boucles de diamants, et reçut encore un beau présent. Le père Tout-à-tous eut des boîtes de chocolat, de café, de sucre candi, de citrons confits, avec les *Méditations du révérend père Croiset* et *la Fleur des saints* reliées en maroquin. Le bon Gordon vécut avec l'Ingénu jusqu'à sa mort dans la plus intime amitié ; il eut un bénéfice aussi et oublia pour jamais la grâce efficace et le concours concomitant. Il prit pour sa devise : *malheur est bon à quelque chose*. Combien d'honnêtes gens dans le monde ont pu dire : *malheur n'est bon à rien !* »

Voltaire, *L'Ingénu*, 1767, chapitre 20.

-4

« Monsieur, hâtez-vous de me secourir. Vous me direz, sans doute : enseignez-moi ce que je puis faire pour vous. Le voici ; mon ambition n'est pas grande. Il me faudrait une place de femme de chambre ou de femme de charge, ou même de simple domestique, pourvu que je vécusse ignorée dans une campagne, au fond d'une province, chez d'honnêtes gens qui ne reçussent pas un grand monde. Les gages n'y feront rien ; de la sécurité, du repos, du pain et de l'eau. Soyez très assuré qu'on sera satisfait de mon service. J'ai appris dans la maison de mon père à travailler ; et au couvent, à obéir ; je suis jeune, j'ai le caractère très doux ; quand mes jambes seront guéries, j'aurai plus de force qu'il n'en faut pour suffire à l'occupation. Je sais coudre, filer, broder et blanchir ; quand j'étais dans le monde, je raccommodais moi-même mes dentelles, et j'y serai bientôt remise, je ne suis maladroite à rien, et je saurai m'abaisser à tout. J'ai de la voix, je sais la musique, et je touche assez bien du clavecin pour amuser quelque mère qui en aurait le goût ; et j'en pourrais même donner leçon à ses enfants ; mais je craindrais d'être trahie par ces marques d'une éducation recherchée. S'il fallait apprendre à coiffer, j'ai du goût, je prendrais un maître, et je ne tarderais pas à me procurer ce petit talent. Monsieur, une condition supportable, s'il se peut, ou une condition telle quelle, c'est tout ce qu'il me faut ; et je ne souhaite rien au-delà. Vous pouvez répondre de mes mœurs ; malgré les apparences, j'en ai ; j'ai même de la piété. Ah ! monsieur, tous mes maux seraient finis, et je n'aurais plus rien à craindre des hommes, si Dieu ne m'avait arrêtée ; ce puits profond, situé au bout du jardin de la maison, combien je l'ai visité de fois ! Si je ne m'y suis pas précipitée, c'est qu'on m'en laissait l'entière liberté. J'ignore quel est le destin qui m'est réservé ; mais s'il faut que je rentre un jour dans un couvent, quel qu'il soit, je ne réponds de rien ; il y a des puits partout. Monsieur, ayez pitié de moi, et ne vous préparez pas à vous-même de longs regrets.

P.S. Je suis accablée de fatigues, la terreur m'environne, et le repos me fuit. [...] »

Diderot, *La Religieuse*, 1780-1782.

5

LETTRE CLXXV
MADAME DE VOLANGES À MADAME DE ROSEMONDE

« Le sort de Madame de Merteuil paraît enfin rempli, ma chère et digne amie, et il est tel que ses plus grands ennemis sont partagés entre l'indignation qu'elle mérite, et la pitié qu'elle inspire. J'avais bien raison de dire que ce serait peut-être un bonheur pour elle de mourir de sa petite vérole. Elle en est revenue, il est vrai, mais affreusement défigurée ; et elle y a particulièrement perdu un œil. Vous jugez bien que je ne l'ai pas revue : mais on m'a dit qu'elle était vraiment hideuse.

Le Marquis de ***, qui ne perd pas l'occasion de dire une méchanceté, disait hier, en parlant d'elle, que la maladie l'avait retournée, et qu'à présent son âme était sur sa figure. Malheureusement tout le monde trouva que l'expression était juste.

Un autre événement vient d'ajouter encore à ses disgrâces et à ses torts. Son procès a été jugé avant-hier, et elle l'a perdu tout d'une voix. Dépens, dommages et intérêts, restitution des fruits, tout a été adjugé aux mineurs : en sorte que le peu de sa fortune qui n'était pas compromis dans ce procès est absorbé, et au-delà, par les frais. Aussitôt qu'elle a appris cette nouvelle, quoique malade encore, elle a fait ses arrangements, et est partie seule dans la nuit et en poste. Ses Gens disent, aujourd'hui, qu'aucun d'eux n'a voulu la suivre. On croit qu'elle a pris la route de la Hollande.

Ce départ fait plus crier encore que tout le reste ; en ce qu'elle a emporté ses diamants, objet très considérable, et qui devait rentrer dans la succession de son mari ; son argenterie, ses bijoux ; enfin, tout ce qu'elle a pu ; et qu'elle laisse après elle pour près de 50 000 livres de dettes. C'est une véritable banqueroute. [...] »

Choderlos de Laclos, *Les Liaisons dangereuses*, 1782, lettre 175.

Candide et les critiques

Le dernier des écrivains heureux

« Qu'avons-nous de commun, aujourd'hui, avec Voltaire ? D'un
point de vue moderne, sa philosophie est démodée. Il est possible de
croire à la fixité des essences et au désordre de l'histoire, mais ce
n'est plus de la même façon que Voltaire. En tout cas, les athées ne
se jettent plus aux pieds des déistes, qui n'existent d'ailleurs plus. La
dialectique a tué le manichéisme, et l'on discute rarement de la
Providence. [...]
En somme, ce qui nous sépare peut-être de Voltaire, c'est qu'il fut
un écrivain heureux. Nul mieux que lui n'a donné au combat de la
Raison l'allure d'une fête. »

Roland Barthes, *Essais critiques*,
« Le dernier des écrivains heureux », Seuil, 1964, p. 99.

L'absurde absent

« À nouveau la question se pose : la philosophie de *Candide* est-elle
une philosophie de l'"absurde" ? Certes non. Candide, non plus
que Jacques [le Fataliste] ou Figaro, n'est un héros tragiquement jeté
dans un monde autre. Quelque imprévu que l'existence leur réserve,
ces errants ne sont pas des "étrangers". »

René Pomeau,
La Religion de Voltaire, Nizet, 1969, p. 310.

La destruction comique

« Le simple examen des structures permet de comprendre pourquoi
les romans comiques sont en général très courts. [...]
La raison de ce phénomène est simple : le comique détruit la
matière romanesque à mesure qu'elle s'édifie. Il ne peut s'appuyer ni
sur une attente dramatique ni sur la psychologie des personnages.
Les sentiments sont tournés en ridicule, les idées sont déformées et

satirisées, la couleur locale tient une place insignifiante, la crainte et la curiosité sont à peu près bannies du récit.

[...] Je crois donc pouvoir affirmer, et je doute que cette affirmation plaise à tout le monde, qu'il n'existe aucune œuvre comique de valeur qui contienne un message positif dissimulé. Bien entendu, cela ne diminue en rien sa valeur. Ni la "substantifique moelle" du *Tiers Livre* ou le "Trink" du *Cinquième Livre*, ni le discours d'aucun raisonneur de Molière, ni le "il faut cultiver notre jardin" de *Candide*, pas plus que la formule finale de nombre de ses contes, ni le "j'ai vieilli", dernier mot de *Zazie dans le métro*, ne contiennent de sens caché et en disent plus qu'ils ne paraissent. Et c'est bien pourquoi, malgré les trésors d'érudition et d'ingéniosité des chercheurs, on n'a jamais pu s'entendre sur la valeur à attribuer à ces mots ou sur l'approfondissement philosophique qu'ils apportaient à l'œuvre. »

Jean Sareil,
L'Écriture comique, P.U.F., 1984, pp. 124-125 et 33-35.

Voltaire échappe

« Fait notable, tous les ennemis de Voltaire pouvaient être *nommés*, c'est-à-dire qu'ils tenaient leur être de leur certitude : jésuites, jansénistes, sociniens, protestants, athées, tous ennemis entre eux, mais réunis sous les coups de Voltaire par leur aptitude à être définis d'un mot. Inversement, sur le plan du système dénominatif, Voltaire échappe. Doctrinalement, était-il déiste ? leibnizien ? rationaliste ? à chaque fois, oui et non. »

Roland Barthes, *Essais critiques*,
« Le dernier des écrivains heureux », Seuil, 1964, p. 99.

La littérature contre la philosophie ?

« Je dois noter un simple fait, sur lequel je ne prétends construire aucune explication globale : tandis que le rapport de la littérature avec la religion, depuis Eschyle et Dostoïevski, s'établit sous le signe de la tragédie, son rapport avec la philosophie trouve forme explicite pour la première fois dans les comédies d'Aristophane, et continuera à se développer derrière l'écran du comique, de l'ironie,

de l'humour. Ce n'est pas un hasard si les textes qu'on appelait au XVIII[e] siècle *contes philosophiques* étaient en réalité d'allègres vengeances contre la philosophie, exercées par le biais de l'imagination littéraire. »

Italo Calvino, *La Machine littéraire*, Seuil, 1984, p. 42.

Un déplacement d'autorité

« À travers ce qui advient à Candide, on voit s'opérer un déplacement d'autorité qui, d'épisode en épisode, entraîne tout le mouvement du récit. L'autorité s'affirmant puis mise au défi, puis réaffirmée sous un autre aspect, puis à nouveau défiée, etc. : telle est, dans une formulation tout abstraite, la dynamique dominante du conte. Toute analyse doit nécessairement se référer au concept d'autorité, si elle veut saisir non seulement le style de *Candide*, mais aussi son enjeu. »

Jean Starobinski,
« Candide et la question de l'autorité »,
in *Essays... in Honor of Ira O. Wade*, Droz, 1977.

Dégradation de la parole

« Ce que *Candide* ne cesse de décrire, c'est l'aventure que court la parole en notre bas monde : comment on passe d'une parole divine à une pauvre parole humaine ; comment la parole se dégrade ; comment enfin elle peut perdre toute signification. Trois étapes d'une chute symbolique. »

Michel Gilot, « Fonctions de la parole dans *Candide* »,
in *Mélanges offerts au professeur R. Fromilhague,
Littératures*, n° 9-10, 1984.

Le mois et la semaine : création et récréation

« Le seul ordre possible dans *Candide* est celui qui peut s'accorder avec la pensée du chaos. Tout en faisant valoir toutes sortes de principes de composition que le caractère hétéroclite du roman paraît incessamment démentir, Voltaire a donné à son récit une organisation secrète, très simple et passablement malicieuse : puisque la

semaine fournit l'image la plus puissamment symbolique de la vie comme cycle, pourquoi ne verrions-nous pas dans la suite de ses chapitres l'équivalent d'une suite de jours : dimanche, lundi, mardi, mercredi, etc. ? Sept chapitres : une semaine. Trente chapitres : un mois... C'est l'ordre du simple retour des jours et des semaines, un éternel retour, un cycle apparemment sans fin. »

Michel Gilot,
« Le cycle des semaines dans *Candide* »,
in *Mélanges de littérature générale et de critique
romanesque offerts au professeur H. Coulet*,
Université de Provence, 1988.

*Le lever du philosophe de Ferney. Gravure anonyme du XVIIIᵉ siècle.
Bibliothèque nationale, Paris.*

Comment Candide voyagea de Thunder-ten-tronckh à Constantinople et comment Cunégonde et la Vieille arrivèrent en Turquie.

OCÉAN ATLANTIQUE

(20-21)

(11-12)

(19) SURINAM

(17-18) EL DORADO

(16)
PAYS DES OREILLONS

(14-15)
PARAGUAY

(13) Buenos Aires

Riga	
Moscou	
(3-4) HOLLANDE	
(23) Portsmouth	(2) chez les Bulgares
(1) Thunder-ten-tronckh	Azov
Paris	(24-25-26) Venise
(22)	
Bordeaux	
(29-30) Constantinople	
(10) Gaète	
Lisbonne	
-7-8-9) Cadix	
Alger Tunis	(27-28)
MAROC Tripoli	
Alexandria	

quateur

→ itinéraire de Candide

•••••••→ voyages de la Vieille

- - - -→ voyages de Cunégonde

(1, 2, 3...) numéro du chapitre correspondant

échelle :

0 1000 2000 3000 km

Compléments notionnels

Accumulation *(n. f.)*
Assemblage de mots en grand nombre, afin de mettre une idée en valeur.

Actant *(n. m.)*
Désigne l'auteur de l'action exprimée par le verbe. Il peut s'agir d'un personnage, mais plus généralement d'un substantif qui régit la forme verbale. L'analyse actantielle étudie les structures de l'action exercée par l'ensemble des actants, plutôt qu'un caractère anecdotique des personnages.

Alliance de mots
Rapprochement de deux termes contradictoires, dont le regroupement donne un sens ; paradoxe.

Allusion
(n. f., du bas latin allusio, *jeu)* Manière de s'exprimer sur une idée, une personne ou une chose, etc., sans la nommer explicitement mais par simple évocation. L'allusion suppose, de la part du lecteur, la connaissance de la situation ou de la référence culturelle évoquée par l'écrivain.

Alternance *(n. f.)*
Succession généralement régulière de deux ou plusieurs phénomènes, éléments, systèmes, etc. qui s'opposent ou forment contraste.

Analogie *(n. f.)*
Rapport entre des idées, des choses ou des personnes qui présentent des caractères communs tout en étant essentiellement différentes ; ressemblance, similitude.

Antinomie *(n. f.)*
Contradiction entre deux idées, deux principes ou deux propositions.

Antiphrase *(n. f.)*
Emploi d'un mot ou d'un groupe de mots avec l'intention de leur donner un sens contraire à leur sens habituel. Ce procédé peut être utilisé par euphémisme ou par ironie.

Antithèse *(n. f.)*
Dans une même phrase, opposition de deux mots ou groupes de mots de sens contraire afin de mettre une idée en relief grâce à l'effet de contraste.

Apocryphe *(adj.)*
Un texte apocryphe n'est pas authentique, son origine est douteuse.

Apologue *(n. m.)*
Court récit en prose (ou en vers) dont on tire une morale. Dans l'apologue, la morale est plus importante que l'art du récit ; c'est l'inverse dans la fable.

Articulation *(n. f.)*
Liaison harmonieuse et/ou logique de différents éléments.

Asyndète *(n. f.)*
Suppression du terme de liaison entre des mots ou des propositions qui se trouvent pourtant dans un rapport de coordination. On l'utilise pour souligner une relation logique, produire un effet de contraste, d'accumulation, de désordre, etc.

Burlesque *(adj. et n. m., de l'italien* burla, *farce)*
Procédé littéraire usant d'un contraste ou d'un décalage entre le sujet traité, sérieux, et la manière de le traiter, qui déclenche le rire.

Calembour *(n. m.)*
Jeu de mots fondé sur la différence de sens entre des mots ou groupes de mots qui se prononcent de la même manière.

Clausule *(n. f.)*
Dernier membre d'une phrase, d'un paragraphe.

Comparaison *(n. f.)*
Rapport établi entre deux mots ou groupes de mots grâce à un troisième terme (*comme, ainsi que, à l'encontre de,* etc.) dans l'intention de souligner une idée.

Conte *(n. m.)*
Récit, généralement assez court, de faits imaginaires ou prétendus tels. Les contes traditionnels (écrits à partir d'une tradition orale, comme ceux de Perrault pour la plupart d'entre eux) comportent presque toujours une intention morale ou didactique.

Controverse *(n. f.)*
Discussion suivie sur une question motivée par des opinions ou des interprétations divergentes.

Dérision *(n. f.)*
Moquerie dédaigneuse, raillerie mêlée de mépris, sarcasme.

Dialectique *(n. f.)*
Méthode de raisonnement qui consiste à analyser la réalité en mettant en évidence les contradictions de celle-ci et à chercher à les dépasser.

Économie du récit
Organisation des différentes parties du récit, structure.

Emblème *(n. m.)*
Être ou objet symbole d'une qualité, d'une chose abstraite (adj. dérivé : emblématique).

Emphase *(n. f.)*
Emploi d'un terme de sens très fort pour exagérer l'expression d'une idée (adj. dérivé : emphatique).

Épisode *(n. m.)*
Partie d'une œuvre narrative (ou dramatique) qui, tout en s'intégrant dans un ensemble, a ses caractéristiques propres.

Essai *(n. m.)*
Ouvrage regroupant des réflexions sur un ou des sujets, à partir de l'observation ou de l'expérience de l'auteur, et qui ne prétend pas épuiser le sujet.

Euphémisme *(n. m.)*
Atténuation dans l'expression de certaines idées ou de certains faits qui risqueraient de choquer s'ils étaient énoncés de manière réaliste. La périphrase, la litote, l'allusion, l'antiphrase, etc. peuvent être utilisées à des fins euphémiques.

Figuratif *(adj.)*
Représenté tel qu'existant dans la réalité.

Hyperbole *(n. f.)*
Mise en relief d'une idée par l'emploi de mots qui faussent la pensée en l'exagérant.

Intensif *(n. m.)*
Un intensif est un mot utilisé pour marquer la force, la puissance. C'est le plus souvent un mot construit avec un préfixe comme *sur-, extra-, super-,* etc.

Intrigue *(n. f.)*
Succession de faits et d'actions qui forment la trame d'une œuvre et qui tiennent le lecteur en haleine jusqu'au dénouement.

Juxtaposition *(n. f.)*
Mots ou phrases placés à la suite les uns des autres sans lien de coordination ou de subordination.

Leitmotiv *(n. m.)*
Formule, idée qui revient sans cesse dans une œuvre.

Litote *(n. f.)*
Expression affaiblie de la pensée, dans l'intention de laisser entendre plus qu'on ne dit.

Métaphore *(n. f.)*
Utilisation d'un terme concret pour exprimer une notion abstraite, dans l'intention de créer une comparaison imagée, sans employer de mot comparatif : *ainsi, que, comme,* etc. (adj. dérivé : métaphorique).

Métonymie *(n. f.)*
Désignation d'un concept par un terme qui en désigne habituellement un autre et qui lui est relié par une nécessité logique : la cause pour l'effet, le contenant pour le contenu, le physique pour le moral, etc.

Nouvelle *(n. f.)*
Récit court, en prose, mais construit comme un roman.

Occurrence *(n. f.)*
Apparition d'un fait linguistique (mot, son, tournure, etc.) dans un texte.

Pamphlet *(n. m.)*
Petit texte en prose, au ton polémique, violent, agressif.

Parabole *(n. f.)*
Comparaison, développée dans un récit conventionnel, dont les éléments sont empruntés à la vie quotidienne et permettant de concrétiser un aspect moral, religieux, spirituel, etc.

Parodie *(n. f.)*
Imitation satirique d'une œuvre sérieuse, dont le sujet et l'expression sont transposés sur le mode comique (adj. dérivé : parodique).

Pastiche *(n. m.)*
Œuvre dans laquelle on imite exactement le style et la structure d'une œuvre existante, soit dans une intention satirique, soit pour tromper.

Périphrase *(n. f.)*
Expression formée de tout un groupe de mots, employée pour exprimer une idée qui pourrait l'être par un seul terme (adj. dérivé : périphrastique).

Récurrent *(adj.)*
Qui revient, réapparaît, se reproduit.

Sarcasme *(n. m.)*
Raillerie, ironie méchante et blessante (adj. dérivé : sarcastique).

Satire *(n. f.)*
Texte critique et moqueur qui attaque les vices, les ridicules, etc., de manière plus ou moins acerbe (adj. dérivé : satirique).

Syllogisme *(n. m.)*
Raisonnement logique qui, à partir de deux propositions (les prémisses), aboutit à une conclusion résultant des rapports logiques entre les termes. Par exemple, « Tous les hommes sont mortels, or Socrate est un homme [= prémisses], donc Socrate est mortel. »

Index
des thèmes principaux

Sur Voltaire et son œuvre

• André Magnan, article « Voltaire » in *Dictionnaire des littératures de langue française,* tome IV, Bordas, 1984 (réédition 1987).

• René Pomeau, *Voltaire par lui-même,* coll. « Points » Seuil, 1955 (réimpressions régulières).

• René Pomeau, *Voltaire en son temps,* monumental travail entrepris, sous la direction de René Pomeau, par une équipe internationale. Cinq volumes, *Studies on Voltaire,* Oxford, 1987.

• Jean Goldzink, *Voltaire de A. à V.,* Hachette, 1994.

• J.-M. Goulemot, A. Magnan, D. Masseau, *Dictionnaire Voltaire,* Gallimard, 1995.

Sur les *Contes* et le genre du conte philosophique

• Jacques Van den Heuvel, *Voltaire dans ses « Contes »,* Colin, 1967.

• Henri Coulet, *Le Roman jusqu'à la Révolution,* Colin, 1967.

Sur *Candide*

• André Magnan, *Candide ou l'optimisme,* collection « Études littéraires », P.U.F., 1987.

• L'édition de Jean Goldzink (Magnard, 1985) donne un grand nombre d'extraits d'articles critiques et la suite apocryphe de 1760.

Wait — let me just do it properly.

Output:

Final:

BIBLIOGRAPHIE·FILMOGRAPHIE

• J.-M. Apostolidès, « Le système des échanges dans *Candide* », *Poétique*, n° 48, 1981.

• Voir aussi, pour d'autres analyses, la rubrique « Voltaire, *Candide* et les critiques », p. 277.

N.B. : aucune étude critique ne peut remplacer la lecture d'autres contes voltairiens, notamment *L'Ingénu* (1767), sur la question de l'éducation du héros, et *Histoire de Jenni* (1774), sur la problématique du mal et de la Providence.

Adaptations

Au cinéma, par Norbert Carbonnaux (1960), avec J.-P. Cassel dans le rôle de Candide et P. Brasseur dans celui de Pangloss.

À la télévision, par Pierre Cardinal (1962).

Au théâtre, par Serge Ganzl (texte publié dans *L'Avant-scène*, 1977).

Direction de la collection : Pascale MAGNI.
Direction artistique : Emmanuelle BRAINE-BONNAIRE.
Responsable de fabrication : Jean-Philippe DORE.

Compogravure : P.P.C. – Impression : MAME. N° 99042264. Dépôt légal 1re éd. : août 1998.
N° de projet : 10066206 (III) 77. Dépôt légal : mai 1999